作者按

读者如想了解小说中出现的人物的更多信息，本书末尾随附人物表以供参考。

“你知道在漆黑的冬日清晨，早上五点，当人们还沉醉在梦乡时，普林斯顿大学是什么样子吗？我穿着运动服，从1915宿舍出来，因为我从来就不是那种打扮得漂漂亮亮的女孩。我这个人一本正经，从不和男生们打情骂俏，是那种可能盘算着将来成就一番事业的人。我连秒表都没按，就开始了晨跑。校园里静悄悄的，四下无人，只有寒冷的空气，连呼吸都会觉得痛。我一直跑到瑙绍街，街道两旁的店铺大门紧闭，街灯反射在结了冰的人行道上。然后右拐上了华盛顿路，回到校园，经过伍德罗·威尔逊的雕像和弗里斯特学生中心，跑进了韦弗运动场。

“我停下脚步，喘出的粗气一团团浮在空中，远处天将破晓。这时我按下秒表，跑最后的1500米，回想起当时的速度，我就好像到了生死关头，跟拼了命一样。可是，索尔，我发誓，最后两百米就算感觉自己快不行了，有时候我还是觉得自己可以这么一直跑下去。”

“你想怎样，卡丽？你究竟想怎样？”

“我不知道。重新做回当初那个女孩。感受那份干净，可以这么说吗？他有事瞒着，索尔，我敢对天发誓。”

“谁没有秘密，我们都是凡人。”

“不是这样子，是很不好的事情，会伤害我们的事情。我们不能坐视不管。”

“摊开了说吧，你这样不仅冒着生命危险，还可能毁掉我们两个人的前程。这事关国家安全，关系到中情局。你确定想做这个吗？”

“我刚刚搞明白了一件事。我再也做不回从前的那个女孩了，对吗？”

“你是那样的女孩吗？我很怀疑。”

*2006*年

布罗迪之前的故事

1.黎巴嫩,贝鲁特市阿什拉法赫区

“夜莺”迟到了。

昏暗的电影院里,卡丽·马蒂松坐在倒数第四排第二个座位上,心中举棋不定,想着要不要取消这次行动。这原本只是两人的初次接头。以前在弗吉尼亚州中央情报局称为“农场”的训练基地接受训练时,她的上司,也是她的入行师父索尔·贝伦森把这比作“擦肩而过的船只”。一切都严格按规定来,卡丽要做的就是好好认认这个叫塔哈·阿尔-多尼的人,再让代号“夜莺”的他迅速瞥上自己一眼,小声交代下次碰头的时间和地点,随即分道离开。

根据“组织”的惯例,接头人如果迟迟不露面,取消行动前先要等上十五到二十分钟,而且只有接头人就爽约原因给出合理的解释,才能另行安排接头。一些司空见惯的平常借口不能拿来作数,比如说动不动就可能晚上半小时到半天的中东时间观念;或是周五下午五点到七点的“黄昏幽会”时段,那时生意人赶往哈姆拉区不起眼的小公寓与情人约会,造成福尔德·谢哈布大道见怪不怪的交通堵塞。

只是卡丽很想见见这次的接头人。她的黎巴嫩线人叫迪玛,人长得很漂亮，是个妓女，还是马龙派天主教政治团体“3 月 14 日”的成员，每晚都会在中心城区格雷屋顶酒吧出没。根据她的说法，中央情报局这么急于笼络阿尔-多尼，原因有两个：其一，他是强硬的叙利亚秘密情报机关——GSD 国家安全局的官员，在大马士革的阿萨德政权中有直接的情报来源；其二，他缺钱。照迪玛的原话，多尼那位品味奢侈的性感埃及女友迟早要把他给榨得干干净净。

卡丽又看了看表，已经晚了二十九分钟。他到底在哪？卡丽四下看了看，电影院里坐了七八成的观众，电影开场后一直就没人进来过。大银幕上，哈利·波特、罗恩和赫敏在上“疯眼汉”穆迪的课，看他给一只长得很可怕的飞虫施夺魂咒。

卡丽的神经紧绷得如同小提琴的琴弦，可这说明不了什么。她一向不大相信自己的直觉，因为有时候，她觉得自己的神经系统就跟华盛顿特区的电网一样，都是出自同一帮蠢货之手。医生们把这种症状称为躁郁症。以前在普林斯顿读书时，学生健康中心推荐的一位心理医生说这是一种时而发狂、时而抑郁的精神上的情绪紊乱。她的姐姐麦琪形容得更加直白：“就是情绪上的剧烈波动，一会儿觉得‘我是全宇宙最聪明最漂亮最优秀的女孩’，一会儿又自暴自弃，沦落到‘我想把自己给杀了’。”虽然卡丽的直觉并不可靠，可这次接头的里里外外都让她觉得不对劲。

她告诉自己，不能再等下去了。大银幕上，赫敏朝穆迪大声叫嚷着，求他解开把那只可怜的小虫快折磨死的咒语。时机刚刚好，电影里传出各种噪声和特效。没人会留意到她，她打定主意，起身摸索着往电影院大厅走去。

她出了电影院，来到大街上，觉得自己非常惹人注意，好像暴露了似的。从某种程度上讲，对一名身在中东的西方女子来说，有这样的感觉总是难免的。你就是和别人不一样。要想伪装自己，唯一的办法就是穿上阿拉伯妇女的传统长袍，从头到脚包裹起来，再披上头巾，祈祷不会有人走近了细看。但是，像卡丽这样苗条的身材、笔直的金色长发和典型的美国人长相，走近了肯定谁也瞒不过，而且在贝鲁特北部地区，从穆斯林头巾到紧身的设计师牛仔裤[①],妇女穿什么的都有,有时候两样服饰还混着穿,所以长袍也管不了多大用处。

等卡丽从电影院出来的时候,天已经入黑了。米歇尔·布斯特罗斯大街上人来人往,车流如织,耀眼的车灯和马路两旁高耸的写字楼、公寓楼窗户投射的灯光交织在一起,明暗不定,就像一幅马赛克图案一样。她扫视四周,看街上有没有人跟踪她。接头失败总是暗藏着危险,这时她的心突然一沉,几乎停止了跳动。

"夜莺"就坐在街对面的咖啡桌旁望着她。之前约的可不是这样。昨天晚上,迪玛在格雷酒吧把接头方法都转告他了,他没理由搞错。他疯了吗?接下来他干的事让情况变得更糟了。他朝卡丽打手势,这个手势在美国的意思是"走开",可在中东地区却是说"过来"。情况一下子变得明朗起来,就像人们玩的那种万花筒一样,碎片一下子都回到原位。中埋伏了。阿尔-多尼可是叙利亚国家安全局的官员,是经验丰富的职业情报人员,照道理他做的事情不会这么外行。

不管是叙利亚国家安全局,还是黎巴嫩真主党,对他们来说,杀一名中情局特工算不上什么,能活捉更好,这样可以好好利用利用。要是能抓住一个中情局的金发美女间谍,那跟中大奖没什么两样。她都想象得出来,当他们把她押在摄像机前面,谴责美国政府对中东地区的不断干涉时,各大媒体争相报道的情景。他们会把她秘密关押多年,折磨她,强奸她,因为说到底她就是个间谍,加上许多中东的男人都有一种看法,那就是西方女人本来就很放荡。"夜莺"又朝她示意,就在这个时候,卡丽眼角的余光发现了两个阿拉伯人,他们从靠马路这边的一辆面包车上下来,向她走过来。

他们是来抓她的人。她得马上做出决定,不然的话很快她就会沦为阶下囚。她转过身来,走回了电影院。

"我落东西了。"卡丽用阿拉伯语含糊地说了一句,把票根递给检票

---

① 设计师牛仔裤:是指设计师个人推出的时尚品牌的高级牛仔裤。

员。她沿着过道往下走,眯起眼睛,慢慢适应了电影院内的黑暗。银幕上,邓布利多公布三强争霸赛由霍格沃茨魔法学校举办时,卡丽出了侧门的紧急出口,到了小巷里。她想着他们会跟着追进来,于是又回到了主街。她躲在大楼边上,小心翼翼向外窥探。咖啡馆不见了夜莺的身影。两个人肯定跟着进了电影院。

卡丽跑到大街上,在路口拐进了一条狭窄的街道,远离了拥挤的车流。来了多少人抓她？她思索着,暗自嘀咕,埋怨自己穿了高跟鞋。可这是她的伪装,除非是穿着长袍,自重身份的贝鲁特妇女绝不会穿平底鞋。她停下来脱了高跟鞋。来的不会只有两个人,她心想,要真想抓她的话,肯定不止两个人。

街上很黑,两旁有树荫,路上也没什么人,他们真要抓她的话,也不会有人出面阻拦。这时,从面包车下来的两个阿拉伯人转过了路口,一个从外套里掏出了一样东西,看起来像一把装了消音器的手枪。卡丽跑了起来,心想他们太小看她了。她很能跑,一定能把他们都甩掉。

这时,她听到砰的一声,马上觉得腿上好像被什么叮了一下。她回头往下看了看,发现人行道上留下了一条白色的弹痕。他们在朝她开枪射击。卡丽左右不停躲闪,用手摸了摸腿,牛仔裤好像破了,弄脏了,是血。她觉得肯定是路上的碎片弹起来击中了她,她拼命往前跑着,光脚踩在水泥地面上,感觉非常硬。转过路口是一条空旷无人的街道,她飞快地跑着,得快想点法子。左边是一栋围着铸铁栅栏的宅子,大门紧锁,右边是一座希腊东正教教堂,圆形屋顶在灯光照射之下,在黑夜中一片雪白。

卡丽跑到教堂的偏门,用力拉了拉把手,发现门是锁着的。回头一看,只见两个阿拉伯人正朝她跑来,她的心脏都要跳了出来。他们两人手里都拿着消声手枪,眼看着越来越近了。前面路口,一辆梅赛德斯轿车陡然停了下来,刹车时发出尖利的响声。四个人鱼贯从车上走下来。她心想,这下可糟了！她拼命朝教堂正门跑去,使劲推开大门,冲了进去。

教堂里有十来个人,多数是女的,都一身黑衣。有人在教堂里四处走动,有人在点蜡烛,有人在亲吻圣像,还有人站在圣餐台前,面对着拱门和金色背景的圣像。牧师是个年轻男子,穿着黑色长袍,留着大胡子,沿着过道朝她走来。

“耶稣在我们身边。”牧师用阿拉伯语说。

“耶稣在我们身边,神父。我需要帮忙。教堂有没有后门?”她用阿拉伯语答道。

牧师不自觉地扭头瞅向一边。卡丽朝牧师眼神所指的方向跑了过去,正在这时教堂大门被一下撞开了,冲进来四个人。他们是刚才从梅赛德斯轿车上下来的四个人,有两个手里拿着自动步枪。一个女人尖声大叫起来,其他人纷纷四下逃散,只有牧师迎了上去。

“站住!”牧师喊道,“这里是耶稣的殿堂!”他们当中的一个人急冲冲跑过过道,一把撞开牧师,朝卡丽身影消失不见的壁龛后的帘子追了过去,帘子后面有一道门。

卡丽冲出教堂,外面是一条连着大街的巷道,巷道对过是篱笆围着的停车场。她一路跑着穿过停车场,就在这时听到耳后传来沉闷的枪声,她随即钻过篱笆上的豁口,到了查尔斯·马里克大道上。这是一条宽阔的主街,路上人来人往,车流如织。卡丽冲到了马路当中,躲避着喇叭声音不断的汽车。绿灯亮了,她周围的汽车来来往往。她用眼角的余光瞟了一眼巷道,瞅见追她的四个人中有三个人正站在人行道上四处张望,用不了多久他们就会看见她。

卡丽就站在马路两条车道的中央,中间间隔的宽度还不到八英寸。一辆车从她背后驶过,她觉得车上有人摸了一把她的屁股。她连头也没回,不想浪费时间看是谁干的。她得立即采取行动,逃离他们的视线。

一辆出租车服务公司的出租车就要从她身边驶过,后排还有一个空位。她朝挡风玻璃后坐着的司机招手,喊了声“哈姆拉!”往西离哈姆拉不远,在拉斯贝鲁特区中情局有一间安全屋,出租车正是在往西开,要是能不被人发觉的话,可以去躲躲。司机在路当中停下车,后面的车按着喇叭催促着,卡丽迅速上了车,坐到后座上。

“赛俩目[①]!”卡丽一边小声向车上的乘客问着好,一边穿上了手里一直提着的高跟鞋,又从口袋里抽出了一条黑色的头巾,打算围在头上,改变一下样子。她把头巾的一头甩到肩膀后面,飞快四下望了望。追她的四个人就站在人行道上,其中一个人指着卡丽坐上的出租车,嘴里好像说着什么。她往后靠了靠,好让后排同座的两名乘客把自己挡住。乘客中一个是稍稍上了年纪的女人,穿着一套灰色的西装,眼神毫不回避地盯着卡丽,另一个是穿运动服的年轻人,看样子是个大学生。前排靠司机边上坐着一个年轻女子,自顾自地在打电话。

“我而来库闷赛俩目[②]。”学生和老女人小声回答说。

“哈姆拉哪里?”司机问道,脚底下踩了踩油门,往前走了几米,插空钻进了前面汽车之间的空隙。

“中央银行。”卡丽说,她不愿意透露安全屋的确切位置,特别是在有人跟踪的情况下就更不能说了。中央银行离她要去的地方够近了。她递给司机两张一千黎巴嫩镑的纸币,然后从手提包里拿出粉饼,举起来对好角度,好让自己从粉饼的镜子里观察后车窗外面的情况。车窗后面什么都没有,只有拥挤的车流,就算追她的那辆面包车和梅赛德斯轿车跟在后面,他们也落在了后面很远,根本不可能看得见。但是,卡丽敢打包票,他们还在追她。因为她的缘故,车上的人都陷入了危险之中。她得尽快下车,卡丽心里想。她把粉饼收了起来,用手拨开了遮住眼睛的一缕头发,四下张望。

“你不该这样,”那个上了年纪的女人对她说,“就这样站在大马路中央。”

“我不该做的事多了,”这时卡丽意识到这个女人太留心她了,于是又说,“我丈夫总这样说我。”她有意露出手上的结婚戒指,好让对方看见。卡丽还没结婚,可每次接头都会戴上戒指,避免专门帮她做窃听的弗吉尔

① Salaam alaikum 是伊斯兰最常见的问候语,意思是“祝你平安”,音译为“赛俩目阿来以库姆”。回答是“wa alaikum salaam”,意思是“也祝你平安”,音译为“我而来库闷赛俩目”。

② 见本页注释 1。

口中所说的“珠穆朗玛峰似的性爱”，就是自己不想做，做的人不对，或者难以避免的性爱，“因为现实就是如此，卡丽”。

车子行驶在东西向的福阿德·谢哈布元帅大道上，这条路是贝鲁特市区的主街，横穿市区北部，路上来来往往的车子开得更快了。要是他们想在出租车上抓住她，那就是现在了，她心想，目光快速扫视着周围，只看见旁边飞驰的汽车和卡车。前排打电话的少女这时说道：“我知道了，亲爱的，拜拜。”挂了电话，随即发起了短信。

司机在长方形、高耸的阿尔穆尔大楼转弯，进入了法科雷丁大道。这片地区的房子都是新建的，以前的建筑在漫长的内战中都被毁了。路远处卡丽看到高耸的塔吊，还有新的建筑在拔地而起。出租车左转，过了几个街口，司机放慢速度，找地方让人下车。

卡丽回头往后车窗瞟了一眼，追她的人还紧紧跟在后面。他们坐在梅赛德斯轿车上，和她的车只隔着四辆车，看样子还要往前靠。他们就等着她下车，走不到二十米就可以把她抓住。该怎么办？出租车开到路边，靠近一栋高高的公寓楼停了下来。卡丽紧张起来。他们现在会抓她吗？他们可以停在她们边上，把车挡住，让车走不了，把她困在车里。她得行动起来，速度要快。

年纪稍大的女人跟车上其他乘客点了点头，下了车。过了一会儿，卡丽从靠街的车门也下了车，走过来挽住了她的胳膊。

“我记得你是要去中央银行啊。”这个女人说道。

“我碰到麻烦了，不好意思，女士。”卡丽说道。

她望着卡丽。“什么麻烦？”她边问边走，和卡丽一起向公寓楼大门走去。卡丽回头望了望，出租车已经开走了，梅赛德斯轿车就停在刚才出租车停的路边。

“很大的麻烦，女士，我们得赶紧跑，不然他们也会杀了你的。”卡丽说着，就拉着她开始往前跑。她们跑进大楼，冲向电梯，按下了按钮。

“不要按你住的楼层。”卡丽说道。“上到更高的楼层，再走下来。把门锁好，一个小时内谁叫门也不要开。非常抱歉。”卡丽扶着她的胳膊说道。

“等等，”她在手提包掏了掏，递给卡丽一串钥匙，“我有一辆红色雷诺在停车场。”

“等一个小时后再报失，”卡丽接过钥匙说道，“购物中心旁边的皇冠广场酒店，你知道吧？”

女人点了点头。

“行的话，我会把车停在那里。”卡丽说着，人已经跑向靠近停车场的侧门。“谢谢。”她回过头向女人道谢，而她这时已进了电梯。

卡丽到了停车场。红色雷诺和一排车停在一起，靠着低矮的墙壁和围栏。她冲过去，打开车门，上了车，发动车子。就在她调整后视镜的时候，她看到了他们，两个男的。追着她进教堂的也有他们。她挂上倒挡，把车子退了出来，朝出口驶去。他们在后面追了上来，之前开枪打她的人瞄准了她的车子，准备射击。卡丽本能地低下头，陡然急转，有多快就多快地加速冲上了大街。一颗子弹击碎了车后窗，弹孔周围出现了像蜘蛛网一样的裂纹。

卡丽又调过车头，面朝着停车场的方向，枪手正拿枪瞄着她。她免不了要从枪手的旁边经过。就在最后关头，卡丽猛然踩下刹车，头紧紧靠住座椅的头垫。一颗子弹从旁边的车窗穿过，在她面前呼啸而过。后面的车大声按着喇叭，卡丽使劲踩下油门，沿马路飞速前进，在车流中见缝插针，寻找空隙。她瞅了一眼后视镜，梅赛德斯轿车这时还停在路边，有人正朝车跑过去。上帝啊，她祈求他们没有伤害那个上了年纪的女人。他们为什么开枪打她？出什么事了？黎巴嫩真主党也好，叙利亚方面的人也罢，不管幕后到底是谁，能活捉中情局的人质自然更好。一个死女人，就算是中情局特工，也不值当。

突然，她连信号灯都没打，就拐进了右车道，车转弯飞快进入了一条狭窄的马路，轮胎发出尖利刺耳的摩擦声。车子前方一名男子正在横穿马路中央，卡丽没有刹车，用力按着喇叭，一刻都没有放慢速度，经过他时刚刚好从他身边转过。男子朝卡丽竖起了拇指，在中东地区这和竖中指是一个意思。卡丽还是没有减速，但在下一个街口往左转了。她又看了一眼后视镜，暂时还没有人跟在后面。

卡丽接着左转上了罗马路，往回朝哈姆拉路开去。这条路很窄，车又多，人又挤，他们要是坐梅赛德斯轿车或其他车追她，在这种交通情况下绝对追不上她。两旁人行道上行人摩肩接踵，不同年龄段的人都有，有的很时髦，还有几个围着头巾的女子。咖啡馆和餐厅灯火通明，霓虹灯招牌闪烁，一家夜店的门没有关，里面传出嘻哈音乐的声音。

卡丽在哈姆拉路上往西开，不时瞟一眼后视镜，五光十色的贝鲁特在她周围旋转飞舞。她打开车窗，耳旁传来人们的说话声和音乐，闻到了烤沙瓦玛①的香味和水烟咖啡馆里飘来的苹果烟叶烟雾的芳香。丝毫没有被人跟踪的迹象。他们有可能换了车，但从眼前来看，她把他们甩掉了。她依然不能放松大意，他们会在城里四处找她。要是他们抓到了那个出租车司机，他会告诉他们她要去哈姆拉。他们随时可能出现。她只能祈祷他们没有抓到那个帮她的女人。是时候把车丢了。

高高耸立的皇冠广场酒店就在前面，楼顶上竖着红色的电子牌。卡丽开车从酒店旁边经过，进了商场的入口，转了十五分钟后找到了停车的地方。她把车钥匙留在车内的地垫上，从车上下来，走出停车楼到了商场，混进了购物的人群之中。她从不同的出口出去又进来，对着镜子仔细观察，上楼下楼，确认自己没被人跟踪，最后又察看了一遍后才出了商场，离开人群，到了杰马耶勒路，朝美洲大学校园走去。

卡丽绕着这片街区走了两圈，又反方向往另一个街区走了一会儿，好完全确定没有人跟踪她。这样来来回回，即使抓她的人中途换了车，她也差不多总能发现跟踪的人。她的呼吸也开始放松了。目前来看，她似乎把人都甩掉了。可她不能心存幻想，那些人为了抓她，会一寸寸把哈姆拉翻个遍。她现在得去安全屋。

关键是要远离哈姆拉路上的人群。抓她的人可能碰巧在这条路上撞

① 沙瓦玛是切片烤肉，一种中东地区常见的美食。

见她。她反而朝美洲大学的方向走去,为了掩饰,还和一群学生混在一起,聊起吃玛纳西披萨的好去处。两个女孩是黎巴嫩人,其中一个男孩来自约旦,让她一时有了回到大学的感觉。他们请卡丽一起去一家临街小店吃东西,她耸耸肩,谢绝了他们的好意,继续向前走去。安全屋离得不远了。二十分钟后,她就到了阿多尼斯路,这条路是住宅区街道,路并不宽,两旁树木夹道而立。安全屋就在路旁公寓楼的八楼,卡丽进了电梯,向安全屋走去。

出电梯后,卡丽扫视了走廊和楼梯井,听到电梯继续往上走之后才走到房间门口。她仔细观察了房门的柱子和门框,看有没有被人动过的痕迹。门看起来没人动过。她知道门上的猫眼装了摄像头,便凑上前去,朝门里面瞅了瞅,接着按规定好的暗号敲响了房门,每次两声,连敲两次,要是出了事,她随时准备开溜。房间里没有人应答。她又敲了一遍,从包里拿出钥匙开了门。

房间内似乎空无一人。情况不对,安全屋照理不会没人的。究竟出什么事了?卡丽看到窗帘关着,就随手关了门,仔细检查了里面的两间卧室。一间摆放着几张简易的床铺,还有一间放的全是设备。卡丽走到放着各式各样的枪支的抽屉柜前,拿出了一把格洛克 28 式手枪和四个弹匣。这种枪又小又轻,后坐力小,点三八子弹什么都可以穿透,很适合她。她装好子弹,把枪和弹夹都放进了手提包里。

她走到窗户旁边,从帘子的边上窥视楼下街上的情况。路上只有一盏街灯亮着,要是有人盯梢,那人肯定会躲到树影后面,藏到停在街上暗处的车里。

"见鬼,我要喝杯酒。"卡丽大声地自言自语,走到酒柜前,瞥了一眼咖啡桌上的笔记本电脑。电脑上显示了猫眼、走廊和屋顶外面的街上不同位置的监视摄像头的监控画面,看起来一切正常。她在酒柜里找到了半瓶灰雁伏特加,给自己倒了小半杯,打心里知道自己不该喝酒,可又觉得都什么时候了,管他的。她从包里拿出一颗氯氮平片——她得去扎里夫区的黑市药店补点药了,她皱了皱眉,心里想道——和着伏特加把药咽了下去。卡丽看了看表:晚上七点四十一分。这个点贝鲁特站总机是谁在值班?她暗自想道。琳达,她想起来了,是琳达·贝尼特斯,她的班到午夜结束。

可在打电话前,卡丽需要把这件事想清楚。刚才的事情没有道理。跟夜莺接头是迪玛安排的,这朵交际花根本就不是卡丽来贝鲁特之后自己招募的间谍,而是从中情局贝鲁特站主管戴维斯·菲尔丁手头接过来的。迪玛是戴维斯的人,一定要跟他好好算算账,她怒气冲冲地想道。卡丽不敢打包票的是,迪玛是把两头的人都耍了,还是她自己也给夜莺骗了。事实上,迪玛也有可能身处险境,或是已经死了。

可卡丽没法联系上迪玛,也打不了电话。安全屋的两部电话都不能往外打,一部只能接电话,另外一部加密电话只能用来和美国大使馆高度机密的总机联系。大使馆位于贝鲁特最北边的奥乌卡区。用手机的话,如果他们用 GPS 定位跟踪,她的位置就会暴露。想点办法,她暗自说道。假设背后是叙利亚国家安全局或是黎巴嫩真主党,那他们是怎么发现她的?是迪玛,绝对是迪玛。也就是说菲尔丁也不是什么都清楚,他还一个劲地怂恿自己去接头。

"我们迫切需要在叙利亚国家安全局内部笼络到人,"菲尔丁对卡丽说,他还说用不着人支援,"迪玛很可靠,虽然她给我们的情报不多,可真的都是一流的好东西。"他妈的,卡丽暗暗骂道。他是不是跟她有一腿?她给他的好东西就是跟他上床吧?卡丽本想带上分站的常驻窃听天才弗吉尔·马拉维奇,弗吉尔是她见过的干监视、窃听和入户搜查最棒的技术员,可菲尔丁却说他有其他事情要弗吉尔去办。"还有,"菲尔丁告诉她,"你都这么大了,可以办好的。"无非是暗示要是她办不了,她就不该来贝鲁特,配不上这样高难度的任务。

"贝鲁特规矩。"她第一天到菲尔丁在美国大使馆顶楼的办公室时,菲尔丁没精打采地坐在真皮椅上,跟她这样说道。在他背后,透过窗户可以俯瞰到拱形窗户和入口的市政大楼。菲尔丁身材魁梧,金色的头发,肚子有点发福,鼻子上长了一点红斑痤疮,习性上耽于酒食。"没有第二次机会。你是女孩子，可这在中东没人会在乎。如果你搞砸了，犯了错，十有八九会死。即便没死，你也可以卷铺盖走人了。表面看起来，这里就像一个开化的都市，到处都是夜店，穿着高级品牌衣服的靓女，新潮不输世界任何地方的时髦人士，但别被这些假象迷惑了。这里还是中东，一步走错就会被杀，杀人的人一会儿就跟没事一样又去参加派对。”

究竟怎么回事？她暗自想道。安排接头的是菲尔丁的人，怂恿她去的是菲尔丁，叫她不要带人的也是菲尔丁。可是话说回来，菲尔丁当贝鲁特站的主管也有些年头了。这次是标标准准的第一次接头，菲尔丁也没想到会出乱子，搞得卡丽差点被抓身亡，像这种事，他也不想发生。卡丽深吸了一口气。太荒唐了，她有没有觉得头嗡嗡作响？有没有可能是治疗她躁郁症的氯氮平片失效了？

卡丽站起身，想着得干点什么，什么都行，可又不确定该干什么。她觉得皮肤有微微的刺痛。天啦，不会吧。她不会是要开始“天马行空”胡思乱想了吧？她把自己发狂的时候叫做“天马行空”。卡丽开始在房间里走来走去，然后走到窗边，心里有一种无法压抑的冲动，想掀开窗帘往外看。来啊，你们这帮混蛋，来看我啊！别干傻事，卡丽，她告诫自己。你没事，再过一会儿，等氯氮平片药效散开了，伏特加酒劲上来就没事了。她伸手去够窗帘，小心点，小心点，她叮嘱自己。她拉开窗帘一角，瞄向窗外的街道。

那辆追了她一晚上的梅赛德斯轿车挨着其他车子就停在安全屋大楼的前面。三个人正往前门走，恐惧像电流一样掠过她的身体。突然之间，她很想撒尿，不得不夹紧双腿才没有尿出来。

这怎么可能，这里是安全屋。他们是怎么找到她的？她敢肯定，没有人跟踪她。她开着红色雷诺就把他们甩掉了，还绕着哈姆拉的街道转了几圈，确认了几次。没有人步行跟踪她，也没有车跟踪她。她该怎么办？他们正走进楼里，留给她逃跑的时间不多了。卡丽拿起打给大使馆的加密电话，拨了号码。第二声电话铃响的时候，电话接通了。

“晚上好。这里是美国文化服务办公室。”电话里传来对方的说话声。

由于线路加密，声音有点失真，但卡丽还是听出是琳达·贝尼特斯的声音。她跟琳达不熟，只是点头之交。

“阿马里洛，”卡丽报出了本周的暗语，“夜莺是陷阱。”

“有确认敌人吗？”

“我没空解释。阿喀琉斯安全已被突破，他妈的，听到了没有？”卡丽几乎是喊着在说。阿喀琉斯代表安全屋。

“阿喀琉斯确认。报告你现在的位置和情况。”琳达说道。卡丽知道琳达在录音，按照背诵好的文本，问她是不是处于机动状态，还能不能行动，是不是被逼或被抓之后打的电话，然后记下了她回答的一字一句。

“我没问题。告诉那个谁，我明天和他见面。”卡丽大声说完就挂了电话。她踮着脚尖，一时间就像是个舞蹈演员，琢磨着该往哪条路走。她必须快点出去，可怎么走呢？他们来了三个人，外面梅赛德斯轿车里至少还有一个。他们一定是分头行动，分别从楼梯和电梯上来。

她该怎么出去？像这样的情况，事先又没有紧急的应对方案，而且在安全屋就不该发生这种事。

她不能待在原地不动，他们肯定会想法子进来。门啦，窗户和阳台都有可能，甚至可能打通隔壁房间的墙。真要进了房间，他们肯定会开枪。她也许能打倒一个两个，但不可能把三个都撂倒。像OK牧场枪战①那样激烈的枪战不会出现，她又不能跑到走廊上，从楼梯或电梯走，那样会和他们撞个正着。实际上，他们随时可能出现在门口，她心里估摸，于是穿过房间，走到门口，插上了插销。

那就只剩窗户和阳台了。往卧室走的时候，走廊传来动静，她突然一惊，走到笔记本电脑前。那三个阿拉伯人就在走廊里，行动不慌不忙，拿着某种助听器，一扇扇在听门。很快就会到她的门口。

她赶紧跑回卧室，到了放装备的橱柜前。她开了橱柜，一通乱翻，想找到绳子，或是其他什么能让她吊下去的东西。没有绳子。只有一些男

① OK牧场枪战是美国西部历史上最著名的枪战。

人换洗的衣服，几件西服，一些袜子和几条皮带。皮带！她一把抓起三条皮带，一条条套在一起，串成了一条长皮带，然后又冲到了电脑旁边。

电脑屏幕上，只见三个人就在安全屋门外。他们在往门上粘着什么。炸药！她心里想。她迅速跑进卧室，打开门进了阳台，把皮带缠在锻铁的栏杆上。她在阳台边上往下瞅了瞅，车还在下面，不过没人下车，也没人往上朝这个方向看。她看了看楼下的阳台，无法判断里面有没有人。有什么关系？她内心在嘶喊。他们都要炸门了，还可能炸了整个房子。她马上可能被炸死了。

卡丽把栏杆上的皮带缠紧，使劲拉了拉，好像承受得住，不行也得行。她翻过栏杆，双手拉住皮带，交替往下放。和楼下房间阳台相通的玻璃门没有灯光，家里没人。卡丽伸直了胳膊，踮着脚尖，努力够着楼下阳台的栏杆。别往下看，她暗自说道，她的脚尖碰到了栏杆。她身子往前使力，松掉手中的皮带，往前掉到了阳台上。楼上震耳欲聋的爆炸让整栋楼都晃动了。

他们炸开了安全屋的门。卡丽顾不上自己嗡嗡作响的耳朵，拿格洛克手枪砸碎阳台门的玻璃，把手穿过锯齿边缘的破洞，拧开了门。

卡丽怕踩到碎玻璃，又把鞋子穿上，然后迅速冲到房子的正门口，打开门冲进了走廊，飞快跑到了一楼。片刻之后，她就出了维修门，进了后巷，之后又小心翼翼拐上了一条小路。看起来似乎没事。她又把高跟鞋脱了，拼了命往前跑，苗条的身影消失在黑暗之中。

2. 黎巴嫩贝鲁特市中心区

“哪里出错了？别跟我瞎扯。卡丽，你现在处境很危险。”戴维斯·菲尔丁搓着自己的双手，好像很冷似的。他们在菲尔丁的办公室，办公室就在马拉德街上一栋古老的大楼里，离内泽默广场很近，广场上竖立着贝鲁特著名的钟楼。中情局贝鲁特站在这里开了一家公司做幌子，名叫中东海事保险公司，伪装做得很好，真的还卖保险。

“我还想要你告诉我呢。跟夜莺接头是你的主意，迪玛也是你的人，只不过是转给我的。”卡丽揉着眼睛答道。她觉得好累，还穿着昨天的衣服，脏兮兮的，一晚上跑遍了贝鲁特，到处找迪玛，只在弗吉尔客厅的沙发上睡了几个小时。

“别把屎盆子扣我头上，”菲尔丁吼道，“她是你的人，是你在管。夜莺也是你告诉我的，我只是批准了你的计划。就是这样。就这点干系，其他的没了。我了解到的就是，你被所谓的杀手追着在贝鲁特到处跑，把他们直接引到了我们的安全屋门口！你暴露了我们的位置，你也知道，这有多重要。”他用食指敲着桌子。

“我根本没把他们引过去。”卡丽说，暗自心想，为什么菲尔丁就不明白？她好不容易才逃出来，他应该鼓励她。他怎么这么不要脸？“我逃脱了。没有人跟踪我。我把车扔在了皇冠广场酒店，然后百分百确定没人跟踪才走的。而且为了确信，我在商场又待了一个小时，来来回回走了几个街区，凡是你能想到的，该做的我都做了。没有人跟踪，开车的，走路的，电子设备，二十英里外用望远镜的，都没有。戴维斯，你最好承认，我们出现了安全漏洞。”

“没漏洞才怪。你把事情搞砸了，现在跑来遮遮掩掩。马蒂松，我早就警告过你。这里我们按照贝鲁特的规矩来。来，我们再检查一遍。首先，迪玛在哪里？”

“我哪知道。接头失败之后，我又碰到安全屋追杀，之后我找了她半个晚上。你就知道骂我，也不想想她可能是双面间谍？也许是她陷害的我。因为假如不是，你什么时候变得这么信任她？”

“我们哪知道你被陷害了。也许夜莺搞错了接头地点，所以你慌张了。也许他以为接头时间是黎巴嫩时间，又或者他喝醉了。妈的，卡丽。这本是一次擦肩而过的接头。你看看他长什么样，再让他好好看看你的奶子，再约好下次接头的时间。你慌张了，你就承认吧。”菲尔丁说道，一张脸红得像圣诞老人，眼睛却冷如寒冰。

“不是这样。你又不在现场，在现场的是我。他向我招手示意，”卡丽比划着说道，“按道理，他是高级情报官员，可却跟他从没见过的接头人挥手，示意她过去，搞得我们跟公园里的主妇一样。别逗了。”

“说不定叙利亚国家安全局的人就这么办事的，也许他认为你搞错了。拜托，你是个女的。中东没人把你当回事。从昨晚的表现来看，他们也许就没错。”

卡丽都听得见自己扑通扑通的心跳声。这里到底是什么情况？出了这么大的乱子，搞得她差点被抓，甚至被杀，这个时候他本该鼓励她，可他反倒好，还往她的伤口撒盐。“面包车上有两个人，梅赛德斯车上还有四个人，他们要抓我，他妈的！他们开枪打到了我，就这里。”她把腿上的伤疤给他看，这是人行道上弹起的碎片击伤的。

"没错,之后你就把他们直接给引到了安全屋的门口,依我看,打一开始起,他们行动的目标就是安全屋!"菲尔丁厉声说道。"这会记到你的201 档案[①]上,"他又补充道,说的是中情局每个特工的个人档案,"别指望什么事都没有。"

卡丽站起身来。

"戴维斯,你听着,"她努力控制着自己的情绪,"这里有大事要发生。你有没有想过,他们为什么要抓一名中情局情报人员? 如果夜莺是双面间谍,他们这么多年来提供给了我们多少垃圾情报,而我们就像猪一样,给什么要什么。你问问自己,到底是怎么回事!"

"你给我坐下,"菲尔丁喊道,"你想往哪走? 我都没跟你说完。"

卡丽坐了下来,心里气得直打颤。她太生气了,简直可以把他的眼珠子挖出来。她是那样强壮,那样有力。天啦,她又在想入非非了吗? 她发觉自己快失去了自制力,只差要把他给杀了。控制好自己,卡丽! 你行的。

"接头是迪玛安排的。我们要想想她的可能性。"卡丽尽量忍着,话语中透出谨慎。

"她手机打得通吗?"

卡丽摇了摇头:"约好的秘密情报传递点也什么都没有。"她们约好了,情况紧急的时候,用萨纳耶公园里的一个树洞来联络。卡丽找遍了城里大大小小的夜店,大半夜又跑到公园,可树洞里什么都没有。她在树枝上用粉笔做了记号,要迪玛尽快跟她联系,可她感觉很不好,觉得不会有什么回音。

"你还找了哪里?"

"格雷酒吧,威士忌酒吧,王宫酒吧,她住的地方。用不着你说,我找得很仔细,哪儿都找了。没人见过她。我还把她住处的门撬开了,她都没回家。看情形,几天都没回家住了。"

---

① 201 档案是美国政府为军队服役人员编写的人事档案。

"就算她最近跟利雅得那个有钱的壮汉同居了,那又怎样?"

"她现在不是在被严刑逼供,就是死了。戴维斯,安全上明摆着出了问题。你不能忽视这种可能性。"

"随便你怎么讲,"菲尔丁咬着嘴唇说道,"还有呢?"

"安全屋一个人都没有,"卡丽说道,"是怎么回事?"

"预算不足。华盛顿那帮会计师的问题,"菲尔丁耸了耸肩,"什么都是他们说了算。我们没法不削减预算。所以照你的说法,没人跟踪你。他们是追了你,可你跑掉了。没人跟你到阿喀琉斯吗?有没有可能是那个把车借给你的上了年纪的女人?"他竖起两手的食指互相顶住,一双蓝色的眼睛直勾勾地盯着卡丽,像要穿透她一样。"她把车给了一个完全不认识的人。她为什么要这么做?"

卡丽咽了咽口水:"她是好人。她也是女人,看得出来我碰到麻烦了。"她看得出来我走投无路了,卡丽心想。

"她也许也是他们的人,告诉了他们去哪里找你。要不就是他们做通了她的思想工作。"菲尔丁说着,比划着拔掉指甲的动作。

他有病吧?卡丽心里犯了嘀咕,他哪来这些屁话?

"她根本不知道我要去哪。我跟她讲了,我会把车停在皇冠广场酒店,我也这么做了。至于阿喀琉斯的位置,她压根什么都不晓得。"

"就算不晓得在哪,可贝鲁特有谁不知道皇冠广场酒店在哈姆拉路?她当然也清楚!所以你要去的地方自然就在附近。他们只用地毯式覆盖整片地方。周五晚上人这么多,就算有五十个盯梢的,你也不会发现一个,"菲尔丁厌恶地摇了摇头,"这样的失败太可笑了,整件事唯一的外行就坐在我对面,就是你。"

"有没有搞错,我好不容易才逃脱黎巴嫩真主党的致命陷阱,反倒是我的错了?"卡丽说着又站起身。她觉得很恶心。怎么回事?他要开除她吗?"你在说什么?你宁愿我死,宁愿我被抓吗?"

"我说这里没你什么事了。你肯定是暴露了,多亏你,我们还得找新的安全屋。"

“那我的那些间谍怎么办？他们还指望我呢。”她说道，脑海中只听见剧烈的心跳声，就像在擂鼓一样。她头一遭被人开除。她觉得好难受，以前从来没有这样难受过。

“迪玛和你的人暂时我来管。没你的事情了，你跟卡罗尔讲一声，让她帮你安排一下，订好回国的航班，”菲尔丁说道，“我会给贝伦森打电话，是他一开始硬要把你安插进来的。”

“那就这样了吗？我辛辛苦苦做了这么多，到头来却因为不是自己做错的事情滚蛋了吗？”

“卡丽，你可以去收拾东西了，我要打发你回兰利[①]。也许他们可以给你找点事做做，不是每个人都适合做外勤工作。”

“戴维斯，你弄错了，”卡丽咬紧牙关说道，心里知道自己只是浪费口舌，“没人跟踪我，是安全出了问题。你得查查。”

“我们会查的。”菲尔丁说完，一边摆手让她出去，一边拿起了话筒。

去机场的路上，弗吉尔·马拉维奇在萨德大道交叉路口拐弯，从阿萨德路上下来。他时不时瞟一眼旁边的卡丽，她穿着黑色的长袍，从头到脚裹得严严实实。

“我不该这么做的，”弗吉尔说道，“更不要说，达希叶对外人来讲就不是个很安全的地方。”

弗吉尔的确说得没错，卡丽心想。达希叶在贝鲁特南边，很穷，住在这里的都是什叶派教徒，由装备精良的黎巴嫩真主党民兵武装控制，他们可能随时出现在哪个十字路口，把你拦下来。车从达希叶穿过，路上随处可见以色列袭击和长期内战留下的许多被炸毁的大楼和空地，空地上杂草丛生，遍地瓦砾。

“太感激了。”卡丽摇头说道，“他有什么毛病？”

“菲尔丁吗？”弗吉尔咧嘴笑了笑，“他是那种老同学关系网的成员，

---

① 兰利市位于美国弗吉尼亚州，是中央情报局总部所在地，因此常用以指代中央情报局总部。

你就不明白吗？他熟悉里面的规矩。在夜莺和阿喀琉斯的安全问题上，得有人担责。他让你背黑锅，而不是他自己。”

“真恶心。”她细细把弗吉尔打量了一番。高高瘦瘦的身材，谢了顶，她第一次在贝鲁特执行监视任务时见过他。这次是第二次见，两人一直都在聊菲尔丁。

“他跟你扯过他那套‘贝鲁特规矩’的屁话吗？什么犯一次错，他们就杀了你，然后啥事没有继续参加派对。混蛋。”弗吉尔头一次笑着说。每次晚上外出或者会面时，是弗吉尔让她想到要戴戒指。“你跟谁上床我管不着，”弗吉尔对卡丽讲，“可你要是不想让大家管，又或者不喜欢被人揩油，在这个地方最好让男人认为你是属于别的男人的，他们就是这样看待男女关系的。违反这一条比强奸还犯忌讳。戒指至少让你有得选。”

卡丽从没对弗吉尔动过心思，也不知道他对她是什么感觉，也从没让事情发展到这一步。他结了婚，但不怎么说起。这不关她的事，他们是同事，同一个战壕的战友。她敬重他，觉得他也敬重她。就算她想跟他有什么，他们两个都清楚，上床只会把事情搞砸，事实上，他们会成为彼此的依靠。

“欢迎来到中情局的真实世界。”弗吉尔边说边扮了个怪相。大多数外勤特工都瞧不起兰利那帮整天一身套装的家伙，弗吉尔也不例外。“我们哪需要什么敌方特务，机构本身的体制就像个臭不可闻的小污水坑。你这次给卷进去了，我很抱歉。”

两人开车到了格贝里区，然后拐进了一条小街。街上到处是玩耍的小孩，他们踢着易拉罐，拿木棍当枪，男人们在小店门口喝着茶，下着一种名叫“托拉”的双陆棋。一些建筑物的侧面画着许多殉道者的巨大头像，大多都是满脸络腮胡的小青年，所以胡子看起来很假。到处挂着黄绿相间的黎巴嫩真主党旗帜，跟晾晒的衣服一样。

卡丽第一次去黎巴嫩前，索尔跟她讲过，“贝鲁特就好像横跨两个大洲的伊斯坦布尔，贝鲁特北部是棕榈树摇曳的巴黎，达希叶是中东。”

“你要在哪儿跟她见面？”弗吉尔问道。

“超市，”卡丽答道，“她不好溜出来。”

“你想怎么行动？”

“你就待在车上，发动机不要熄火，这样好跑掉。要是有人问起，你就说是我男朋友。”

“行，你别让人太靠近你了。就你那美国爱尔兰混血的长相，就算穿着长袍，戴着头巾，也糊弄不了谁。”他咧嘴说道。

“弗吉尔，谢谢。你这么做，我很感激。你每次都帮我，”她看着弗吉尔，“为什么？”

他朝她瞥了一眼。她头上披着的头巾，身上穿着的长袍，都显得很怪。

“你真想知道？”

“是的，很想很想。”

他点了点头：“别到处宣扬，在这里，就数你脑瓜子最灵，哦，还有，你长得也不难看，怪不得菲尔丁恨透了你。就算帮我个忙。”

“你说。”

他开车沿着狭窄的街道上了山。四个年轻男子手拿 AK-47 冲锋枪，在一家水烟咖啡馆门口吸着水烟，注视着车慢慢驶过，经过时，卡丽拉起面纱，遮住了自己的脸。

“这真是疯了。”弗吉尔咕哝着，不停地四处张望。

“我不去不行。她只信任我，我不能把她就这么晾着。”

“别再逼我了，我就求你这个。等你办完了事，菲尔丁也已经下了命令，要把你送到机场。”

“我会很快的。”

“那最好。”他边说边把车停进了一条窄巷中，巷子里有一座沙色的清真寺，门口堆着很多沙袋。“这里的人会欢迎我们多久，我可不清楚。”弗吉尔说着，眼神迅速四处张望。

卡丽点了点头，她怎么也得碰碰运气。在她手下的所有间谍中，代号“朱莉亚”的法蒂玛·阿里和她关系最近。卡丽和她第一次会面是在电影院，之后散步的时候，法蒂玛吐露说她爱看美国电影，是女影星朱莉亚·罗伯茨的大粉丝，所以取了她的名字做代号。朱莉亚深色头发，在她的长袍和面纱之下隐藏着一张漂亮而机灵的脸蛋。她患有子宫内膜异位，病发作起来非常疼，不能生育，她的丈夫阿巴斯为了这个老是虐待她。

阿巴斯几乎没有一天不打她，骂她是"夏目塔"，是婊子，是连孩子都生不了的废物，有一次拿撬轮胎的棒子把她打得好惨，打得她胫骨粉碎，头骨骨折，下颚粉碎，总共打断了六根骨头，最后她还得自己拖着一身伤痛去医院。他又娶了个老婆，是个十几岁的女孩子，一口豁牙，一怀孕他就让朱莉亚什么都听这个年轻女孩的，只要朱莉亚做了什么让她不开心的事，他就让她打朱莉亚的耳光，骂她。

朱莉亚跑也跑不了，阿巴斯是黎巴嫩真主党武装哈拉卡特·阿尔—马纳姆的队长。她要是跑了，阿巴斯会派人找她，会杀了她。电影是朱莉亚逃避现实的唯一寄托。卡丽招募她都没花什么力气，听她倾诉就行了。只是现在，卡丽连唯一的希望都不留就要离开朱莉亚了，再怎么样至少也得当面提醒她。

弗吉尔把车停在了一家小超市后面没有铺设路面的停车场。卡丽下车的时候，他一边掏出一把西格绍尔自动手枪，一边说："速战速决，我看在这里我们人手武器都不够。"

卡丽点点头，往超市走去，这时附近一家清真寺的喇叭传来召唤人们做晌礼的呼唤声，她内心有一种被撕开的感觉，完全出乎她的意料。她会怀念贝鲁特的。

卡丽拿了一个购物篮，走到干货区。朱莉亚也穿着长袍和面纱，正在仔细查看一罐牌子叫波平斯的早餐谷物食品，这在黎巴嫩很受欢迎。卡丽也拿了一罐放进篮子里。

"很高兴见到你，"卡丽用阿拉伯语说，"你老公和家里怎么样？"

"很好，感谢真主。"法蒂玛说着把她拉到一旁，眼神四处扫视。"出什么事了？"她小声问。卡丽在贝霍姆大道附近的穆斯林公墓给她留了张字条，字条放在一个花坛底下，上面写了一个阿拉伯词"亚乌特"，意思是

"红宝石",是她们约好的紧急联络的暗号。朱莉亚的丈夫监控她的所有电话和电子邮件,只能通过秘密情报传递点和她联系。

"我要从贝鲁特调走了,有其他任务。"卡丽低声说,装着在一起买东西。

"为什么?"

"不能说,"她抓起朱莉亚的手,像孩子一样手牵手走着,"我会想你的。我好想把你带着一起走。"

"我也想,"法蒂玛边说边转过脸去,"你去了真正的美国,可美国在我看来还像电影一样,是一个虚构的地方。"

"我会回来的,我发誓。"

"那我怎么办?"

"你被分给了别人,不是我。"朱莉亚泪如雨下。她摇摇头,用袖子擦了擦眼睛。"他们会很好的,我保证。"卡丽说道。

"不,他们不行。我不会跟任何其他人交流,他们一定要把你送回来。"

"你要听我说,"卡丽说道,"他们不会这么做的。"

"那好,*印沙安拉*[①],他们以后休想从我这听到任何消息。"

"有急事的话,还是通过公墓。我会让人盯着情报点的。"她低声说。

"有件事我得跟你说,"她四处看了看,确信没有人偷听,又把卡丽拉得靠近自己,"会发生一场针对美国的袭击,规模很大的袭击。"

"你怎么知道的?"

法蒂玛四处张望,眼神就像被困住的动物。她往前走了几步,示意卡丽跟上,瞟了一眼过道角落,确信附近没有人。

"阿巴斯用他的专用电话打电话时,我偷听到的。那部电话只有大事时才用。"她低声说。

"他跟谁在说话?"

---

① 穆斯林用语,意为"如果安拉允许的话"或"如蒙天佑"。

“我不知道。但是，看他站着的姿势，听电话的样子，是个大人物。”

“那袭击呢？”卡丽低声说，“有什么具体信息吗？时间？地点？怎么袭击？”

“我觉得他们没跟他说。我连是不是黎巴嫩真主党要搞事都不确定。但很快会发生。”

“有多快？”

“我不知道。但他说‘卡利班扎达’，你懂的？”

“我懂。”卡丽说。那是很快的意思。她倚身靠近法蒂玛的耳朵。“知不知道多大规模或在哪？”

她摇了摇头。“可接电话的时候，阿巴斯说了一句‘安拉乎埃克拜尔’。”真主至大，卡丽马上说出了翻译。“我们老说这个，”她耸了耸肩，“但是他说这话的样子，我说不出来，但让我很怕。我希望我能帮你更多。有大事要发生。”

“这帮了很多了。真的。你还好吧？”

“不好，”她又四处看了看，“我不能再待了，可能被人看见。”

“我明白了。谢谢你，”卡丽捏了捏法蒂玛的手，“我也得走了。保重。”

“卡丽，”法蒂玛说，“我就你一个朋友，你要想着我，不然，我真觉得自己一辈子都不知道怎么办了。”

外面传来汽车喇叭的声音，弗吉尔在催了。卡丽拿起法蒂玛的手，贴在自己的脸上。

“我也是。”她说道。

3. 弗吉尼亚州兰利市

卡丽在贝鲁特待了四年，在伊拉克也待过一阵，如今开车行驶在树木葱郁的乔治·华盛顿纪念大道上，把从保险箱找出来的徽章递给大门门卫，跟普普通通的上班族没有两样，心里不禁感觉有点怪怪的。走进乔治·布什总部大楼后，卡丽发现没几个人是她认识的，更别提有多惊讶了。电梯里，没有人看她第二眼。短裙、衬衫和外套，还有化妆，这些上班的行头让她觉得就像是穿的伪装一样。她自忖，我不属于这里，也许从来都是如此。

卡丽一晚上都没合眼，就是睡不着。一闭上眼睛，她就看到了自己的父亲弗兰克·马蒂松，不是他现在的样子，而是自己小时候在密歇根州时他的样子。卡丽六岁时，父亲丢掉了福特汽车公司的工作。她记得母亲跑到她和姐姐的房间跟她们睡，三个人蜷缩在被子下面，而父亲整晚整晚在家里踱来踱去，口里不停念叨着有奇迹要发生，因为他在计算机代码中看到了预兆。

那是十二月中旬的时候，她还在上小学一年级，她记得父亲开车带他们去圣克莱尔湖附近的新巴尔的摩地区，说什么会有奇迹，她们如何会成为见证者。他们坐在靠近水塔附近的码头，远处的镇中心挂着圣诞节的装饰，一派节日气氛，他们一个个却在刺骨的严寒下冻得瑟瑟发抖，盯着阴沉的湖面看了两天，而父亲还在不停地说："就要来了，等着瞧，就要来了。"

母亲冲他喊道："弗兰克，什么要来？有什么了不起的奇迹？耶稣要穿过锚湾走过来吗？真要这样，要是还带着天使，那你转告他给我们带几台取暖器，我跟孩子们都快冻死了。"

"爱玛，你看到那座水塔了吗？那是数学，你就不懂吗？宇宙是数学，计算机是数学，什么都跟数学有关。看看水塔的位置，就在湖边。"

"数学跟水塔有什么关系？你在说什么？"

"我量了的。从我们家正门到水塔，刚好37英里。奇迹就要在这里发生。37。"

"37英里又怎么了？"

"37是个质数，爱玛。它就存在于计算机代码中。水代表生命，摩西击岩取水，耶稣在迦南把水变成酒。好好看着水塔，就要来了。这里就是奇迹发生的地方。你就看不出来吗？"

"弗兰克，这就是一座该死的水塔！"

直到最后他们开车返回迪尔伯恩，父亲还是一言不发，车子开得飞快，像要弄死谁似的，母亲大声叫嚷着："弗兰克，开慢点！你想把我们都害死吗？"坐在旁边的姐姐麦琪哭着喊着："停车，爸比！停车！停车！"卡丽第二天做好准备去上学的时候，母亲告诉她："别到外面说父亲的事情，明白吗？"

直到后来，当她听到父母大半夜声嘶力竭地吵架时，她才明白，不管是什么怪东西上了父亲的身，那同样也上了她们的身。麦琪叫她不要下床，可她还是蹑手蹑脚出了房间，看到父母人在厨房，墙上地板上到处是食物的污渍和打碎的盘子，母亲大声尖叫：

"三个星期了！他们说你无故旷工三个星期了，跟谁都没吱一声！他们当然要炒你鱿鱼！你还指望他们怎么样？给你升职吗？"

“我忙着呢，爱玛，你看着吧。事情都会好起来，他们会求我回去的。你看不出来吗？一切都跟这个奇迹有关，所有人都弄错了，他们不懂。记得从新巴尔的摩回来路上经过的那些车的车牌吗？这些车牌是暗号，我要做的就是把这些数字弄明白。”父亲说道。

“你在说什么？有人知道你在说什么吗？我们要怎么办？该怎么活啊？”

“天啦，爱玛。你觉得他们运行服务器没我能行吗？相信我，他们现在随时会给我打电话。他们会求着我回去的。”

“天啦，天啦，天啦！我们要怎么办啊？”

现在跟父亲一样，她也被开除了。

索尔·贝伦森是国家秘密行动处中东分部的主管，他在自己四楼的办公室等着见卡丽。她深吸了口气，敲门走了进去。

索尔体型魁梧，就像一只泰迪熊，脸上胡子乱糟糟的。卡丽进门的时候，索尔正埋头鼓弄着他的电脑。有时候，她觉得他就像是一位拉比①。头一次招募她进中情局的就是索尔，当时她读大四，见面在三月里的一天，天气很冷，是在普林斯顿大学的职介中心。

索尔的办公室一如既往又脏又乱，只有他才能找到进出的路。跟从前一样，架子上坐着一只维尼熊毛绒玩具，旁边摆着两张照片：一张是索尔和老布什总统的合影，总部大楼就是用他的名字命名；另一张是索尔与中央情报局局长詹姆斯·伍尔西和克林顿总统的合影。

卡丽坐下时，索尔的视线离开电脑，抬眼望着她。

“你找到住的地方了吗？”他问道，眼镜斜架在鼻子上，好把卡丽打量得更清楚。

“一室户，在雷斯顿区。”她答道。

“方便吗？”

“离杜勒斯收费公路不远。你就想跟我说这个吗？”

---

① 拉比是指学识渊博的犹太学者。

“那你想说什么?”

“朱莉亚提供的情报你也看过了,你得派我回贝鲁特。”

“那不可能,卡丽。我想你都不知道自己得罪了多少人,得罪了多大的官。”

“我逃脱了黎巴嫩真主党的陷阱,索尔。你难道宁愿让他们抓到我,把我当成中情局间谍在半岛电视台示众吗?你们这样对我,我倒开始觉得你和戴维斯真想我被抓。”

“别傻了,事情没那么简单,”他边说边抓了抓胡须,“从来就没那么简单。”

“你错了。千真万确,就这么简单。我被算计了,现在还危及到了贝鲁特站的安全,而你手下做贝鲁特站主管的家伙,就只想着把送信的给杀了。”

索尔摘下眼镜,没了眼镜之后,他的眼神变得更温和了,也更游离了。

“卡丽,你就不能让我们好过一点嘛。”索尔说道。他把眼镜在衬衫上擦了擦,又戴上了。

“我有这样过吗?”她说道。

“没有,”他苦笑着说,“我这么跟你说。打从一开始起,你就不讨人喜欢。”

“那你为什么还招我?美国会说阿拉伯语的女的又不止我一个。”话说着,卡丽往后靠到椅子上,眼睛望着他那穿着红色衣服的维尼熊。索尔跟她说过,维尼熊是人类境况最好的象征。只需稍稍改动一下,就能描述人类千般迷恋的东西,维尼喜欢的是蜂蜜,人喜欢的是金钱。

“喂,卡丽,中情局分站的主管就好比一艘船的船长。这是世界上仅存的彻彻底底的独裁统治之一。要是他觉得不能相信你,相信你的判断,那我也没办法。”

卡丽直挺挺地坐在椅子上,神经紧绷,双膝紧紧并拢,就像在接受工作面试。“你是他的上级,开除他啊,不要开除我。”求求你了,她想道。索尔,求求你了,相信我。索尔是卡丽唯一信得过的人,也是唯一相信她的人。如果连他都反对她，那她就一无所有，一无是处了。

“我不能这么做，”索尔说道，“你想想。我就像一支舰队的司令，要是我因为船长们行使他们的判断力，就把他们给开了，那他们还不得胡乱猜疑自己，对我对谁都没有用了。我得从大处着眼。”

“胡说！”她边说边站起身，心里暗想，为什么他就不懂呢？他可是索尔啊，他该站在她这边啦。“完全是胡说。这哪是什么士气，什么安全，什么其他玩意。这就是政治，让人讨厌的政治，”她盯着索尔，“你什么时候跟他们一伙了，索尔？成了那些为了自己升官，连自己的祖国都可以出卖的人了？”

索尔把手重重拍在桌上，吓得卡丽跳了起来。

“你再敢这么跟我讲话！你知道我不是这样的人。如果你跟菲尔丁讲话也这个态度，难怪他把你赶出贝鲁特了。你知道最坏的情况是什么吗，卡丽？你知道最坏的情况是什么吗？你刚刚从你那只小松鸦朱莉亚那里弄来的情报非常重要，在你进来之前，我还想着怎么把你派回贝鲁特。”

太好了，谢谢你，她想道，安心的暖流一下子涌遍全身。索尔依然信任她，他知道她没错，他还站在她这边。只不过是在想法子应付各方官僚。她要做的就是让他看出她没变，还是那个卡丽，仍然懂得怎样跟人打成一片，也包括跟他。

“你要把情报告诉局长吗？我们要不要采取行动？”

“情报我送上去了，”他边说边瞥了一眼天花板，“但我做不了主。这样的威胁我们每天都有。”

“她给的东西从来都是好货，这你是知道的。记得上次她提供的刺杀哈里里行动的情报吗？索尔，这次的情报存在可行性。”

“是吗？真的吗？你的朱莉亚都没提供具体信息。什么都没有。只说袭击很快会发生。我们不知道地点，不知道方式，不知道时间，不知道目标，都不知道是不是黎巴嫩真主党主使的，又或者是别的人转告给黎巴嫩真主党，好分散我们对其他事情的注意力。我们到底该怎么处理这条情报?”

“那就这样了吗?我们只管把情报传达给上级,然后往好的方面想吗?我们今天就是这样保护国家的吗?”

“别跟我扯这些,卡丽。我跟埃斯蒂斯和副局长都讲过了,这条情报存在可行性,我们有很大的把握。轮到他们做决定了,而且我也提醒了菲尔丁,要他接着查。”

“菲尔丁!”卡丽厌恶地说。她起身走到窗前,望向窗外绿油油的草坪和后面的停车场。“我们在贝鲁特出现了安全危机,还有阿喀琉斯呢?”

“菲尔丁说人是你引过去的。”索尔点了一会儿鼠标,直到在电脑上找到了自己想找的东西,然后大声念了出来,“马蒂松情急之中向一位未经调查的陌生黎巴嫩女士求助,根据这位情报人员的说法,该女士出于所谓的好心把车借给了一个完全不认识的人,谍报水平极其业余。马蒂松后来将车弃于公共停车场所,未能甩掉她认为的追捕者,径直将其引到阿多尼斯路的安全屋地点,进而导致该安全屋被消灭,该地点的安全被完全破坏,对我们的行动造成严重影响。”

索尔的目光越过镜片看着她。

“这你叫我怎么办?”

索尔是不会相信这些话的,她想。索尔是不会相信的。

“叫菲尔丁拿这去擦他的屁股!”卡丽喊道,“没人跟着我,在哈姆拉就没人跟着,在拉斯贝鲁特区走路的时候,我敢打包票也没人跟着。根本就没人,里里外外谁都没有。然后突然闯了进来,就像一直知道在哪里一样。我被人陷害了。”

“被谁?”索尔抬手说道,“你从何说起?”

“先说夜莺,”卡丽说道,靠着索尔的桌子向前弓了一下身,两只手的姿势就像准备跑步的人一样,“还有迪玛。让我回去,索尔,我会把两个人抓起来,找到是谁泄了密。”

索尔摇了摇头。

“不可能。卡丽,你看,就算我相信你是对的,假设菲尔丁大错特错。

我也不能这样。”

“为什么不能？他抓到你什么把柄了？”这不像索尔，她心想。

“他人脉很广，行了吧？”索尔厌恶地说，“他和反恐中心的主管大卫·埃斯蒂斯都是比尔·沃尔登的门人。”

“中央情报局局长吗？”

“就是这位大人物本人。这完完全全就是一张老同学关系网。再有就是，沃尔登很有政治野心，不是谁都惹得起的。你呢？你只不过是一个惹人怀疑的女性职员。对上面的人来说，要做出决定并不难。更别提，我们这个机构改组过不知多少次了。现在，埃斯蒂斯不是我的直属上司，事情没那么简单。”

“我们怎么做？”

索尔点了点头。“菲尔丁把责任算到你头上，暂时我也只能如此了。你要是想争辩，我也帮不了你。情况就是这样。”他抬手说道。

“那我该做个听话的小女孩，闭上嘴，弯下腰，让他们想干什么就干什么吗？”

“保存实力，他日再战，”索尔点了点头，“听着，不管怎么说，有一件事我和你看法一样。夜莺整件事怎么说都不对劲。菲尔丁让你去接头，至少得派一队人支援。我不会让你无所事事，浪费人才。”他起身从桌子里边走了出来，和卡丽肩并肩靠在桌子上。他以前信我，现在还信我，她想道，一下松了一口气。

“怎样呢？”她说。

“你记得我提早把你从农场的培训中调出来的时候跟你说过什么吗？我那人见人爱、脑袋瓜子跟斯蒂芬·霍金一样聪明的漂亮女孩，”他笑着说，“你记得我说的话吗？”

“关于我怎样可以学会这一行的其他技能？关于池塘之类的话？”

“说这里池塘水浅，容不下你这样的大鱼。我们要把你放归大海。”

“但是，有时候要与鲨鱼同游，唯一的办法就是让自己成为鲨鱼。我记得你说过。你想我做什么？”

“我想让你把夜莺抓住，查明有关这个袭击的情况，可事情我们得从这里着手。”

“我不明白。”

“你在中东部门和反恐中心之间居中联络。他们正私下合并亚力克分站。”亚力克分站是中情局唯一一个分配的不是地名，而是具体目标——基地反恐网络——的分站的名字。“你向埃斯蒂斯汇报。”索尔俯身靠了过来，她都闻到了他用的须后水的味道，是拉尔夫·劳伦的保罗须后水，“但你是替我做事。”

“那我们现在是自己监视自己咯？”

“有谁比我们更好？我们干的就是这个。”索尔说道。

“那朱莉亚的情报怎么办？有袭击就要发生，索尔。规模小不了，我们都非常清楚。”

索尔吸了口气，又吐了出来。

“我们还剩多少时间？”他问道。

“也许几个星期。朱莉亚的丈夫说很快。他的原话是‘卡利班扎达’。很快。”

4. 华盛顿特区乔治城

仙妮亚·唐恩①的《你仍是我的唯一》这首歌让卡丽陷入了回忆之中。那是1998年，她在普林斯顿大学上大三，这一年有《拯救大兵瑞安》和《莎翁情史》两部大片上映，她自己也第一次有了一段实实在在的性关系——不是读高中时，趁父母姐姐不在家，自己偷着摸着，搞得自己两腿湿漉漉的——她迷上了她的政治学教授、高大又极其聪明的约翰，是他让她知道了龙舌兰酒、口交和爵士乐。

“小时候，我听的都是麦当娜、玛丽亚、路德·范德鲁斯②和男孩男人乐队③的歌。我父亲偶尔也许会听听戴夫·布鲁贝克④的曲子，这就是我和爵士乐最近距离的接触了。”

“你开玩笑吧？你连爵士乐都不知道？迈尔斯·戴维斯、绰号‘新兵’的查理·帕克、迪兹·吉莱斯皮、科尔特兰、路易斯·阿姆斯特朗？这可是有史以来创造出来的最优秀的音乐，以后也是如此。我们美国人贡

① 仙妮亚·唐恩是加拿大著名女歌手，当今乡村流行乐坛的实力派天后。
② 路德·范德鲁斯是美国节奏蓝调和灵魂音乐创作歌手，音乐制作人，八次荣获格莱美音乐奖。
③ 男孩男人乐队是美国著名的R&B演唱组合，成立于1988年。
④ 戴夫·布鲁贝克是美国著名钢琴家和作曲家。

献给世界唯一真正新颖的东西，这你都不知道？从某个方面来说，我很羡慕你。”

“为什么？”

“一个全新的大陆等待你去探索，它比你想象的任何东西都要好。”

“比做爱还好吗？”

“妙就妙在这里，亲爱的。两件事我们可以一起做。”

1998年：那是她最后一次跑1500米。很久很久以前了，卡丽想。

卡丽坐在乔治城M街上的一间酒吧里，灌下了第三杯培根银龙舌兰玛格丽塔鸡尾酒，这时吧台后面吊挂的电视上开始播放仙妮亚的音乐。

“记得这首歌吗？1998年，当时我在读大学。”她指着这首歌，向坐在自己旁边吧台高凳上啜饮着一瓶喜力啤酒的戴夫说道。戴夫四十出头，卷卷的头发，在司法部做律师，穿一套成衣西服，有意露出手上戴着的劳力士表。他的手指轻轻碰了碰卡丽的前臂，好像双方都不知道卡丽的胳膊放在那里，或者不知道他在想什么似的。他的无名指留有一圈白色的皮肤印记，他取下了自己的婚戒，所以他要么离了婚，要么在猎艳，卡丽想。

“那时我是法律实习生，我听的是吹牛老爹。走遍了世界，啊哈，啊哈。”他半说半唱，扭动着肩膀，样子像那么回事，又还有那么点性感。他长得也不难看。至于要不要和他上床，卡丽还没打定主意。

她必须逼着自己不要去想工作的事，这也是她出来的原因。她的调查毫无头绪。要说有发现，也不是找到了答案，反而是问题成倍增加，让她更加头疼。

一连三天，她都在电脑前埋头工作，一直都没停过，困了就趴在桌子上睡觉，饿了就吃自动售卖机卖的饼干。她翻看了反恐中心关于叙利亚国家安全局和黎巴嫩真主党之间接触的全部资料，报道过的接头、照片、手机和电子邮件记录。绝大部分都是纯粹的数据，情报工作每日常见的垃圾。索尔以前把这比作开采钻石。“你得翻找数以吨计的沙砾，偶尔才能发现点闪光的东西，可能真正有用的东西。”

有趣的是，里面不少好东西都是她自己提供的情报，由她的线人朱莉亚告诉她的。

除了迪玛的线索，有关代号夜莺的塔哈·阿尔-多尼的资料并不多。阿尔-多尼毕业于大马士革大学机械工程专业，九年前曾试图和大型军火公司俄罗斯国防出口公司做生意，引起了莫斯科分站的注意。卡丽仔细察看着那张监视照片。照片摄于莫斯科积雪覆盖的宽敞马路上，路上车很多。可能是特维尔街，她想。虽然照片中的人更年轻更瘦，还穿着大衣，戴着毛皮帽子，帽子的耳朵还耷拉着，但毫无疑问他就是夜莺，在贝鲁特街对面那家咖啡馆向她示意的男人。

他的住处、妻子、孩子和在叙利亚国家安全局的工作，这些我们都不知道。告诉我，夜莺，她想。你在哪工作？官有多大？在叙利亚国家安全局和黎巴嫩真主党之间，你扮演什么角色？你关心谁？你跟谁上床？可是，翻遍了反恐中心的全部资料，就只找到这张莫斯科的监视照片。

针对可能在美国发起的大型恐怖袭击，什么相关信息都没查到。朱莉亚告诉她的情报就像一个孤立的指标，根本无从证实。除此之外，什么都没有。难怪没人给她任何回音。

之后在第三天，时间很晚了，她发现了一些东西。根据美国国家安全局从以色列间谍卫星下载数据流中截获的一张照片，夜莺坐在一家水烟咖啡馆的桌边。图片中的墙壁上是瓷砖堆砌而成的残缺不全的阿拉伯语标志。她在电脑屏幕上放大图片，又导入 Photoshop 软件，试着让标志上的文字变清楚。照片看起来不是在安曼就在开罗拍摄的，她想。可能是一个露天市场。

照片在哪照的，这并不重要，更重要的是和夜莺坐在一起的那个人。卡丽都用不着相片上的身份鉴定来告诉自己这个人是谁。他就是贝鲁特站人人都留意了很久，却又几乎从未发现的艾哈迈德·海德尔，黎巴嫩真主党中央委员会的委员，核心集团的成员之一。

那么，代号夜莺的塔哈·阿尔-多尼是真有其人。至少迪玛提供的情报是可靠的，叙利亚国家安全局和黎巴嫩真主党之间确实存有联系。她真希望自己回到贝鲁特,好跟朱莉亚聊聊夜莺的情况。她的丈夫阿巴斯有没有见过夜莺?他知道夜莺的情况吗?夜莺是不是也参与了哈里里刺杀行动?

然后,还有一个亟待回答的问题:迪玛在哪里?夜莺和艾哈迈德·海德尔之间的联系让这个问题变得更重要了。这真是荒唐。贝鲁特站什么有用的消息都没传来,菲尔丁只是给索尔写了一张暗语纸条,说他后续在跟进调查,但自阿喀琉斯遭强行闯入以来,没人见过迪玛。也没有关于在美国发动恐怖袭击的消息,目前还有没有展开进一步调查,菲尔丁也未就此说明。真是个混蛋,卡丽想。

她翻找起大马士革站关于叙利亚国家安全局的每一条记录,每一条附注。跟索尔说的一样,大部分都是垃圾。

后来,她发现了一些有趣的情况。20 世纪 90 年代,中央情报局高级情报官员达尔·阿达勒管理过一个名叫纳比尔·阿卜杜勒-阿米尔的间谍,代号凤梨,据说是叙利亚国家安全局的中层官员。阿达勒据说证实了他的诚心。凤梨是阿拉维派教徒,隶属复兴社会党,和阿萨德家族有亲戚关系。身为穆斯林什叶派分支阿拉维派教徒的阿萨德家族——父亲哈菲兹·阿萨德及其儿子巴沙尔——和泛阿拉伯国家复兴社会党强硬统治叙利亚长达四十余年。凤梨是阿萨德家族的远房表亲,也是阿拉维派教徒和复兴社会党人士,似乎是当间谍再好不过的人选。或许有点太理想了,她沉思自问。

阿达勒向凤梨提供了一鳞半爪关于以色列在戈兰高地的谈判立场方面的消息,情报来源于一个他以为的以色列间谍,两人约好在塞浦路斯密会,但其实这个人是个会讲希伯来语的纽约犹太人,全部工作是为了让凤梨在叙利亚国家安全局内部得到提拔。当凤梨试图自行扩大自己的以色列线人网,即将把中情局的行动暴露给以色列安全总局辛贝特时,阿达勒显然——这里的记录有修改的痕迹,字迹变得模糊不清——故意将凤梨的信息透露给了摩萨德[1]或是外部的合约杀手，致使凤梨被暗杀，他的情人和情人的小孩也惨遭杀害。在塞浦路斯利马索尔游艇码头，遗弃在一艘游艇上的三个人的尸体被发现。

卡丽直挺挺地坐着，眼神空洞。谁改了这些记录？她想。怎么改的？为什么要改？这都是很久之前的情报了。是怎么回事？

如果跟这有关，为什么关于叙利亚国家安全局的情报这么少？大马士革站显然什么用都没有，可菲尔丁管理贝鲁特站也不是一天两天了。至少从20世纪90年代初就接手了。而叙利亚国家安全局和黎巴嫩真主党相互勾结，这在黎巴嫩是个人都知道。去年的刺杀拉菲克·哈里里行动还有这张夜莺和艾哈迈德·海德尔在一起的照片就是证明。贝鲁特站究竟出了什么情况？没有道理这样啊。

天色已晚，已经是晚上八点多了。卡丽还在埋头研究着文件，这时反恐中心主管埃斯蒂斯从办公室出来，朝电梯走去。他看见卡丽格子间的灯还亮着，就走了过来。埃斯蒂斯是非裔美国人，身材高大。

“你在调查什么案子？”他问道。

“叙利亚国家安全局。九十年代之后的情报，我们好像并不多。”

“我还以为你在调查阿拉伯半岛基地组织。”埃斯蒂斯皱了皱眉。回到兰利总部后，阿拉伯半岛基地组织，其实主要是也门基地组织，才是卡丽在反恐中心的正式任务。“有联系吗？”

“不敢肯定。”她说道，心里扑通扑通直跳。她不该有这样的反应。“只有一些模糊的情况。”

“不太可能。叙利亚阿拉维派和阿拉伯半岛基地组织吗？他们在逊尼派和什叶派的纷争上各站一边。你不是还在贝鲁特吧，卡丽？”埃斯蒂斯说道。

上帝啊，他真机智，她想。逊尼派教徒和什叶派教徒之间横亘着一条鸿沟，叙利亚阿拉维派是什叶派的分支，不可能跟逊尼派武装，极端萨拉

---

① 摩萨德是以色列情报机构。

菲派的基地组织结盟。斯坦福学士和哈佛大学 MBA 埃斯蒂斯马上就发现了问题。她要紧紧记住。我有点不行了,卡丽想。从贝鲁特回来之后就没有药了。今天一天她就只吃了一颗氯氮平片,她都能感觉到自己快失控了。振作起来,卡丽,她告诉自己。

"有时他们也会越界,前提是对他们有好处。"卡丽说。

埃斯蒂斯想了想:"没错。"

"针对美国可能发生的袭击呢?有没有听到什么消息?"

"卡丽,你的线人提供给你的情报,我们没有找到任何可以佐证的内容。你得告诉我们更多情况。"

派我回贝鲁特,这句话都到了嘴边,但卡丽还是没有说出来。

"我还在找。"

"我明白了。有发现的话,通知我。"他说完朝电梯走去。

卡丽望着埃斯蒂斯慢慢走远。他魁梧的身材,他的肤色,他魁梧却不失优雅的动作,这些都让卡丽心动。她还幻想了一会儿和他上床会是什么感觉。缓慢,强壮,热烈;她紧紧夹住自己的大腿。这样的反应让她很意外,情况越发不可思议了。自慰解决不了问题,也许她该找个男人,好好做爱,但要简单,不能有任何牵扯瓜葛。

不要再想风梨了,她暗自说道。暂时把夜莺和迪玛都忘了。走开,让潜意识来解决问题。这里面的联系,她没有看出来。夜莺、艾哈迈德·海德尔和真主党中央委员会,突然,夜莺就想杀害、想抓一个中情局的女特工了?

为什么?幕后主使者是谁?叙利亚国家安全局,还是黎巴嫩真主党?还是别的什么人?阿喀琉斯被强行闯入后,贝鲁特站为什么没有进入应急模式?大马士革站的重要文件为什么会被篡改?这跟袭击有什么关系?缺的东西太多了,她心想,一边关了电脑和台灯。

卡丽返回雷斯顿的公寓换衣服。我的药怎么办呢?她心里琢磨着。说真的,她很想念贝鲁特扎里夫区纳克莱路上的那家药店,就在博士医院对面。她只用走进药店,出示自己找一个黎巴嫩老医生开的处方,就什么药都能拿到,没人问你任何问题。只要你给她美元或者欧元的现金,你想要什么药,那位老医生就跟你开什么药。她的线人朱莉亚跟她讲,在中东,“既有规矩,又有需求。什么都有路子”。

我得去见见我姐姐了,可我并不想听姐姐的那些唠叨,卡丽想道。麦琪是医生,在弗吉尼亚州亚历山大市西区执业,家住塞米纳里山社区。问题是,卡丽不能去看心理医生,医生会给她开处方。一旦记录在案,要是有人查起来,她,卡丽就会失去自己的安全许可。她在中情局的前程也就完了。一定不能开处方,要私下解决。她决定给麦琪打电话,明天去找她。今天晚上,她需要出去放松。

卡丽挑了一件微微露出乳沟、丝绸质地的红色上衣、一条黑色短裙和搭配的外套。这套行头总能显出她的性感妩媚。换衣服化妆的时候,听着CD机上播放的科尔特兰和迈尔斯·戴维斯合作演奏的专辑《午夜时分》,她又开始飘飘然不知所以了。这是史上最出色的专辑,歌曲描绘了纽约、纽约的夜生活、性爱、孤独和渴望,方方面面都有涉及。

一开始的时候,她盯着镜子中的自己,觉得自己化了妆和戴了假睫毛后真漂亮,简直美得不能再美了。大自然多么神奇,因为繁衍的需要创造出迷人的女性。卡丽仔细打量着自己,意识到自己真的很美,只要她想,她谁都能迷住,可以拥有成百上千个男人。不管什么时候,想要哪个男人就要哪个男人,他们没有权力,一切由她做主,这种想法就像催情的春药一样。她要做的就是让男人们靠近她,男人们就会像羊一样乖乖跟着她。这就是大自然的神奇之处。

啊,上帝啊,是科尔特兰和迈尔斯·戴维斯的音乐在作怪了。情况没有一丝好转。她心里暖洋洋的,人很开心,觉得没有什么不能战胜。她能搞定贝鲁特发生的事情,查出迪玛的踪迹,抓住夜莺。她要阻止这次恐怖袭击,菲尔丁就等着舔她的屁股吧。索尔会为我感到骄傲的,她非常笃定,人变得兴奋不已。

他们的音乐进入了她的身体,深入到她的骨髓里。卡丽飞也似的跑出门,上了车,沿着雷斯顿大道径直开到弗吉尼亚州267号公路,然后过了钥匙大桥进了市区，最后到了乔治城。CD播放器放着莱斯特·杨的歌《她真有趣》，卡丽感觉很好，觉得自己比从前任何时候都要性感，魅力也更加无可抗拒。

此刻卡丽人在酒吧，旁边坐着做律师的戴夫。她身子往前倾，好让戴夫可以瞄到她的乳房。她的乳房不大，但男人一只手刚好可以握住，男人们好像也不在乎大小，天知道怎么回事。他们只会一通乱摸，跟一群傻子一样，不知道要是抚摸乳房的方法对头，轻轻地，不急不忙地，稍微用点力捏，他们完全可以俘获任何想要的女人。

“你做什么的？”他问道。

“你关心我做什么干吗？”卡丽说，“你不就是想跟我上床吗？我的意思是，我要说错了，你完全可以打断我，你十有八九已经结婚了。你摘了戒指，也骗不了几个女孩子，除了那些笨得不行的女孩子，就算是她们最后也会弄明白，对不对，戴夫律师？所以，我们直接开门见山，好不好？你想不想带我离开这里，把我弄得死去活来？”

他目不转睛地盯着卡丽，无比惊讶又小心翼翼。

“你也戴着戒指。”他说。

“没错，我也结婚了。不要爱上我，对我连好感都不要有，千万不要迷上我。不要什么将来，什么爱情，什么狗屁都不要有。就今天一个晚上。不来就拉倒。你要不愿意，心里想着班车另一头乖巧可人的老婆和孩子，那赶紧从椅子上下去，把位子腾出来，留给那些在这个混账世道里对自己想要的东西更加坦白的人。”卡丽说。

“你真是个人物。”他说。

“你还别说。”

他放下啤酒，站起身来。

“我们走吧。”他说。

“去哪？”

“你住的地方。”

“哼，你别想知道我住哪，”她摇了摇头，一口气喝下了剩下的玛格丽塔鸡尾酒,“再说了,大人物,就你那意思,劳力士你都戴得起,难道连买避孕套和开房的钱都没有吗?”

他帮卡丽拿起外套,让她穿上,接着穿好自己的大衣,然后一起出了酒吧。外面凉风习习,夜色清澈,M 街上一栋栋双层楼房夹道而立,绵延伸向远方。他搂着卡丽,往他的车走去。一辆林肯汽车,狗屁律师的车,她心中暗忖,跟着他上了车。

“你想去哪?”他问。

“丽思卡尔顿酒店离这不远。”收音机调到了播放嘻哈音乐的频道。他想冷静冷静,她想。“放爵士乐吧,WPFW,调频 89.3。”他拧动调台的按钮,直到卡丽听到收音机传出布鲁贝克和保罗·德斯蒙德的歌声。“两个戴夫,”她大声说道,“你和戴夫·布鲁贝克。”

他扮了个鬼脸。他在想到钱,卡丽想。他怎么跟公司或者跟老婆解释这笔信用卡的费用?

“莱瑟姆酒店怎么样?就在前面的 M 街上。”他说。

“莱瑟姆酒店的房间再好不过了。他们该好好宣传,‘来莱瑟姆吧,你不说,我们也不说’,”卡丽边说边俯下身子,亲吻起他的胯部,搞得他差点拐弯,撞到迎面开来的车子,“小心点,冒失鬼,现在我们可不想出什么事。”卡丽吐出一口气,用呼吸温暖他的裤子,嘴唇不停摩挲着他,让他裤子下面的东西变得坚硬无比,然后抬起了头。

酒吧、百叶窗遮着的店铺,还有街上和交通灯的霓虹闪烁,在车窗上投射出各种各样的图案。这些图案和爵士音乐融合在一起。它们不像具象风格,而是不断重复的图案,跟伊斯兰艺术很像。这其中包含着什么含义,很重要的含义——然后,哦,不!她回过神来,手还在揉捏着他的裆部,意识到自己开始要失控了。

躁郁症,她在基因遗传上中了奖,遗传了父亲的病。就是这个病让她父亲丢了饭碗,搞得他们一家人最后不得不从密歇根州搬到马里兰州。现在不要这样,她暗忖道,拜托了,现在不要。

“不要急。”他说。卡丽坐起身来,好让他用手机联系订房。没过多久，两人就走过酒店拱形的入口，进了酒店大堂。他们只在前台耽搁了一会儿，就进了电梯，片刻后就进了房间，撕扯着脱下了对方的衣服。两人热烈地亲吻，舌头在对方嘴里来回搅动，倒在了床上。

戴夫伸手够到他丢在床边地板上的裤子，拿出一只避孕套戴上。他关了灯，这时墙纸的图案有什么东西让卡丽吃了一惊。就像一个网格，只不过在黑暗中，戴夫的轮廓就像一片空间一样。哦不，她想。她的躁郁症又犯了，控制自己，卡丽。位于网格中的空间，就像迪玛消失不见的那片空间。在这片开阔无人的空间里，迪玛、夜莺和真主党的艾哈迈德·海德尔都联系在了一起。这是一个网格，只是颜色错了。墙纸是灰色的，可照理该是蓝色的。她需要蓝色的墙纸。除了这些，她头脑里一片空白。蓝色网格里的空间，就是颜色错了。

"真美。"戴夫说，鼻子轻轻触碰着她的乳房，手指伸到她的双腿中间，摩挲着，触摸着放进她的体内。卡丽闻到了他嘴里的气味，是啤酒的味道，突然还有一种很糟的东西，来自那个网格空间的东西的味道。她猛地向后抬头，人几乎窒息住。他紧紧贴着她，摩擦着身体。在他进入的时候，一开始的那种快感让她猛地倒吸一口气，眼睛盯着墙壁。墙纸变成了移动着的网格，就是颜色不对。

"停住！停住！"她大叫着推开他。

他插入更用力了，不停抽动着，进进出出。

"停下来！从我身上下去！马上下去，要不然你会后悔的，你这个混蛋！"

他停了下来，拔了出来。

"到底怎么了？你开什么玩笑？"他叫道。

"对不起，我干不了。我想干，可干不了。我干不了，干不了，干不了，真的不行。难道你看不出？跟做爱没有关系。我想跟你做爱，我想让你进到我的身体里，可我做不到，我也不知道为什么。是我的药的问题，是我吃了什么东西。那是一个网格，里面有一个空间，颜色错了，我不能看着它。"

“把身子转过来，”他边说边推她的屁股，让她趴着，“我们就这样干，你不需要看。”

“他妈的！我干不了。你就不明白吗？不用眼睛我也看得到！我们不能做了，你得出去。我就是一个疯婆子，好吗？一个你在酒吧碰到的金发女疯子，酒吧里的一个金发妓女。这就是我。很抱歉，戴夫，我也不管你真名叫什么，很抱歉。真的，我有毛病，我想要你，我很想很想，可我干不了。”墙纸就像一幅不停移动的图案，形状不断无穷变换，“我干不了，这样不行。”

他站起身来，开始把衣服穿上。

“你就是个疯子，你知道吗？真倒霉竟然碰到了你，你这个蠢货，疯子，臭婊子。”

“去死！”她喊叫着回击，“滚回你老婆身边。告诉她你加班晚了，你这个撒谎的大骗子！”她尖声叫道。“最好回去干你的老婆，假装她是我。这样你把我们两个人都上了！”

他重重地抽了卡丽一个耳光。

“闭嘴。你想让我们都被抓住吗？我就走。这给你，”他丢下一张20美元的钞票，“自己叫出租车。”他说完穿上了大衣，检查了一遍口袋，确定自己没有落下什么东西。

“疯婆子。”他咕哝着开了门，又把门带上。等他关了门，卡丽像喝醉了似的，踉跄着走到卫生间的水槽跟前，吐了起来。

5. 弗吉尼亚州亚历山大市

“什么时候开始的？”姐姐麦琪问道。

两人坐在麦琪的 SUV 里，车停在范多恩地铁站附近，离亚历山大市的地标购物中心很近。她们约好了在这里，而不是在麦琪办公室或家里碰头，就是怕被人看到。她在中情局工作的事情，家里只有麦琪一个人知道。

“昨天晚上。”卡丽说。“我感觉得到病稍稍发早了，但是昨天才完全开始，玛格丽塔鸡尾酒好像没管什么用。”她补充道。

“你为什么不早点打电话给我？”

“我在忙事情。很重要的事。”

“一刻也没停吗？觉也没睡？吃的也不多，要么吃点中餐外卖，要么可能嚼了几块饼干？”

“好吧，我一直坐在自己的位置上，埋头在做事，我在调查一些事情，不想停下来。”

“有没有搞错，卡丽。你再清楚不过了，所有这些都是你发狂的前兆。你是我妹妹，我是爱你的，”她说着，轻轻拂开了遮住卡丽眼睛的头发，

“可我希望你让我给你治疗一下。你可以过跟正常人一样的生活。真的可以的。”

“麦琪,我们讨论过的。只要我接受治疗,不管是你,还是别的心理医生,或者只要有了处方的记录,我的安全许可就没了,我的工作也完了。我又没什么私生活,这我们两个都知道,至少你常常跟我这么讲,那我可就什么都没有了。”

麦琪看着她,在透过车窗的阳光的照射下,眼睛微微眯着。天气晴朗,温暖的气候在三月来讲有点异乎寻常。取车的人们敞着外套,有的连外套也没穿。

“也许你该换份别的工作。这哪是生活。爸爸、我还有孩子们,我们都很担心你。”

“别说这个。我不想提爸爸,要说‘正常’,怎么也轮不到他啊。”

“锂片吃了感觉怎么样?”

“很不喜欢。它让我变蠢了,迟钝了。我就像隔着厚厚的玻璃在看这个世界。又脏又厚的玻璃,让人的智商都低了50分。我有说很厚吗?我跟个僵尸似的。我很讨厌它。”

“至少你说话清楚。昨天晚上我见到你的时候,你就不是这样。天啦,卡丽,你不能再这样下去了。”

“你知道我很好——目前很好。我可以搞到我想要的所有药。氯氮平片效果蛮好的,我一切正常,跟普通人一样。你都不敢相信。我目前做的事情,我很拿手。你只用弄大量的氯氮平片给我就行,我就能做回卡丽阿姨,皆大欢喜,孩子们也会很开心。”麦琪有两个女儿,一个叫鲁比,七岁,一个叫乔茜,五岁。

“你要是觉得可以自行用药,弄到你想要的药就好了,那你简直太傻了,比你想象中的还傻。”

卡丽抓起姐姐的胳膊:“我知道,我知道你说得对。你瞧,我知道你不喜欢,也不了解我的工作,但我做的事情很重要。相信我,因为我做的事情,你和你的孩子们才可以更加安全地入睡。你一定要帮我,我没有人找了，我实在没办法了。”

“你知道我要冒多大的风险吗？我可能丢掉我的行医资格，我帮爸爸开药已经很不对了，可至少他在接受治疗。我配合他的心理医生开药。他在接受治疗，再加上有我看着他，他现在有两年都没发病了。你该跟他相处一段时间，我知道他会很开心的。你都不会发觉他有什么问题。”

“你去跟妈妈说啊。”卡丽说。

两人谁也没有说话。这就像是他们家庭的黑洞，一个永远也不能愈合的伤口。她们的母亲爱玛不见了。

“要是不能见你父亲，那你母亲呢？”她在普林斯顿大学读书时的情人约翰教授一天晚上在床上问她。

“我不知道她在哪里。”

“你不知道她在哪，你这句话是什么意思？她过世了吗？”

“我也不知道。”

“我不明白。”

“这我倒知道，我真的明白。”

“好吧，那你跟我讲讲，那就有两个人明白了。”他说。

“她走了，就这么回事。有一天她说她要去CVS药店，马上就回来。我们再也没有见过她。”

“你们家里人找过她吗？报警了吗？她联系过你们吗？”

“找过她，也报了警，她没联系我们。”

“哇！难怪你不跟我讲你的家事。”

“那天是我离家去普林斯顿大学的日子，她消失不见了，我也离开了。我一个人带着一个行李箱，还有我快乐的童年回忆。你看不出来吗？她自由了。我是她最小的孩子，是小宝宝。我也要离开了，我可以自己照顾自己了。现在你对我悲惨的生活是不是有了一丝概念？我就是那个可爱的金发女大学生，那个你想跟她上床的女孩，可是跟我说实话，约翰，我真的是你想要在一起的女孩吗？”

“至少你让我检查检查，”麦琪说，“氯氮平片有一些对身体有害的潜在副作用,可能导致低血糖症和粒性白血球缺乏症。你明白吗?白血球数量降低可能造成严重的后果。至少让我检查一下有没有这个可能。”

“听我说,”卡丽抓住麦琪的胳膊说道,“你不明白吗?我不能接受检查。把那些该死的药给我,让我好回去做事。你不明白的,我一定得回去。有很重要的事。”

“这是三周的量,”麦琪说着,把装着药片的塑料包递给了她,“这可以让你镇定下来,保持平静,但就这样了。我说真的,卡丽。我不能再干这种事了,这会把我们两个人都毁了的。我希望你认真考虑一下治疗的事,如果心理医生帮你开这个,要多少有多少,够你爽翻天了。”

“嘘!别说话。”卡丽边说边调大了汽车收音机的音量。她听到了什么。

“……据报道,五名驻扎在素有伊拉克死亡三角之称、巴格达以南的阿巴西耶市外检查站的第502步兵团的美国士兵闯入当地伊拉克平民家中,伊拉克当局控告他们奸杀了一名十四岁的少女,杀害了她的家人,并纵火焚尸。被控士兵称袭击是逊尼派好战分子所为。美国军方和联合政府发言人表示,事件正在调查之中。驻伊拉克多国部队司令卡西将军的发言人称‘我们会把这件应该谴责的事情调查得水落石出’。”新闻播音员说道。

卡丽调低了收音机音量。

“妈的,这下情况更糟了。我得走了,这个谢谢了,麦琪,”她指着药片说道,“谢谢你来接我。我会尽快来看两姐妹的,我保证。”

“伊拉克这件事就是你在忙的事情吗?”麦琪问道。

卡丽看着她。

“我们……什么都做。人们都不知道。我会打电话的。”她说着下了车。

“爸爸呢?”麦琪问道,卡丽眯着眼睛看着她,“你总要跟他聊聊。”

“我的好姐姐,你就是不死心。我会的,我会抽个时间去的。”她说道。

卡丽回到了兰利总部，刚好赶上了大卫·埃斯蒂斯召集的反恐中心全体会议。他在会上说，由于阿巴西耶发生的事情，他们预计伊拉克国内外针对美国人的反恐活动会有显著的增加。

“所以，就在你觉得我们不大可能搞出什么事让美国人在阿拉伯国家的街头更不受欢迎，或是让伊拉克人更恨我们的时候，有些在伊拉克笨得跟猪一样的混蛋就整了这么一出，可以说从基地组织决定撞毁曼哈顿下城区大楼以来，帮他们做了最好的宣传！”埃斯蒂斯愤怒地喊道，“中东和欧洲地区的美国目标尤其要注意。

“我还要提醒大家，我们接到了针对美国本土的大型袭击的威胁，情报未经证实，但情报来源以前一直都很可靠，”他补充道，说话的时候并没有看卡丽，“所有人员着手搜查从中东和南亚地区任何地方获得的每一条情报，我强调一下，是所有情报。无论什么威胁，不管可信度有多高，都要马上向我直接汇报。

“我们还得在巴格达站部署更多的资源，索尔，这件事你来办，”他对索尔说，索尔点了点头，“到时难免出现各种各样的情况，各方媒体也会就此展开大肆报道。我已向中情局局长汇报，预计绿区内外的美军和美国平民的伤亡会有大幅度的增加，但我希望得到更详细的预测。我需要让参谋长们和白宫了解他们所处的情况。

“除此之外，我希望收到一份逊尼派在死亡三角地带的所有活动的分析报告，除了情报分析部门，索尔你也要做，今天下午五点前交给我。不管在哪，就算是有人从巴格达往希拉放了个屁，我也要知道。没有接到支持巴格达站的任务的人，必须接手我们调走的人员的手头没有做完的事情。现在开始做事，我们已经是在浪费时间了。”埃斯蒂斯说完解散了会议。

一个小时后，卡丽在走廊截住了去坐电梯的索尔。她等他很久了。

“现在不行，卡丽。我要上七楼开会。”他对她说，意思是要和中情局的头头们开会。

“夜莺和艾哈迈德·海德尔见过面，菲尔丁肯定知道这事，可他对此只字未提。”卡丽说。

索尔停下来站住，眼镜下双眼眯着，好像一头白天的猫头鹰。

“你怎么知道的？”

“有照片。国安局从以色列卫星数据传输中截获的。在一间咖啡馆，我看不出是哪，开罗和安曼都有可能。”

“对此你有什么看法？”

“叙利亚国家安全局和真主党就是一伙的，也许哈里里暗杀行动就是他们一起策划的。也许就像朱莉亚说的，有事情要发生，只不过拿阿巴西耶的这件事做幌子。索尔，你告诉我，到底怎么回事？”

“我不知道，所以才找你。你有什么要求？”

“我需要米德堡的协助。那里有没有人可以联系？”美国国家安全局总部就设在马里兰州米德堡的军事基地。

“绝对不行。像这种事情，我们都制定了相应的程序，他们不会放任不管，让你像一头公牛一样在瓷器店里到处乱闯。你已经是如履薄冰了，”他看了看表，“我得处理好最近的这一烂摊子事，他们到底想怎样？”他一边说一边用手指戳着电梯的按钮，戳了不下十几次。“你们把这些年轻人派过来，委派不同的任务，有一半的人来自国民警卫队，还有大量的平民。面对着大量的无头尸体、大街小巷随处可见的简易爆炸装置、不能抛弃的盟友和数百万自己只能眼睁睁看着却不能帮忙的女性，不少人都得了创伤后应激障碍。他们觉得会发生什么事？上帝啊！”他说完进了电梯。“你别靠近米德堡，我是认真的。”电梯门关上的时候，他又说道。

屁话，卡丽暗忖道。要是没有国安局，手头的东西也太少了，很难接着往下查。她得找找人。

6. 马里兰州米德堡

卡丽开车行驶在马里兰州的 I-295 公路上，想着要是不往北走，走 495 公路的话，中途还可以在肯辛顿停一下。这里是卡丽长大的地方，当时父亲在贝塞斯达找到了工作，于是举家从密歇根迁到这里。

圣三一高中，她记得很清楚。学生清一色都是女孩子，都是天主教徒。修女，曲棍球和格子短裙。“全宇宙自慰的中心。”麦琪这样形容这所高中。到大学二年级，卡丽的躁郁症才发作，在此之前，她各方面都非常优秀：她是她们班的班长，在全州 1500 米田径比赛上获得了亚军，作为学生代表做毕业演讲，完全是稳进常春藤盟校的成长轨迹，普林斯顿大学和哥伦比亚大学在讨论授予奖学金的问题。而此时她的母亲一天比一天消极。

“妈妈，这是全州的比赛。我想您来。”

“卡丽，跟你爸爸说吧。我知道他想去。”

“你知道我不能这么做。现场会有大学挖掘人才的人来。他会把我的事给毁了的，他老是这样。”

“你去吧，卡丽。没问题的。”

“怎么了，妈妈？你害怕我赢吗？”

“你怎么这样说呢？我真心希望你赢，但不是说这很重要。”

“因为我可能真的有点出息吗？你是害怕这个吗？害怕我们有人真的逃离这个疯人院，而这个人不是你吗？”

“你真是个小傻瓜，卡丽。比赛被人操纵了，就算是冠军热门也不会获胜。”

天啦，卡丽心想。我竟然没变得比现在还疯，真是奇了怪了。她下了高速公路，开到岗哨门口。从大门，她就望见了又叫黑屋的国安局总部的长方形黑色玻璃大楼。

过了半个小时，他们才验明了她的身份，发给她一张访客证，带她进了一间没有人的会议室，里面摆放了一张红木的长桌。一个穿着衬衫、系着领结的瘦个子走了进来，样子看起来像上世纪五十年代的人。

“我是杰里·毕晓普，”他边说边在她对面坐了下来，“真是稀客啊，很少有麦克莱恩的人从295公路下到我们这儿来。什么情况啊？是阿巴西耶吗？”

“嗯，你要是有关于这方面有趣的新情况，或是基地组织的新行动的任何消息，你可以让我大出风头，你说什么就是什么。”她笑着对他说，隐隐约约向他散发着一丝魅惑，就像飘散的香水一样。

“除了网络上那些通常的废话，我们没注意到有什么信息的增长。在纽约的自来水里下毒，袭击美国境内的炼油厂和化工厂，还有他们从来没变过的最爱：开着装满炸药的私人飞机，撞毁国会大厦。我就搞不懂，怎么会有人认为除掉几个国会议员会让美国受到伤害。”他咧嘴笑着说。“除了这以外，西奈半岛埃尔阿里什的一些萨拉菲派组织成员的手机联系有一点井喷，事情好像跟以色列人有关，”他耸了耸肩，“情况就是这样。”

“西奈南部有一些度假地，有来自全球各地的游客：以色列人、欧洲人、美国人、水肺潜水爱好者。埃及政府在那里管不了什么，可能会有情况。”

“可能吧，我把情报给你，”毕晓普点头说，“可你来这不是为了这个，对吧？”

卡丽从电脑包里拿出一摞照片摊在桌上，有塔哈·阿尔-多尼即夜莺的，有艾哈迈德·海德尔的，还有迪玛和大卫·菲尔丁的。她敲了敲海德尔的照片，接着说道：“这张是从你们下载自以色列卫星的资料弄来的。”

“你想要什么？”

“你们手头关于这四个人的一切资料。手机通话、电子邮件、推特消息、监视资料，就连他们奶奶给他们的霍马克[1]贺卡，所有东西都要。”

毕晓普哼着笑了一声：“嘿，你知道我们搜集资料是重量不重质的，对吧？我们搜集各种各样的信息。公开的，私人的，手机，什么姓阿卜的发给他老妈的短信。我们进行解密和翻译，再运行一些算法，过滤一些明显的垃圾。然后我们再把资料发给中情局的人，还有国防情报局、国安局和联邦调查局，该发的都发了。就这么回事。你们要做的就是把这些信息拼凑起来。”

“我帮你缩小一下范围。只找与这些人有关的，除了阿尔-多尼和海德尔，其他几个人的范围只限于贝鲁特。”

毕晓普狐疑地望着卡丽。

“你是替埃斯蒂斯办事的，对吧？”

“我直接向大卫·埃斯蒂斯汇报工作。不管怎么说，我来这里的事，国家秘密行动处中东分部主管索尔·贝伦森也知道。”她撒谎说。

毕晓普拿起菲尔丁的照片，然后直视着卡丽：“一般我们不会破译中情局分站主管的东西。怎么回事？”

“我不能跟你说。”

“但贝鲁特现在有事情发生？是不是这么回事？”

“这我也不能说。可是你自己想想，如果我们没碰到问题，我现在会跟你这样讲吗？”

“可你不希望我跟任何人说？”

---

① 霍马克贺卡是美国知名卡片制作公司霍马克制作的贺卡。

"不能说。说了的话会危及我们手头的事情。"

"等等,"毕晓普低下声来,"你是暗示贝鲁特站有内奸吗?"

"我可没这样说,"卡丽大声说,"别这样理解。这次调查,我请你帮我保密。杰里,这不就是我们每天做的事情,我们的工作吗?就是这样。"

"你要怎么给你?通过JWICS系统发邮件给你吗?"毕晓普说的是美国政府的联合国际情报通信系统,专用于高级安全绝密通信的特殊计算机网络,享有美国政府内部最高的秘密级别。

"不,拷到这上面。"她边说边拿出一个移动硬盘,连相片一起递给了毕晓普。

"上帝啊,这件事你真想悄悄地做。来吧。"毕晓普说完,就领着卡丽穿过走廊,上了电梯,一直下到地下好几层。

他们走过一条没有窗户的走廊,经过了一间间锁着的办公室。每间办公室都装了严密的安保监控,有的需要刷证件打开,有的同时需要证件和输入键盘密码,最后一间同时需要证件、键盘和掌纹才能开启。房间里一面墙壁都是显示器,显示着全球各地现场的卫星图片。其中一排屏幕非常惹人注意,显示伊拉克主要街道的实况。

房间里到处都是分析师,一个个格子间里,他们埋头在电脑前做事。毕晓普领着卡丽走到靠墙隔间的一群分析师前。

"他们是中东分部的一些同事,"毕晓普说,"你可能不认得他们,不过他们做的事你见过。"

"大家好。"卡丽说。其中一位男性分析师只瞟了她一眼,然后眼神又回到了自己的电脑屏上,他一头乱乱的红色头发,满脸雀斑,胡子修得整整齐齐,坐在一把轮椅上。毕晓普把卡丽要找的东西告诉了手下人,然后把照片递给了其中四个人,教他们具体怎样找。

"我找的时候你想过来坐在我边上吗?"坐在轮椅上的红头发分析师说道,他拿的是菲尔丁的照片。

"行啊,能找到我想要的东西就行。"卡丽说。

"我也这么想。"红头发咧嘴笑着说。他样子挺吸引人的,穿衣打扮有点前皮士①的风格，卡丽心想。

“我想看看这是怎么操作的，可以吗？”卡丽对毕晓普说道。她在红头发旁边坐了下来，眼神不由自主地落到了他瘦削的牛仔裤下瘦得跟铅笔一样的双腿。

“我叫詹姆斯，詹姆斯·阿卜杜勒-沙瓦菲，叫我吉姆博就行。”红头发说。

“你长得不像阿拉伯人。”卡丽说。

“我父亲是埃及人，母亲是爱尔兰裔美国人。”他咧嘴笑着说。

“哈尔塔塔卡拉姆阿拉比亚？”卡丽在问他会不会说阿拉伯语。

“艾瓦，德库巴。”他答道，是的，当然会讲，“你想从哪开始？手机短信还是电子邮件？”

“你真懂我，电话吧。”卡丽说着，把一串菲尔丁在大使馆的号码给他看，有加密电话和手机，总共有五个号码。

“不需要这个，你看。”吉姆博说着就调出了一个数据库，查询菲尔丁。数据库里查询出了11个电话号码。卡丽坐直了身子。大多数中情局人员都有一两个私人手机号码，可这么多号码有点让人吃惊了。

“你想查询多久以前的？”吉姆博问道。

“几年前。不过我们先从过去三个月开始。”

“没问题，但信息量会很大。”吉姆博说着输入了查询操作符，按下了回车键。

他们等了一会儿，不久之后一条条包含数据描述、号码、日期和时间的数据覆盖了整个屏幕。吉姆博目不转睛盯着屏幕。

“上帝啊，不可能。”他摇头说道。

“怎么了？”

“你看，”他指着屏幕说道，“看到这个时间缺口没？”

“指给我看看。”

---

① 前皮士是指那些赞成传统的思想、行为方式，爱穿美国预科学校服装的人。

吉姆博在屏幕上标出了一块地方。

“查询结果显示，你的这位菲尔丁先生这三个号码过去近五个月就没打过电话。”

“可能他没要这三个号码。他还有八部手机呢。”

“不对，直到今年十月，这三部手机还在用，虽然用得不多。看见了吗？这完全不对劲。”吉姆博说。“等一等，”他瞟了卡丽一眼，“我有数据库管理员权限。”他又开了一个对话窗，输入了一个DBA_SOURCE数据库字符串。“这可以让我进入整个数据库，我是说一切东西。这就是整个宇宙。”

他们等了一会儿，屏幕上出现了跟他们之前看到的相似的结果。

“这不可能。”吉姆博咕哝着说，他输入了一系列计算机外壳程序命令行。“他妈的。”他低声说。

“是什么情况？”

“被人删除了，看到这里了吗？”吉姆博说道，指着一个卡丽无法理解的字符串。

“这种事常常发生吗？删除国安局数据库的信息？”卡丽问道。

吉姆博看着她。“我以前从没见过，从来没有。”吉姆博说。

“什么时候删的？”

吉姆博盯着屏幕仔细地查看。

“也很怪。两个星期前。”吉姆博说。

时间听着有点耳熟。她想了一会儿，马上想了起来。是她离开贝鲁特的那一天。第二条法则，她心想，记起了她在农场接受训练时索尔·贝伦森说过的话。“有两条法则，”他告诉他们，“一、这个行当会要了你的命，所以永远都不要相信线人或任何人。二、没有，我再说一遍，没有巧合。”卡丽望着吉姆博。

“谁能批准这样的事？”她问道。

“我不知道。”他靠得更近了，低声对卡丽说，“必须是最高层的人。”

7. 弗吉尼亚州兰利市乔治·布什情报中心

卡丽仔细查看着她从国安局用硬盘拷回来的有关迪玛的资料，发现迪玛最后一次手机通话时间是她消失当天的下午 3 点 47 分，打给了拉斯贝鲁特区的一家发廊。在此之后，就杳无声息了。卡丽开始回溯查找，想一条条确认每次的手机通话。发廊是掩护秘密行动的幌子，还是她只是想去吹吹头发？埃斯蒂斯的电话打断了她的思路。

“到我办公室来，现在。”埃斯蒂斯说完就挂了电话。

好了，总算来了，卡丽暗忖，想着是不是和她发送给他的邮件有关。邮件是关于西奈北部的一个萨拉菲派贝都因人部落萨瓦卡的情况，以及在沙姆沙伊赫和宰海卜①对游客发动恐怖袭击的可能性。这些都是她从黑屋搞回来的情报。往埃斯蒂斯办公室走的时候，卡丽心里还在思考这件事，还想着迪玛。迪玛为什么没露过面？或者至少有点消息吧？要是找到了尸体，她确定弗吉尔是会联系她的。

敲门的时候，卡丽看到了一脸愁容的索尔也在埃斯蒂斯的办公室，很快意识到是别的事情。

---

① 沙姆沙伊赫和宰海卜位于埃及西奈半岛，是埃及著名的旅游胜地。

埃斯蒂斯脸上没有一丝笑容，只是示意她坐下。索尔坐在另一张椅子上，看都没看她。哦，天啦，她心想。

午后耀眼的阳光照射在埃斯蒂斯背后的窗户玻璃上，反射的光线几乎让人看不清楚乔治·布什中心和老总部大楼之间的院子，三三两两的中情局员工穿着衬衫坐在院子里。天气真怪，她想，心里突然跟明镜似的，什么都注意到了。有事情要发生。她都能感觉得到自己脑海中乱作一团的电路跟着了火一样。

“你心里到底在想什么？”埃斯蒂斯说道，“你是疯了吗？”

“什么想什么？我们在说什么啊？”她说道。

“别装着没去过国安局，擅自行动。你知道你违反了多少条程序吗？”埃斯蒂斯厉声说道。

“我都跟你说了别去，卡丽。”索尔轻声说道。

“你们怎么发现的？”卡丽问埃斯蒂斯。

“国安局一个叫杰里·毕晓普的中层主管给我发了一封措辞礼貌的邮件，说感谢你前去，消除了机构内部斗争什么的。尽管事情是有违规，还是想让我知道——措辞很不错。觉得这种想法不错，我们该进行更多这样的合作，就差建议围坐在古老的篝火旁，一起烤棉花糖了。可我就是不想再有这样的合作，卡丽。我们是他们的消费者，仅此而已。我们没有时间，也没有资源去梳理他们的烂事，我不能有，更重要的是，”——他隐约往天花板上指了指——“我们上头的老大也一样。”

“就算有成果也不行吗？我有了一些收获，西奈半岛上的部落成员。你说了什么情报都要的，我给你发了邮件的。”她对埃斯蒂斯说道，不敢抬眼看索尔。

“真了不起，西奈半岛的部落成员，我会提醒阿拉伯半岛的劳伦斯。卡丽，你脑袋里在想些什么？你知道我们有多少预算吗？你知道参议院只要看到我们有一丝冗余的迹象，就有多想精简我们吗？你倒好，一个人荡到米德堡，把我们多年来才取得的共识一下破坏了。”埃斯蒂斯摇了摇头，“贝鲁特站说你不听人管，可索尔还说服我，说你不是这样的。这让我怎么信你。”

“萨瓦卡的情报呢？”卡丽说。她差点就说出了国安局数据库记录不见的情况和反恐中心资料被改过的事实，但直觉告诉她不能说。只说圣战分子就行。

“索尔就此已向埃及国家安全调查局提出警告，他们表示会进行调查。我们也警告了以色列人。但这并不是问题所在。”

“那你告诉我是什么问题，大卫，”她说着，起身和他当面对质，“因为我可是在行动当中被从贝鲁特调回，这次行动我们有一位女间谍消失不见，这都是发生在黎巴嫩真主党和叙利亚国家安全局对你们的情报官，我，开展抓捕行动之后，”——她轻轻拍了拍自己的胸膛——“不仅连查都没有人查，连问‘为什么’的人都没有。再有，我给了你们可行性很高的情报，线人向来都很可靠，说可能在美国发生大规模恐怖袭击，直到现在，除了我，似乎就没人关心。所以你给我说说，他妈的到底怎么回事？”

卡丽这次真的看了索尔一眼，见他脸色发绿，好像感觉很恶心的样子。

“你给我坐下，没跟你开玩笑。”埃斯蒂斯咬牙切齿地说道。

她坐了下来。埃斯蒂斯吸了口气，过了会又吸了口气：

“听着，卡丽。我们这里不是军队。我们不只是发号施令，下面的人还要独立行动和思考。从管理上讲，就跟养猫一样。可是，要让优秀的人才在没人料到的地方调查出救国的情报，付出这种代价是必须的。所以我们给了你很大的活动空间，可这次你太过分了。

“你绕开中情局，擅自行动。你完全越过了‘须知’的范畴，这也是为什么我们只允许进行正常渠道、经过批准的部门交流。国安局的工作就是为我们提供数据，仅此而已。他们没有情报分析方面的专家把原始的数据变成有用的情报。我们有。整个局里，大多数人的工作就是分析数据。我们要是把国安局也扯到我们做的事情当中，那国会就有权过问，质问他们究竟花钱让我们干什么。针对这条关于袭击的所谓的高可行性情报，你要想我采取行动，你他妈也得有事让我去做啊。

“再说了，在你忙着在自己的天地里想着西奈半岛和贝鲁特的时候，你就没管基地组织，尤其是伊拉克基地组织的事情！而我要你做的就是这事，这也是你还没滚蛋的唯一原因。”

“我也在调查伊拉克，我——”

“少废话，卡丽。我们没时间听你瞎扯。阿巴西耶刚发生的事情无异于送给坏蛋们的一件礼物。我可不能让你想什么就干什么。这是行不通的。”他摇了摇头，“不管怎么说，我已经通知了人力，要把你从反恐中心调走。事实上，不仅仅是反恐中心，还有国家秘密行动处。这里没你什么事了。索尔？”他说完，望着贝伦森。

卡丽觉得她肚子上好像被人打了一拳，她好想吐，这不可能，他们难道没看出发生了什么事吗？缺失的文件，可能的恐怖袭击，只有她发现了这些，现在他们却要把她拒之门外？

“卡丽，你是个人才。你的语言能力，你的直觉，”索尔说道，他身子前倾，双手紧握，像在祈祷一般，“可你把我们逼得没有了办法。你换岗了。”

卡丽一下子如释重负。虽然很糟糕，可毕竟没被开除。

“我还以为我被调离了国家秘密行动处。”她说道。

“没错，”索尔说着，瞥了一眼埃斯蒂斯，“你被调到情报分析处，情报搜集策略和分析办公室。”

“立即生效，”埃斯蒂斯说道，“你以后不再负责外勤事务，马蒂松。没你什么事了。”

“你得罪谁了？”坐在旁边隔间的同事乔安妮·戴顿说道。她金发碧眼，有点小胖，长得很漂亮，高中时还当过拉拉队队长。可听乔安妮自己讲，她高中时候吸过毒，不是那种品学兼优的孩子。“否则，我也不会混到这里。”她低声说道，眼睛滴溜溜地转。

“大卫·埃斯蒂斯。”卡丽说道。

“是真的吗？”乔安妮说道，望着卡丽，兴趣更加浓厚了。“我觉得挺奇怪的，你竟然还在这里做事。”她靠得更近了，就像个小女孩一样，“你做什么了？”

我做什么了？卡丽想。她没让别人抓住她，没让人杀了她。从米歇尔·布斯特罗斯大街亡命奔跑以来，她就没真正停下来过。

“真是奇怪，我就做了自己的本职工作。”卡丽说道。

她的新上司是一个身材高大、长相怪异、一头长发的俄罗斯裔男子，手长腿长，躯干却很短，完全不成比例，身子就像是用别人废弃的零碎东西拼凑焊接起来，就跟华兹塔①一样。据说他在波斯尼亚负过伤，但这件事没人说起。他名叫耶鲁申科，艾伦·耶鲁申科。

“他们把你从国家秘密行动处调走，其中的原因，我不知道，也不在乎，”耶鲁申科透过有色眼镜望着卡丽说道，“也许我们不像那边的人那样出尽风头，可别觉得我们干的事情不重要。我每天都要收到你的进展报告。”

去你的，卡丽想道。

“耶鲁申科是怎么回事？”她问乔安妮。

“他人很固执，不过情况可能更糟。他也不全傻，偶尔也有不傻的时候。”她咧嘴笑着说。

耶鲁申科安排卡丽负责伊拉克数据分析的工作，这些数据由国家秘密行动处核心情报人员从秘密行动官员处搜集而来，再将情报发回兰利总部分析和评估。“你必须给出情报的可信度和准确度，”耶鲁申科告诉卡丽，“根据经验，大多数情报可信度都不高，剩下的就更糟了。”

卡丽开始着手查阅有关伊拉克基地组织的报告。他们的头头是个神秘人物，假名叫阿布·纳齐尔。去年在巴格达跟踪一条线索时，卡丽第一次对他有所耳闻。可是，纳齐尔就像个幽灵，根本没什么有用的情报。对他的个人情况，外界也所知甚少，不过据传他是安巴尔省人，他砍下了每一个跟他作对的人的脑袋，把当地的酋长都吓住了。这些人头有时沿路

① 华兹塔位于美国洛杉矶，由贝壳、废金属、石头和玻璃等随处可见的垃圾搭建而成。

插在柱子上，就像让人毛骨悚然的路标一样。据说他手下还有一个同样冷酷无情的副手，名叫阿布·乌拜达，对他的情况就知道得更少了。

可是，卡丽怎么也集中不了精神。她感觉受到了屈辱，人直犯恶心。他们为什么这样对她？索尔为什么抛弃了她？他们为什么就是听不进去？几天后，也许几周后，就可能发生一场针对美国的有预谋的袭击，可似乎谁也不在乎。她走进女厕所，找了个隔间，随手关了门。卡丽坐在马桶盖上，双手捧着脸，心里渴望声嘶力竭地大喊大叫，可能做的却只有这些。

出什么情况了？她的皮肤有麻麻的感觉，就像脚麻了的时候一样有微微的刺痛。是压力，是情感上荷尔蒙的波动，卡丽暗忖。这种压力压倒了她的药效，把她体内的电路击溃了。卡丽揉搓着手臂的皮肤，想让这种麻麻的感觉停下来，可并不管用。然后她恍然大悟。她的氯氮平片不多了，所以隔天才吃一粒。她的躁郁症发作了，进入了低沉萎靡的忧郁期。

卡丽像困兽一样在厕所间内四处张望，她必须回家。

8. 弗吉尼亚州雷斯顿

一连一个半星期，卡丽勉强挣扎着洗漱穿衣，化妆打扮，然后再去上班，装得好像很在乎这份工作的样子。上次从麦琪那里拿来的药已经所剩无几了，她也就没再服用了，感觉就像掉进了一个大黑洞，被人抛弃，在外流亡。她在查阅伊拉克基地组织的报告，可每份报告都得重读三四次才能明白，根本集中不了精神。

这帮家伙，卡丽暗自咒骂。一直以来，她把索尔当成了她的慈父，或者更像是人人羡慕、聪明幽默的犹太人叔叔。至于埃斯蒂斯，卡丽还以为他欣赏她做的事情，称赞她干事卖力，办事得力。

可即便她搞到了可靠的情报，他们不采取行动也罢了，还处罚了她，毁了她在中情局的前程。这下全完了，卡丽心想。她工作时在洗手间待的时间也越来越多了。她一无所有，也一无是处。

卡丽没有去上班。她心里清楚，她得调查朱莉亚说的即将发生的袭击，可自己这个样子，什么也做不了。

卡丽坐在雷斯顿社区公寓卧室角落的地板上，里面悄无声息，伸手不见五指。她多少天没吃饭了？两天还是三天？她脑海中似乎有个声音在说，这不是你的原因，是躁郁症在作怪，可她根本就不能让自己关心这个。知不知道又有什么区别呢？

卡丽实在要小便了，可怎么也无法让自己起身去洗手间。她上次小便是什么时候？这又有什么关系？她孤身一人待在黑暗之中，真是个废物，就像她的父亲。

她的父亲。

那是感恩节，卡丽在普林斯顿大学读大一，她姐姐麦琪在纽约市纽约大学上大四。麦琪打电话告诉卡丽，她要去康涅狄格州和男友托德的家人一起过感恩节。

“爸爸一个人在家。你得回家，卡丽。”麦琪说。

“为什么就我啊？你也得来，他需要看到我们两个人。”心想这可是感恩节。也许妈妈也会打电话回来，她跟父亲结婚都这么多年了，难道那就一文不值吗？还有她和麦琪呢？她们又做错了什么？就算妈妈不想打电话给弗兰克，至少可以打给她，打给麦琪吧。妈妈知道麦琪在晨边高地公寓的电话号码，也知道卡丽在普林斯顿大学的巴特勒学院上学。她要真想，还是能联系上卡丽和麦琪两姐妹的，她们的父亲弗兰克是不会知道的。上帝啊，她全家是不是都疯了？

感恩节两天前，父亲打电话给她。

“你姐姐今年不回来。”他说。

“她跟我说了，爸。去她男朋友家了。我觉得她和托德是认真的。不过我会来的，星期三到，好想见您。”她没有说实话，心想这下可好了，只有她和父亲两人过节，家里难免会非常无聊。

“你不用来的，卡罗琳。我知道你还有别的事……”他的声音慢慢微弱。

“爸，别傻了，这可是过感恩节。听着，你把火鸡买好，我星期三下午到了来做。什么事情都由我来做，好吗？”

“好的，或许你最好还是别来了。”他说。

“爸，求求你了！别这样说。我说了回来的，我会回来的。”

“你一直都是好孩子，卡丽。你姐姐也是好孩子。她没你聪明，也没你漂亮，但是个好孩子。我们该好好对你，对不起。”

“爸！别这么说。星期三见。”

“知道了，再见，卡丽。”他说完就挂了电话，留下卡丽盯着手中的电话。

卡丽本想打电话给麦琪，坚持要她回来，但还是放弃了这个念头。麦琪跟托德在一起，就这样吧。可是，父亲的语气听起来很奇怪，好像很消沉，卡丽心里盘算着，星期二早上有期中考试，考试结束后学校就放假过节，没有别的什么事了。她可以给父亲一个惊喜，星期二考试完就走，当天下午就可以到家。

星期二当天，卡丽在劳雷尔山乘上了去银泉的灰狗巴士，下午就到了肯辛顿。那天天气晴朗，万里无云，气候非常凉爽，树上的树叶渐渐变成了黄色、红色和金色。她搭乘本地的巴士，在她从小长大的小房子附近下了车。阳光下，房子比她记忆中的还破旧。房子他一直都没维护，卡丽心想，一边打开了门锁。

片刻之后，她就拨通了911急救电话。

感恩节快乐，爸爸。卡丽记得当时坐着救护车陪他去医院的时候自己心里就是这么想的。

只不过现在，麦琪把她们的父亲弗兰克接到了她家，与她善良的典型美国丈夫和她可爱的典型美国小孩一起生活。而她，卡丽，简直一无是处，跟父亲一样是个疯子，跟他一样一无所有。

没有男人，没有孩子，没有个人生活，工作一塌糊涂，孤孤单单一个人，就连索尔也抛弃了她。她就好比身在月球的另一面，是那样地孤独，跟迪玛那样的交际花完全是天差地别。迪玛受不了孤独，生活中从来没少过男人的陪伴，就算那些男人好像穿过旋转门一样来来往往，都只是玩弄她们这些来自贝鲁特北部的女性。

迪玛从来都不会单身一个人。这是条线索，可跟什么有关呢？她都杳无踪影了。

“也许这个贱人跟我的妈妈在一起。”卡丽大声说道，意识到这是自己好多天以来才有的第一次清醒时刻。

9. 弗吉尼亚州麦克莱恩市

第二天，卡丽挣扎着爬起来去上班。迪玛很有意思，她从来都不会单身一个人。卡丽下定决心，一定要找索尔好好说道说道，但不能在总部，卡丽心想，她得找个能跟他说话的地方。

卡丽化好了妆，她觉得自己看上去像个女鬼。这就是我，她做出决定，就像派对上的幽灵那样。可在消失在黑暗中之前，她必须跟索尔谈谈。一定得让他知道，卡丽对自己说。

她开着车去上班。乔安妮看到她，一脸关切地迎上来。

“你到哪儿去了？”乔安妮问道，“再不来的话，耶鲁申科都要炒你鱿鱼了。你今天运气好，他一整天都要开会，讨论阿巴西耶事件之后的恐怖威胁。”

是啊，我真走运啊，卡丽暗自庆幸。

这一天无比漫长，时间过得真慢，卡丽几乎要质疑时针是不是在倒着走了。在脑海里，她反复纠结着同样的问题：到底是谁删除了美国国家安全局数据库的记录？是谁更改了有关贝鲁特的信息？到底达尔·阿达勒是谁？他跟这有什么关系？

更让她感到困惑的是,究竟为什么?他们这么做到底是想保护什么?到底是哪里出了问题?为什么贝鲁特什么事都没有?为什么她把从朱莉亚那儿拿到手的情报告诉他们后啥事也没发生?困扰她的问题很多,却都毫无头绪,可时间却过得比I-95州际公路上拥堵的车都还要慢。

当晚,她一直等在停车场,大约晚上11点的时候索尔走了出来。她一直尾随他的车,跟在他后面到了他在麦克莱恩的家。那是一栋殖民时期风格的白色小楼,街道没有人行道,两旁浓荫遮蔽,非常昏暗。很久以前,她来他家吃过一次午饭。卡丽看着他走进房子里,又等了约摸二十分钟后,就走下车,按响了门铃。

索尔的妻子米拉穿着睡衣睡袍为她打开了门。她是印度孟买人,索尔在非洲时遇见了她,卡丽以前也见过她一次。

"晚上好,米拉。还记得我吗?我有事儿要找索尔。"

"我记得你,"米拉答道,但是并没有让开进门的路,"他才刚刚到家。"

"很抱歉,"卡丽说道,"但是我真的有很重要的事儿。"

"你们总说很重要,"米拉说道,身子侧了侧,好让卡丽进去,"总有一天,你们这些人会明白那些你们不在意的才是真正重要的。"她扬了扬头。"他在楼上。"

"谢谢。"卡丽说完向楼上走去。卧室的门半开着。她敲了敲门,走了进去。索尔还穿着长裤,但是上身已经换上了睡衣。他正在喝一瓶酸奶。床铺好了,但是对于他和妻子两个人来说有点小,这不禁让卡丽怀疑他俩是不是睡在一起的。这时他将酸奶放下。

"达尔·阿达勒是谁?"她问道。

"你从哪儿知道这个的?"他说。

"我查了反恐中心的文件。这是我刚回来的时候你和大卫给我安排的工作。只不过里面大把的内容都被修改了——所有大马士革或贝鲁特站关于叙利亚国家安全局的资料。报告有一大堆,可是把水分挤掉之后,什么东西都没有。所以我需要你来告诉我到底怎么回事儿。"

“回去吧，卡丽。”索尔叹了口气，“今天很累了。”

“他是谁？”

“很久以前的事情了。是段不愉快的历史，”索尔把脸转了过去，“我不能把你调回来。你就是想要这个结果，这我知道，可我帮不了你。回去吧。”

“你不告诉我，我就不走。”

索尔摇了摇头：“成熟点吧，卡丽！这件事到此为止了。我已经尽力了。”

“这不公平。”

“难道你才发现这个世界不公平？慢慢接受这个现实吧，这样你就会对生活少一点失望。听着，这里是我家，你没有资格留在这里。我是认真的。我要你马上走。”索尔说道。他的脸沉了下去，就像石刻的一样。

“该死的，你听我说！”

“我一直在听，卡丽，但是你什么都没说，你只是在发牢骚。”

“美国国家安全局数据库的一些记录被删掉了。而他们却说从来没有见过这种情况。从来没有！我刚被人从贝鲁特送走，资料就都被删除了！”她说，“有谁能做到这一点？”

好一会儿，他们俩谁都没有说话。楼下门厅里回荡着主卧里电视的声音。是杰·雷诺的脱口秀节目。他们真的不睡在一起，卡丽心想，觉得自己像一个入侵者，她真的不该出现在他家里。

“那些记录是关于什么的？”索尔终于出声问道。

“是戴维斯·菲尔丁的十一部手机里面其中三部的通话记录，好几个月前的。”卡丽答道。

“该死。”他骂道，然后坐在床边上。

卡丽紧挨着他坐下。

“为什么埃斯蒂斯讨厌我？”她问道。

索尔摘下眼镜，用睡衣擦拭着镜片：“我倒不认为他讨厌你，有次我看到他一直盯着你离开。对我，他只会随意看两眼。我想这只是正常的男人反应，但不管是为什么，他挺在意你的。”

“所以他是喜欢我的屁股，并不代表他也喜欢我这个人。”

“出于某些原因，他不希望你这样到处打听，”索尔戴上眼镜，“另外，我觉得他在伊拉克问题上是真的需要你。像你这样一个聪明漂亮的女性情报官，又会说阿拉伯语，我想他一定打算派你做点什么，可美国国家安全局的这件事把一切搞砸了。我也不完全清楚究竟为什么。”

“所以你也不相信参议院预算这种扯淡咯？”

“不怎么信，”索尔皱着眉头，“你说的美国国家安全局数据被删的事使一切发生了改变。眼下我别无选择，我们必须查查贝鲁特的情况。”

“拜托了，索尔，派我回去吧。弗吉尔和我一起，我们会调查清楚到底发生了什么的。”

“我不能。上头埃斯蒂斯盯着我的一举一动。他关心的——他也没错——是伊拉克，是基地组织搞出来的各种各样的反美阴谋。再说了，请相信我——”他望着卡丽，“国内很快会有事情发生，用不了多久。而且不会是在西奈，虽然你对此的看法也可能没错，也不会有人在意。这可是伊拉克基地组织，是阿布·纳齐尔，他们要对付我们。那不是在华盛顿，就是在纽约。”

“这会不会跟线人朱莉亚告诉我的有关呢？”

索尔皱了皱眉：“很难将阿布·纳齐尔同黎巴嫩真主党扯上关系。他们分属对立的逊尼派和什叶派，再说双方也看不对眼。”

“但是有这个可能吗？”

“也许吧。你的直觉很好，但也不要过分强求。顺其自然吧。”

“那么你想让我做什么？”

“两件事，”索尔轻轻拍着卡丽的手说道，“第一，我们得改变埃斯蒂斯的想法。如果他是在保护菲尔丁，那是因为中情局局长，比尔·沃尔登。你必须让埃斯蒂斯转变立场。第二，千万不要小瞧情报搜集策略和分析办公室，也不要小看耶鲁申科。我可不是心血来潮才把你调到那里的。”

"我还以为是惩罚我呢。"

索尔咧嘴笑了笑。"对,就好像把冒险王兄弟兔[1]丢进荆棘丛林中。丛林是它生长的地方,那才是最适合它的环境。听着,"他碰了碰卡丽的胳膊,"你现在是情报搜集策略和分析办公室的分析员,什么都能看到。我是说所有信息!这如同是圣杯啊,是整个局里范围最广的授权了。相信我,耶鲁申科可能是个狗娘养的怪人,可你要真的发现了什么,他会全力支持你的,就算要跟上帝对质,他也会干。"

"那么你当初调我的时候,大卫·埃斯蒂斯明白你的用意么?"

"我想他是知道的,"索尔点了点头,"当初我提出这个建议时,他看了我一眼。你可别小瞧埃斯蒂斯,发生了这么多事。他就像在玩三维棋局。他本来可以让你出局,因为国安局的这件烂事让你滚蛋的。相反他没有,我把你调到情报搜集策略和分析办公室,他没有任何异议。更重要的是,他本可以直接开掉你的。或者告诉黑屋叫毕晓普的人,不要再跟你联系了。他都没有这么做。还有,把你调走,他还为他自己和我擦干净了屁股。要是有人问起来,他也可以理直气壮地说我们处罚了你,还能拿出证据证明。"

卡丽双手掩面。"这种事你不该瞒着一个女孩子的,"她说,"我都病了两个星期了。"她努力强撑着才没哭出来。她好想一把抱住索尔,永远也不要放开。索尔并没有放弃她。相反他一直信任着她,她感到一阵轻松,这让她身子颤抖起来。

"不,我不能说,"索尔接着说,"我真的不能,而且埃斯蒂斯把你调走,可能还有别的原因。"

她迷惑地看着他。过了一会儿突然明白过来。

"你该不会是说……"她问道。

"有可能。有许多男人会占自己漂亮女下属的便宜。大卫也是正常人,只是他是那种有原则的人,绝对不会干这种事儿。"

---

① 冒险王兄弟兔,一个依靠自己的智慧和能力战胜敌人的故事形象。

“那你是认为……”

“我不知道,我听说他的婚姻出了问题,但是谁的婚姻不是呢?”索尔耸了耸肩,把脸转向一边。卡丽猜想他是在说他自己的婚姻。那么埃斯蒂斯也和自己的老婆分床睡吗?这份工作是不是把所有人的私人生活都毁掉了?

“所以你是希望我能发现些什么,并以此改变大卫的看法?”

“尽快吧。你是一个很棒的天主教女孩。你做得到的,那句话怎么说的来着,‘带给他光明’。”

“我早就不再像你说的那么好了,既不是好女孩,也不虔诚了。”她若有所思地答道。“而且——”她笑得那样深沉,“这些话从一个犹太人嘴里说出来怎么听怎么觉得滑稽啊。”

“好吧,我们都是滑稽的人。”索尔说。

10. 马里兰州格伦伯尼镇

卡丽见到了吉姆博·阿卜杜勒-沙瓦菲，他们在巴尔的摩郊外格伦伯尼镇（巴尔的摩外）一家商场的福来鸡[①]共进早餐。早些时候吉姆博给她发过短信："有兴趣跟残疾人做爱吗？"

"那玩意儿能起来么？"她回复信息道。

"为了你，我可以多挺挺。"

"我可以再挺挺，这话我爱听。"

"能过来一下么？有东西要给你看。"

红头发的吉姆博·阿卜杜勒-沙瓦菲坐在轮椅上，在商场美食街的餐桌边上等着卡丽。由于时间还很早，没有太多匆匆吃点东西填肚子的顾客，所以餐桌并不拥挤。

"怎么选在这儿？"卡丽问道。

"这里离咱俩上班的地儿都远，所以不会撞见任何熟人。"吉姆博说完，身子倾向她。"而且，方便。"他指了指一个轮椅标志，"另外，这里很便宜，我喜欢他们的鸡肉三明治。"他边说边咬了一口。

---

① 福来鸡：一家美国快餐店。

“你搞到什么东西了?”卡丽一边问一边用塑料叉子拨弄着沙拉。

“我们重新激活了所有电话号码的通信情报追踪。我对我的输入流进行了编程,在跳出任何信息时都会提醒我。由于没有特别需要注意的消息,所以我决定只运行面部识别软件,特别针对任何对美国感兴趣的人,纯粹是闹着玩的,你看看找到了什么。”吉姆博在他的笔记本上给卡丽看了一张护照照片,是申请旅游签证填写的 DS-160 在线申请表格里的照片。卡丽目不转睛地盯着照片。

发型不一样了,不再是乌黑顺滑的长发,变成了挑染的短发,但是卡丽还是一眼就认了出来。这是迪玛没错,她还活着,卡丽心里激动不已。

“是她吗?”吉姆博问道,拿着卡丽给他的那张迪玛从前的照片和屏幕上的照片进行对比。

“是她没错。”卡丽肯定地说,她感觉自己的心跳得好快。

“看看这个。”吉姆博说着,在电脑上打开给卡丽看。屏幕另一个窗口中出现的是一则预订信息,是一张英国航空公司由贝鲁特经停伦敦飞往纽约的航班机票,以及一个黎巴嫩护照页和 DS-160 签证申请表,“从护照和预订信息来看,她化名为吉汉·米拉迪。”

“上帝啊,”卡丽惊叹道,“我真想亲你一口。”

“有谁不让你亲了么?”吉姆博咧嘴笑了起来。

卡丽站起身来,绕过餐桌,在他脸颊上亲了一下。

“我想你亲错地方了。”吉姆博说。

“我太爱你了,吉姆博。这次我欠你个大人情。但我不想你误会。”

“算了,好歹脸上还让你啄了一口。”吉姆博说。

“要是你总有这样的好消息给我,天天亲你都没问题。她住哪,你知道吗?”

他向卡丽眨了眨眼:“航班预订是经由旅行社办理的,她好像是一个人。”

“相信我,她肯定不是一个人。”卡丽说。说这话的时候她不假思索,可她现在仔细想来,还真是这样。

“看看这个。”吉姆博说道,并且给卡丽看了一份航班预订的复印件。是帕斯图路上一家叫独角兽旅游的公司预订的。卡丽知道它的大体位置,在贝鲁特的中央区,离港口不远。“她住在纽约的华尔道夫酒店。她一定很有钱。”

“不是她自己的钱。她总有办法让男人们为她掏钱。”卡丽说。

“知道这个诀窍的,这世上可不止她一个啊。”

卡丽眼神锐利地看着他。“我们可不像这样,”她说,“一点都不像。”

“抱歉,我不是这个意思。”很快吉姆博又露出了喜色。“我会喜欢她么?”他笑着问。

“只要是个女人你就喜欢啊,”卡丽笑了起来,“不过你会喜欢上她的,这一点毫无疑问。”

突然之间,就好像老虎机的三个转轮都停在了数字 7 上面一样,卡丽一下恍然大悟。夜莺想抓迪玛,想杀掉她,所以迪玛就设计陷害了夜莺。迪玛消失了,此刻突然在纽约现身,而且恰恰在阿巴西耶的绑架和谋杀事件之后。迪玛来这里肯定是有任务的,但在替谁卖命呢?叙利亚国家安全局吗?还是黎巴嫩真主党?这讲不通啊。就算要报复阿巴西耶的事情,也该是基地组织的事啊。这一定是在那之前就安排好的。一定有哪里被我遗漏了什么,她想道,而且应该是在贝鲁特。

卡丽又看了看航班和酒店预订的信息。迪玛将在四天后抵达纽约。埃斯蒂斯已经动员了整个反恐中心,应对可能针对美国的恐怖袭击。索尔说过,目标不是华盛顿就是纽约。迪玛来纽约跟这有关吗?

华尔道夫酒店或者纽约其他地方这周有什么事情吗?她必须尽快赶回情报搜集策略和分析办公室,坐到电脑前查查。

“吉姆博,太谢谢你了,”她说完,把手搭在他的胳膊上,“你帮大忙了,真的。”

吉姆博看着她。一双蓝色的眼睛。他的眼睛真的很漂亮,她心想。

“我们有没有可能在一起?”吉姆博问道。

卡丽迟疑了一会儿,答道:“没有。”

吉姆博深吸了一口气，然后呼出："是因为这张轮椅吗？"他把双手都放在轮椅的扶手上。

"可能跟这个有点关系，"卡丽低下头说道，"也可能有很大关系，但是绝不仅仅是这个。"

"我配不上你吗？"吉姆博说完，把脸转向一边。

"我不知道，我讨厌回答这样的问题。这对女人来说总是很难处理——算了，扯远了，"卡丽吸了口气，"我喜欢你，吉姆博。实际上，我太喜欢你，所以不想伤害你——事实也的确如此。我知道你可能觉得我在胡说，但是请相信我，我是为你好。"

"听着狗屁不通啊。"吉姆博皱了皱眉头。

"是真的，我不是开玩笑。而且我跟一个人有点不清不楚。"卡丽说道，心里想起了埃斯蒂斯。

"你知道吗，卡丽，你是个了不起的女孩。试着让心里住进一个人吧。给你。"吉姆博递给卡丽一个闪存盘，里面存着刚刚给她看的资料。

"有一天我会的。但不是现在。这个，"她站起身来，向吉姆博晃了晃手里的闪存盘，说道，"这东西会救很多人的命的。你做了件了不起的事，牛仔。"

"听着，闪存盘里还有别的东西。"

"什么东西？"

"我重建了被删除的菲尔丁的那三部手机的通话追踪。这里面有他之后用这三部手机的所有通话。好多都是打给同一个号码的，是一个女人。我把数据都放在盘里了。"

"你真太了不起了，"卡丽说道，然后在吉姆博额头上亲了一下，"谢谢。"

"很高兴能帮上忙。听着，注意安全，"吉姆博叮嘱道，"这种部门之间的交流，不是所有人都满意的。我已经被警告了。"

"这事儿只有咱们俩知道。"卡丽说道，她身体里每一个细胞都在尖叫，呼唤着她赶快回到兰利。她必须想办法改变埃斯蒂斯的看法。索尔那句记得不是很清楚的关于转变的天主教格言是怎么说来着？上帝啊，他真的很了解她。让她想起圣三一高中。“带给他光明。”他曾这么说过。

迪玛搭乘英国航空，已经在路上了，要是卡丽不想办法阻止她的话，会有很多人死去。

11. 华盛顿特区 F 大街

卡丽走进摩纳哥酒店的咖啡厅时，大卫·埃斯蒂斯已经坐在那里了。这家商务酒店与国家肖像美术馆隔街相望，圆柱外墙，还有很多红色的遮雨棚。领班朝卡丽望着，她摇了摇头，往酒吧走去。埃斯蒂斯正跟一个男人在吃饭，那人一副养尊处优、脑满肠肥的国会议员模样，是那种无须在 K 街[①]蝇营狗苟的人，因为自有说客们主动投怀送抱。

卡丽穿着她最性感的衣服，一件刺绣的特拉尼修身无袖上衣，一条齐大腿中部的低胸超短裙，身体大片大片裸露在外，没有多少引人遐想的地方。她一走进这家现代气息浓厚的酒吧，马上就有三个男人跳下凳子，腾出位子给她。这小小地满足了她的虚荣心；看来这身打扮效果不错，她想道。

那天跟吉姆博吃完午餐后，卡丽回到了兰利总部，三十秒不到她就把事情弄明白了。后天在华尔道夫酒店有个共和党的筹款集会，副总统、新泽西州长和纽约市长三个名字一下引起了她的注意，目标再明显不过了。

---

① K 街是美国游说产业的代名词，这条街上聚集了众多的思想库、利益代言集团和游说顾问公司等，构成了华盛顿游说产业的集中地。

她不能将掌握的信息直接交给FBI。他们肯定会要自己做报告，这样她就没法去新泽西了，这绝对不行，她心想。对她来说，迪玛不仅仅是张照片，她了解迪玛。问题是埃斯蒂斯，必须转变他的看法。

她现在坐的位子是一个四十来岁的男子让出来的，他头发渐渐灰白，一身阿玛尼西装，显得身份高贵。卡丽猜测他应该是个说客，十有八九靠推销——或出卖人赚钱，她心想。

"你是K街的？"她问道。

他点点头，咧嘴笑了起来，好像刚刚拿到了第三张A，把两对变成了一副满堂红[①]一样。

"你想喝什么？"他说。

"玛格丽塔，加培根银龙舌兰。"

他向调酒师打了个手势，点了她要的酒。

"你在哪工作呢？"他问道。

"雾谷，"她说道，她指的是美国国务院，"只是个不起眼的小文员而已。"她耸耸肩膀，看向埃斯蒂斯桌子那边。"跟那个黑人在一起的是谁啊？他看起来好面熟。是电视上还是哪儿见过的？"她说道。有时装傻充愣对女孩儿来说是最聪明的计策，她想道。

"你没认出来吗？他是国会议员莱利，哈尔·莱利，众议院拨款委员会的主席。他可是国会的大人物啊。"他向卡丽眨了眨眼。

"你跟他很熟么？"她问，心想要是这个男人的虚荣心再膨胀一点，他都能像固特异飞船[②]一样飞起来了。

"周二还跟他一起打高尔夫来着。"阿玛尼男子答道。"他人不错，就是——"他靠近她，在她耳边轻声说，"跟他一起打球，谁都得让着他。你明白这是什么意思吗？"

"意思是他是个骗子，跟这里一半人一样。我想你还真了解他。"她

① 满堂红是指扑克游戏中三张同点加一对。

② 美国常见的飞船广告。

说，心里嘀咕着到底埃斯蒂斯还要聊多久。

“不过我倒不认识那个非裔美国人，”阿玛尼西装男说，“或许是什么烂地方的副主任之类的。”

“我猜也是。”她说道，用眼角的余光注视着埃斯蒂斯的举动，想着他到底看到自己了没。她希望他赶紧发现自己。又过了二十分钟，阿玛尼西装男已经一把摸在她的屁股上，同时在她耳边说着去巴哈马群岛共度周末之类的甜言蜜语。

这时埃斯蒂斯抬起头，发现了她，探过身子跟那个国会议员说了些什么。然后站起身，来到吧台前她的座位处。

“我刚还在跟这位小姐说——”阿玛尼西装男说。

“你想干吗？”埃斯蒂斯没理他，直接质问卡丽，“你在跟踪我？”

“我们得谈谈。”卡丽说。

埃斯蒂斯皱了皱眉：“这儿不是时候不是地方。明天去我办公室谈。”埃斯蒂斯转身要走。

卡丽赶紧抓住他的袖子。“不，就现在，”她说，“事情很急。”

“我正在跟国会议员莱利谈话，他是——”

“我知道他是谁，”卡丽打断他，“找个理由甩掉他。”

埃斯蒂斯看着她，下巴上的肌肉抽搐着。他转过身，回到他的座位，跟那位国会议员和服务生说了些什么，然后回到卡丽这里。

“这里不是说话的地儿，走吧。”埃斯蒂斯说道，瞥了阿玛尼西装男一眼，去衣架上取回外套。卡丽也拿上外套，两人一起走出餐厅，进到酒店大堂。他们走到靠近燃气壁炉的一根方柱边。

“你要说的事儿最好很重要，”埃斯蒂斯说，“我可是费尽力气才让那个混蛋相信还有敌人，让他不要对我们下手。”

“这里也不是谈话的地儿，”卡丽环顾四周说道，“华盛顿就像个小镇。我订了楼上的房间，我们去那儿谈。”

埃斯蒂斯有点吃惊，然后表情渐渐严肃：“你疯了吗？你到底要干吗？”

“只是谈公事，”卡丽答道，“你以为要干吗？”

“你最好别忽悠我，卡丽。我想知道这到底是怎么回事，你在跟踪我吗？”

“别犯傻了。我干吗要跟踪你？你在哪做事，我又不是不知道。走吧。”她说着走向了电梯。他望着卡丽走开，过了一会儿，也跟了上去。

他们在电梯里什么也没说，走在铺有图案典雅的地毯和条纹壁纸的走廊上也没说话。她打开房间门，他们走了进去。埃斯蒂斯开了灯，但她把吊灯关掉，只留了一盏灯。

“现在可以说到底是什么事儿了吧——”埃斯蒂斯刚说就被打断了，卡丽一下扑到他的怀里，亲吻着他。

埃斯蒂斯掰开她抱着他的胳膊。“你要是这样设计我，那你倒大霉了。”他说。

“两件事，就两件——等我说完你可以炒掉我，或者随便怎么样，”卡丽举起两根指头说道，“第一件事，迪玛，那个在贝鲁特设计抓捕我的接头人，还活着。把我和夜莺搭上线的迪玛，跟黎巴嫩真主党是一伙的，这事儿你的好兄弟菲尔丁可没跟你说，就是他们想要杀我，绑架我。你听明白了吗，大卫？我是从国家安全局的人那里搞来的情报，就因为我跟他们联系过，你就又摆了我一道。阿巴西耶的事情刚完，迪玛就冲我们这来了？你自己盘算盘算！”她没有讲出迪玛要去哪儿的事情，怕他不让她去。

“第二件事，”她说着，走上前来，将身子紧紧贴在他身上，“我想要你。这跟工作无关，你可以要了我然后开掉我，我不在乎。”

“你不知道我结婚了吗？”

“就算下地狱我也不在乎。我想要你，我也非常肯定，你也想要我。”

卡丽试着去亲他，但他把脸扭向一边，于是她就一遍又一遍地在他脸上亲着，一直亲吻到他的嘴唇。

“除非你告诉我你不想要我，”她喃呢着，“告诉我你从来没想过像这样，我立刻停下，从此再不来找你，我发誓。”

卡丽终于捕捉到了埃斯蒂斯的嘴唇，他们激烈地亲吻，半天都不松开。她咬到了他的下嘴唇,尝到了血的味道,他一把推开她。

"贱货!"埃斯蒂斯吼道,用手擦掉了下嘴唇上的血。

"我就是贱货。你想怎样?"她扑到他身上,狠狠地吻着他,把他的手放在自己的胸上。他身材那么魁梧,她踮起来才够得着,这也是她喜欢他的一点。她将身子紧紧贴住他,清楚地感受到他的勃起。"告诉我你不想要。"她喃喃说道。

"我承认,我以前也想过。"埃斯蒂斯在她耳边轻声说道。她把手够到自己身后,去解裙子的拉链。她从上面往下拉,然后转过手接着拉下去,把裙子脱了下来。她站在他身前,身上只有一件胸罩和一条比基尼内裤。她抚摸着自己的身体。

"上帝啊,我湿了。来帮帮我。"她轻声道,把他拉到床边。透过窗户,他们看见对面的博物馆灯火通明,如同冰山一样亮白。

"这可不好啊。"埃斯蒂斯一边脱衣服一边说道。

"简直糟透了。"她附和道。

"我会后悔的,我们都会后悔的。"他领带和衬衫脱到一半时说道。

"我知道。"

"我不能这么做。我不能。"他说道,没再往下脱衣服,站在那里,目不转睛地望着窗户。

"如果你不想要我,只要你说'不',我们现在就停下。"她边说边摘下胸罩,露出了乳房。她躺在床上,抬起屁股脱下内裤。"但是我受够了总是半死不活的状态,"她小声低语,"你呢?还是处的位子更高,风景也更好吗?"

"你真是个恶魔。"他说道,接着脱下了他的长裤和内裤,压在她身上。

"最后拒绝的机会。"她轻声低语,伸手够到了他的下体,将它引入自己体内。尽管他很重,她还是用两条腿盘住他的臀部,向上迎合着他。"哦,我的上帝啊,"他进入她身体的一刻她喘息着,"等了好久好久了"。

12. 新泽西州美铁爱切拉高铁列车上

四天后，卡丽坐在由华盛顿开往纽约的美铁爱切拉高铁列车上。在驶向曼哈顿宾州车站的旅途中，透过车窗，她看到新泽西平原快速向后退去。索尔·贝伦森坐在她旁边的位子上，正在笔记本上忙碌着。卡丽陷入了沉思中，思绪飘到了贝鲁特，想起了大卫·埃斯蒂斯。每次一想到他，她总会想到两个人全身赤裸的样子。

她喜欢他的魁梧，喜欢他压在自己身上，进到自己身体里。他大学时是橄榄球队的，连做爱的时候也还保留着那份矫健。她喜欢他触摸的感觉，喜欢他们肌肤相亲时黑白分明的对比，就像钢琴琴键一样。这让她想起了那些伟大的爵士大师，塞隆尼斯·孟克、巴德·鲍威尔等人——还有她在普林斯顿读书时的回忆，和那个让她认清自己的夜晚。

卡丽大学三年级。那年她在学习近东研究和阿拉伯语，约翰是她的教授，也是她的恋人。晚上两人待在他的公寓，一起抽大麻，一起听他收藏的爵士乐CD，变换着各种体位做爱。到了早上，他们在比莉·哈乐黛演奏的爵士乐中一起享用浓咖啡、薯条和巧克力碎饼干。

"我那时还是个孩子，"他告诉她，"这是在六十年代的纽约北部，对吧？越南。那时正流行摇滚乐。斯通乐队，克里登斯清水复兴合唱团。我那时是个孤独的小孩，每晚在房间里熬夜听收音机。那时电台正在放比莉·哈乐黛的爵士乐。你知道吗，卡丽，《奇异果》这首歌曲，唱的是黑人在美国的生活。这首歌所讲述的内容，你从书本和纪录片中都无从得知。而一切的一切，都藏在歌里，而你要做的，就是认真聆听。"

只是她没听进去，因为她的病开始发作了。她感觉轻飘飘的，仿佛她全身上下都充满了氦气一样，可以一直飘在天空中，永不坠落。

那晚，他本来是要带卡丽去参加一个聚会的，可他迟迟没来。她非常生气，就一个人过去了。大家都在喝酒、跳舞，她不停地给自己灌龙舌兰，觉得自己简直无敌了。身边的人聊着《X 档案》、各种电视节目和克隆羊多利。

一个长相帅气的常春藤盟校的男孩，穿着预科生的毛衣，卖力地想让卡丽一眼就能看出他来自殖民地俱乐部。这是普林斯顿大学内的精英饮食社团之一。男孩问她对克隆人这个问题怎么看，这让她一下子像炸开的手榴弹一样打开了话匣子。她说无限循环是不可能的，所以人类克隆必将导致退化，又说到爵士乐大师查理·帕克是怎么开始创作爵士乐的，在清真寺镶嵌图案上的伊斯兰艺术中都能看出来。她一个劲地说着，觉得自己漂亮又迷人，去他的约翰，根本没注意到殖民地俱乐部的人和别人在躲着她。直到她看到两个女孩边说边朝她看，她们一脸惊讶，可诧异的不是看到她终于变回了那个迷人幽默的漂亮女孩，而是诧异她到底是怎么了。带着一丝遗憾，卡丽站了起来，连忙跑回了宿舍。

回到屋里，她扒掉了身上的所有衣服，脱得一件不剩，就那么一丝不挂地坐在床边，发狂似的在笔记本上写了起来。一页又一页，她运笔如飞。写的都是关于音乐的，说宇宙的法则本身就是一张乐谱。等她写完的时候，都过了近七个小时了，天都已经亮了。她写了整整四十七页的宣言，题名为"我如何重塑音乐"，主要阐述了爵士音符同杰克逊·波洛克，同数学，同量子力学，以及同爱因斯坦的广义相对论之间的种种联系。音乐同一切紧紧相连，所以就像约翰那个混蛋曾经说的："你只需要认真聆听。"

写完后，卡丽抓起自己的外套和笔记本，除了夹克什么都没穿，就冲出走廊，下楼到了大街上。她赤脚在雪地上跑着，差点把一个戴着眼镜长得像西班牙人的小个子男人撞倒。她以前没见过他，但是他很明显是个教授。她抓住他的外套，把她写的宣言塞给他。

"你得读读这个，出版这个。这将改变整个世界。一切的一切，都是音乐，不过以前的老办法过时了，行不通了。我重塑了这个。你明白吗？音乐同一切都紧紧相连。该死的，这就是上帝的心声。"她说道。

"你没事儿吧？小姐？你是巴特勒学院的吗？"矮个子男人问道，看了看周围，已经有些学生驻足围了过来。

"你一定要读读这个，现在就读！这是世界上最伟大的作品。快看！"她喊道，举着第一页给他看。

"有人认识这位年轻的小姐吗？"教授问道。大家都一动不动，也没人吭声。

"她没穿衣服。"一个女孩说。

"还光着脚。"一个男学生补充道。

"你们在说什么呢？"卡丽喊道，"难道你们不明白吗？查理·帕克和塞隆尼斯·孟克对音乐的奉献，就是将音乐从欧洲那帮蠢货的手里解救出来。他们已窥到了蕴藏在音乐中的数学原理。这他妈的才是我们所掌握的宇宙！"

"我是桑切斯教授，你们谁帮帮我，"教授对围观的学生们说道，"我们带她去麦科什学生健康中心。"

他们把喋喋不休的她送到了学生健康中心，在那里给她服用了卡马西平，这除了让她吐了一顿外没起任何作用。然后他们给她打了大剂量的镇定剂，让她永远不记得这一天后来的事情，以及之后近两个星期发生的事情。

后来，她在一家私人医院服用了锂片才苏醒过来。时间过得飞快，她回到了马里兰的家中。

“你也发病了，”父亲对她说，“我很抱歉，卡罗琳。也许你现在明白了，其实我觉得这是世界上最好又最糟的事儿。”

“都是你遗传的，你这个混蛋，”她说，“我再也不想见到你，再也不想有这种感觉了。”

“你有的选么?”他说。

回到普林斯顿几天后，约翰给她打电话。

“怎么了？我听说你精神崩溃了，”他说，“我想见见你。”

“离我远点，我不想见你。”

“到底怎么了？我过来看你吧。”

“不。拜托你别再打来了。”

“为什么？至少你要告诉我怎么了。我需要知道原因。”

“那个和你上床的漂亮女孩，那个崇拜你的女孩，忘了她吧，她永远消失了。”

“卡丽，告诉我。发生了什么？你家里出事了吗?”

“有点关系，有其父必有其女吧。听着，约翰，你这个本事已经练得炉火纯青了，你可以再去找一个漂亮的女大学生，给她胡扯你那些破事儿，给她讲比利·哈尔黛和查理·帕克。帮我个忙，也帮自己个忙，忘了我吧。”

“我想我已经爱上你了。”

“瞎说！你只是爱上我给你带来的感觉，你爱的是你自己，而不是我，其实这跟手淫没什么分别。”

“你不也乐在其中吗?”他大声说道，“别不承认了。”

“是的，我不否认。现在别烦我，我是说真的。”她说着就挂了电话。

办公室的小隔间里，卡丽开始着手调查，她领悟到了一点：迪玛不会是一个人。那么问题是，谁和她一起来的，他们计划怎样干掉副总统和筹款会上的人?

先是有乔安妮帮她,但是这还不够。她们时间不多了,袭击随时可能发动。她毅然走进了耶鲁申科的办公室。

“怎么了?”耶鲁申科抬起头问道。

卡丽把所有的事一五一十都跟他讲了,在贝鲁特的时候迪玛和夜莺的事,朱莉亚的警告,被删掉的文件,迪玛化名吉汉·米拉迪来华尔道夫酒店,打算在慈善筹款会上刺杀副总统等人的事情。他们谈了两个小时,谈完了之后,他动员整个部门,还允许她用他的办公室,在他的大白板上张贴照片和纸条。

“你让我吃了一惊,”卡丽说,“我还以为因为我是外面调来的,还有其他发生的一些事情,你不会再支持我了。”

“这跟你没有关系,”耶鲁申科说,“稍微动动脑筋就知道了。一个是跟叙利亚国家安全局有瓜葛的双面女间谍,而且可能还跟黎巴嫩真主党有关联,她可能参与了袭击、绑架一名中情局情报官的阴谋,而这个人刚好替我办事——再说了,我从来都不会笃信别人的判断;我会自己判断自己的下属,谢谢你——这个双面间谍显然在追捕你未遂之后销声匿迹,在阿巴西耶的事情后突然现身,还来到美国。在美国副总统参加盛会之前预订入住华尔道夫酒店。我要是连这都不认真对待,那我还想不想干了。”

卡丽动员自己和部门里所有人,检查每一个单身男子——“相信我,迪玛要是有帮手的话,一定是男人。”她告诉他们——每一个上两个月从中东国家来美国的,或是计划在筹款会之前来的单身男子。符合条件的数以千计。他们从美国国务院和海关及边境保护部门拿到了完整的名单,开始逐一排查。

“我们找的是一种联系,”她跟办公室的同事讲,“任何从贝鲁特飞来的,或是人在贝鲁特,但可能去别的地方的都要注意。还有同叙利亚国家安全局或者大马士革站有关联的人,同夜莺或迪玛可能有干系,跟他们有过联系,或是跟他们同时在同一个城市的人,这些人都得留意。任何关联,包括任何形式的间接联系都必须注意!”

离筹款会没几天了，他们轮班上阵，日夜不停地工作。为了节省时间，他们吃自助餐，半夜从自动售饭机上买来夜宵。乔安妮偷着在女厕所抽烟，把卡丽拉来做伴。

三天后，他们将嫌疑人范围缩小到四人。穆罕默德·赫加齐，一个埃及医生，来看他住在曼哈顿的兄弟；齐亚德·加达尔，一个黎巴嫩商人，住在靠近肯尼迪博物馆的百思特西方酒店；巴萨姆·阿尔萨克伦，来自约旦的药品销售，过去两个月巴格达和贝鲁特都去过，三天前从安曼来到美国，目前住在布鲁克林的堂兄家里；最后是阿卜杜勒·亚辛，约旦大学生，也来自安曼，通过学生签证来布鲁克林大学读书。

“要是让你选，你觉得谁最有可能？”索尔第三天的时候问她。他们同在耶鲁申科的办公室，整面墙贴满了各种纸条、纸张、照片和屏幕截图，相互之间以彩色的标记线连接，就像发了狂的蜘蛛结的网一样。

“那两个约旦人。”卡丽轻敲着墙上的照片说，“那个销售的堂兄住在格雷夫森德。”她在一张纽约地图上指出了布鲁克林的一个社区。“另一个约旦学生要去布鲁克林大学，学校位于米德伍德—弗拉特布什地区。两个人都离得不远。我已经让乔安妮帮忙查了这人的堂兄是干什么的了。”

“还有呢？”耶鲁申科问道。

“你们会乐意听到这个的。他开了一家健身器材公司，主营跑步机、力量训练机之类的产品，提供销售和维护服务。”

“华尔道夫酒店有健身中心吗？”索尔问道。

她点了点头。两个男人对视了一眼。

“你可别告诉我，”耶鲁申科说，“华尔道夫酒店是他的客户。”

“最重要的客户，”她说，“他们能够自由进出酒店。”

他们仔细研究着墙上的联系，两个约旦人之间有两条线相连，主要是因为他们都来自安曼。四个人当中只有做销售的去过贝鲁特，光是他们知道的就有三次，根据美国国家安全局提供的电话窃听记录，他上一次去是在两个星期以前。

"两个约旦人,还有别的信息吗?"索尔问道。

"还有这个。"她指着一份阿拉伯语的报刊文章的截图说道。上面是一个年轻男子的照片,有一条线将他同阿尔萨克伦的 DS-160 签证申请表照片连接在一起。"这是一则讣告,是阿尔萨克伦的兄弟,在伊拉克被杀害。"

"该死的,"索尔深吸了一口气,"他的死跟美军有关吗?"

"不清楚,这篇报道并没有说,安曼站还没回我,没有他兄弟的具体信息。我们必须假定这种可能的存在。"

"动机有了。"索尔苦笑道。

"那他们打算怎么动手?"耶鲁申科问道,"炸弹袭击吗?"

"有可能,但更有可能用枪,"索尔耸了耸肩,"冲锋枪最有可能。"

"他们上哪儿搞武器?纽约在这方面管得很严。"耶鲁申科说道。

"哪儿都能,"卡丽说,"佛蒙特州离得又不远,那儿的枪械管理最松了。要搞到枪械真的不难,十有八九,他们现在什么都准备齐了。"

"筹款会的安保怎么样?副总统有特勤局保护,宴会厅有金属检测仪。他们要对付什么人,他们自己肯定清楚。"

"只要他们进了酒店,他们在哪儿动手就无关紧要了。他们可以杀出一条路,还没等特勤局缓过神来,他们早用冲锋枪杀死了一大片人。"她说道。

"他们会死在特勤局手里的。"耶鲁申科说。

索尔和卡丽微微一笑。

"当然会,可他们不怕死。只要他们能在一开始射中副总统一两枪,接下来多杀一个都是赚的。"索尔说道。

"反恐中心和大卫·埃斯蒂斯什么态度?"卡丽问道。

索尔奇怪地看了她一眼:"不知道你跟他说了什么,但是奏效了。他百分百支持我们,就连局长都被他说动了。"

列车进入特伦顿火车站时,卡丽眼神越过索尔,朝窗外望去。她看到人们纷纷走下火车,汇入站台汹涌的人流中。这些人有着各自的生活,对将要发生什么毫不知情,除非他们能阻止这一切。

“谁来接我们?”她问道。

“科斯洛夫斯基巡官,纽约警察局情报部门和反恐局的人。他说了,要么他本人亲自来宾州火车站接,要么派人接我们。”

“不是 FBI 的人?”

“这事儿肯定瞒不住他们。但我希望尽可能让纽约方面来处理。”索尔说。

卡丽点了点头,想把昨天晚上她同弗吉尔说的话告诉索尔,但想想还是算了。她跟大卫在泰森斯角购物中心的希尔顿酒店待了短短几个小时,早上六点她离开了,启程前往纽约。

“我妻子跟我分了,”埃斯蒂斯告诉她,“她都没问我你的事儿,也没要我不要再见你。她只是说你去跟你的妓女过吧,就没别的话了。”

“那我们以后该怎么样?”卡丽问道。

“我不知道,”埃斯蒂斯说,“你怎么想?”

“我也不知道。”卡丽答道。

卡丽回到雷斯顿整理行李,联系了贝鲁特的弗吉尔,看她走后有没有关于迪玛和夜莺的新消息,但弗吉尔告诉她一无所获。不过,菲尔丁倒是让他监视几个在拉斯贝鲁特周边挥金如土的巴林外交官。

“要是你对这几个巴林人的偷情性生活感兴趣的话,我倒是拍了不少。”弗吉尔告诉她。

“给菲尔丁吧。这些东西他可懂了。”卡丽回应道。

“是啊,在这儿,黄色电影和谍报工作的区别越来越小了。”弗吉尔埋怨着挂了电话。

所以贝鲁特那边毫无进展。这怎么可能呢?迪玛这段时间去了哪里?这在贝鲁特是不可能的啊。迪玛走到哪里都会引人注意啊,特别是在贝鲁特,每个人对一切都会格外留神。她到底为谁卖命?马龙派天主教政治团体“3 月 14 日”?黎巴嫩真主党?叙利亚人?伊朗人?在阿巴西耶的事情之后，所有人都认为要是有人发动袭击的话，那应该是逊尼派的基地组织。但也有可能是伊朗人策划的，只是嫁祸到逊尼派的头上。

在火车驶离特伦顿站时，她突然灵机一闪，身子坐得笔直。或许还有另一种可能性。

有没有可能是伊拉克基地组织利用迪玛和她同叙利亚人的联系，袭击华尔道夫酒店，然后嫁祸给伊朗人呢？

该死的，不排除这种可能。当她在情报搜集策略和分析办公室做事时，有一段时间她没调查贝鲁特的事，上头给的任务是基地组织。去年，她被派驻巴格达时，曾花了很多时间研究伊拉克基地组织，特别是关于伊拉克基地组织头目阿布·纳齐尔的零零碎碎的信息，她发现了一点，就是他是个诡计多端的人。他做事从来不会那么简单，直来直去，从来都没有过。让同叙利亚人和伊朗人有联系的人对华尔道夫酒店发动袭击，从而在巴格达坐收渔翁之利，这正是他做事的风格。

事情不会那么简单，她想。她只是没有头绪，看着索尔收起笔记本电脑，他们已经进入宾州车站了。

13. 纽约州纽约市

科斯洛夫斯基和他的一个下属已经在站台上等候多时了。科斯洛夫斯基身高六尺，体型粗壮，淡茶色头发，穿着牛仔裤和一件皮夹克。他的下属吉莱斯皮身穿防风夹克，头戴一顶纽约扬基队的棒球帽。尽管着装随意，还是能一眼看出他俩是“警察”。

“索尔，很高兴再次见到你。你一定是马蒂松女士吧，”科斯洛夫斯基向卡丽出示了他的徽章，问道，“你认识这个叫迪玛的女人吗？我们最好叫她的化名，吉汉。我们担心她可能改了相貌，戴个假发什么的。你能在这样拥挤的人群中认出她来吗？”他指着从火车上下来拥挤在站台上的人问道。“我们现在只有一张 DS-160 申请表上的照片。”

“巡官，就算是在扬基体育场我也能一眼找到她。”卡丽说。

“那看来我们找对人了，”科斯洛夫斯基冲着他的同伴笑着说道，“欢迎光临。”

“我们现在去哪儿？”他们一行人走进宾州车站的大厅时索尔问道。

“我们在靠近联合国广场的第四十八街建立了临时基地。我们将在那儿协调行动。我们的总部在皇后区，那儿离目标华尔道夫酒店太远了，”科斯洛夫斯基皱着眉头说，“我们在外面安排了四支赫拉克勒斯反恐队，加上纽约市警察局常规安保队伍，越接近目标的地方安保越严密。”

“火力十足啊。你们很认真负责，这太好了，”索尔说，“对约旦人的监控情况如何？”

“就像之前跟你说的，什么也没发现。我们不想打草惊蛇。你们告诉我们的四个人，我们全都进行了监控。还有，我们拿到了搜查令，窃听了他们的座机和他们附近的手机信号塔，保证能窃听他们的每一次通话。”

“会说阿拉伯语吗？”卡丽问道。除非监听的人会说阿拉伯语，否则没多大用处。

“是的。”科斯洛夫斯基点了点头。

“迪玛什么情况了？不好意思，我是说吉汉。她什么时候到？”卡丽问道。

“她乘坐的飞机刚刚着陆，已经过了纽约机场海关。她的行李有点意思。”科斯洛夫斯基补充道。

“哦？”索尔说。

“她带了把大提琴，很大的箱子。”科斯洛夫斯基说。

“她可不会拉琴。”卡丽说。

科斯洛夫斯基严肃地点了点头。“我们也这么想，这位亲爱的小姐，”他指着卡丽对索尔说，“可真行啊。”

“还有别的情况吗？”索尔问道。

“FBI也快来了，是桑德斯特工。还有，因为副总统的缘故，我们必须同特勤局一同行事。我们暂时还拖着没通知他们。”科斯洛夫斯基说。

“很好，我希望你们的人，而不是特勤局能冲在前面。另外，不到最后一刻，我们不希望蔡森副总统或是州长或是其他人取消任何事情。”索尔说。

科斯洛夫斯基和吉莱斯皮走到第七大道时换回了警装。宽敞的街道，川流不息的人群，这是一个凉爽的下午。

“我们也是这么想的，设下陷阱，引诱他们进来，来个瓮中捉鳖。当然，一旦联邦特工出现的话，就又要开始没完没了地争归谁管了……”科斯洛夫斯基耸了耸肩。他带他们上了一辆巡逻车，车非法停在宾州车站的月台上，由一个穿制服的警察看着。

“我会同桑德斯特工交涉的。兰利的反恐中心主管埃斯蒂斯，正在处理此事。”索尔进到车里时说道。

吉莱斯皮坐到驾驶座，拐过街区上了第八大道，之后转上第四十二大街，穿过纽约城区。

办公室在一幢钢筋和玻璃结构的大厦的第三十七层，大厦俯瞰联合国广场和东河，许多公司和一些外国领事馆都落户于此。吉莱斯皮告诉他们，这里有一条直线，非常安全，可以直接联系皇后区的总部。办公室里大约四十来人，有的穿着便衣，多数穿着纽约警察局反恐局的蓝色T恤衫，在电脑和一排排的平板电视监视器前忙碌着。显示器上可以看到曼哈顿街道上的情况，包括华尔道夫酒店方圆五个街区半径范围内的监控和酒店内的安保摄像画面。

“这样的街道监控，你们覆盖了多大的区域？”索尔和卡丽刚刚在一张大型会议桌上打开笔记本电脑，索尔就问道。

“很多人都不知道，实际上，从巴特利公园到市中心，我们把整个曼哈顿下城区全部纳入了摄像头的监控范围。毫无疑问，迟早我们会对嫌疑犯采取行动，但目前还是有意远离他们住的地方。”科斯洛夫斯基说道。

“有派人盯着迪玛——我是说吉汉吗？”卡丽问他。

“我们有一组便衣小队，开着一辆便衣警车。我知道的情况就这些。”他说完看着吉莱斯皮。“他们现在在范威克高速路上，还有件事，”科斯洛夫斯基补充道，“我们需要你帮我们认出吉汉，保证她处于我们的监控之中。”

卡丽点了点头：“但是不能让她看到我。用摄像机或别的什么吧。只要一看到我，她就会知道自己暴露了。而且……”她看着他们，望了一眼刚刚加进来、身穿西装的男子。他身材魁梧，比其他人年纪稍大，从年纪和西装来看，她猜他可能是纽约反恐局的高级官员。“我希望你的手下能明白,我们要抓活的。从死人嘴里可得不到任何情报。”

科斯洛夫斯基、吉莱斯皮,还有那个年龄较大的男子,不约而同地皱起了眉头。

“你明白的,我们首要考虑的是我们自己人员和民众的安全——更不要说副总统等人的安全了。”年纪较大的男子说道。

“这位是副局长卡萨尼,我们的上司。”科斯洛夫斯基介绍道。

索尔插话说:“我们完全理解。这事儿由你们来决定。不过我们也明白一群一腔热血的人肾上腺素激增会造成什么后果。我们只是想确保,如果非得干掉她或者她的同伙的话,决定应当由像您这样级别的人来下,而不是随随便便哪个想要成为兰博,妄图拯救整个世界的莽汉来决定。这个女人知道很多信息,要是你们能活捉,交给我们审问,会给国家减少很多安全隐患。”

“我们会尽力的,”卡萨尼冲两个警察点了点头答应道,“不过,安全第一。”

这时一个黑人女警官走了进来,跟科斯洛夫斯基耳语了几句。

“好的,”他说,“她刚过了市中心隧道,再过几分钟就到华尔道夫酒店了。大提琴和其他行李,一样不少。”科斯洛夫斯基指着一块屏幕说道,屏幕上正显示第三十七大街隧道的交通画面,上面有一辆出租车,里面坐着一个带着大提琴箱子的人。卡丽紧张起来,但是她看不到迪玛。片刻之后,出租车消失在视野中。

“大提琴是做什么用的?”卡萨尼问道。

“最可能的猜测?”索尔望着科斯洛夫斯基问道,“把冲锋枪装在箱子里,直到派对开始前再拿出来。”

科斯洛夫斯基点了点头:“没错,我们跟酒店经理说过了,把迪玛安排在二十六层的房间。当然,屋里上上下下都装了窃听器,室内和走廊都有监控。”

“这样不行,”卡丽说,“她是‘3 月 14 日’组织的人,可能是叙利亚国家安全局的,可不是愚蠢的外行。她马上就会发现摄像头和电话窃听器的。你们必须给她换房间。马上换！别费神在座机上安窃听器，除了叫客房服务什么的，她是不会碰的。给她一两个小时，她会弄上几部预付费手机的。这些手机才是我们要监听的。”

科斯洛夫斯基点了点头。他站起身来，掏出手机匆匆离去。吉莱斯皮和卡萨尼细细打量着卡丽，搞得好像自己是艺术商人，而她则是一件被待价而沽的艺术珍品。卡萨尼咧着嘴笑了笑。

“哈哈，马蒂松小姐，欢迎你的到来。”

14. 纽约市列克星敦和第四十九大街

电话是晚上九点四十六分打的。位于布鲁克林的佩特拉健身器材公司的自动应答机接收了一条语音信息。

“我是吉汉，请问我的订单还要多久？”是迪玛用阿拉伯语说的。

电话打来时，他们从布鲁克林最靠近该公司的信号塔捕捉到了电话号码。科斯洛夫斯基的手下只用了十五分钟就追踪到了这部手机，是吉汉在第三十七大街一家 AT&T 店里购买的。从酒店坐出租车，只要几分钟就可以到。他们安排了两名反恐局的女警员化装成酒店女佣，三位男警员假扮成酒店保安。他们跟现场的人确定了，当时吉汉不在酒店里。信息发给科斯洛夫斯基时，卡丽将信息翻译了出来。

科斯洛夫斯基点了点头。

“我们开始行动。”他说。

一个便衣女佣检查吉汉的房间时，报告说大提琴靠墙立着，箱子是空的。她说她并未发现武器、炸药或任何可疑物。

“你什么时候开始监视这些嫌犯的？”索尔问科斯洛夫斯基。

“午夜刚过，”科斯洛夫斯基看了看手表说道，“我们完全处于被动了。装了两个秘密的摄像头，一个在健身器材公司对面的大楼顶上，另一个在约旦销售员的堂兄位于格雷夫森德的公寓的对面。两支赫拉克勒斯反恐队三点时进驻酒店，在我们决定行动前将在房间里待命。”

“你打算在他们行动之前在吉汉的房间里逮捕他们？”卡丽问道。

“是这么打算的。”科斯洛夫斯基说完给自己倒了杯咖啡。

不到半个小时，整件事情变得明朗起来。刚开始是纽约警察局反恐局皇后区总部打来了一个电话，科斯洛夫斯基走到卡丽和索尔跟前，一脸严峻。

“我们派了架直升机低空飞行，对这些约旦人进行红外线扫描，好在装监控摄像头时避开他们。那个大学生，阿卜杜勒·亚辛，不在他的屋里。我们不知道他去了哪儿。”

“大学生才怪，他都三十岁了。”吉莱斯皮吼道。

“不仅如此。”科斯洛夫斯基边说边把两张卫星照片放在桌上。两张照片是同一个地点：佩特拉健身器材公司大楼和停车场。“发现问题了吗？”

索尔和卡丽仔细地看着照片，很快她就发现了问题所在。

“该死。”她骂道。

“怎么了？”索尔问。

“一辆货车不见了。”

“是的，但这又说明了什么呢？”吉莱斯皮问道，“我们一直猜想他们会把武器装在健身器材里，再运进酒店。就算他们又用了一辆货车，这有什么问题呢？”

“问题是我们不知道到底是怎么回事儿，为什么他们要这么做。问题是他们采取的行动我们毫不知情。很明显这跟亚辛、跟那辆货车有关。”卡丽说。

“你们怎么做的？”索尔说。

“我们想先跟你们两位说说，看看你们有没有好的办法，”科斯洛夫斯基说，“我们考虑对亚辛和那辆货车进行全境通缉，发布‘危险勿近或尝试逮捕’的指令。”

“千万别那么做，”卡丽惊叫道，“你手下那些普通警察根本不知道什么情况，如果他们离得太近，就算是无意的，也会吓到亚辛的。一瞬间，局势就会发生变化，从未知到失控。我再说一遍，我们目前尚不清楚到底发生了什么。”

“她说得对。”索尔说。

“这都是我的错。”卡丽说。

“怎么是你的错呢？”科斯洛夫斯基不解地看着她。

“还有别的事情发生，我一直都感觉不对，因为一切对不上。要是迪玛——抱歉，吉汉是叙利亚国家安全局或者黎巴嫩真主党，我看得出来跟叙利亚有关，跟黎巴嫩真主党有关，跟伊朗有关。但是无论如何，我都不觉得跟逊尼派有关。这跟阿巴西耶根本没有关系，我应该想明白这一点的。”她说着，推开了面前的笔记本电脑。她望向窗外，看着第一大道上灯火通明的一栋栋大楼。这是“9·11”事件发生的地方，她想，离这里并不远。

“别太自责了，我们所有人也都没有想明白。”科斯洛夫斯基说。

“你接下来打算怎么办？”索尔问科斯洛夫斯基。

“先对三个地点进行监控：那个堂兄在格雷夫森德的公寓，他的工厂，还有那个大学生的公寓。我们知道他们要去哪。他们要去华尔道夫酒店，我们可以守株待兔。”他冷冷地说。

卡丽站起身来。“我得换件衣服，洗个澡。我不能再待在这里了，我需要静下来好好想想。”她说。

索尔担忧地看着卡丽。“你已经好几天没合过眼了，”他说，“稍微休息下吧。”

“我们给你们在万豪酒店订了房间，”科斯洛夫斯基说，“就在列克星敦和第四十九大街路口。你可以走路过去。洗个澡，垫垫肚子吧。”

“索尔，待会见。”卡丽说着抓起了自己的外套。

“等等，”科斯洛夫斯基叫住她，“我让沃森警官陪你一起去，莉奥诺拉。”他把一个之前和他说话的年轻黑人女警叫到了跟前。

卡丽做了个鬼脸说道:“我不是小女孩儿,巡官。我是不会在危险的大城市迷路的。”

“跟这没关系。”他说话的时候,那个叫莉奥诺拉的年轻女警走了过来。“你对我们太重要了,到了外面,”——他指了指窗外——“什么事都可能发生。你可能会在大街上不小心撞见吉汉,没有我们的人陪着,你一个人出去,我不放心。再说了,”他笑着说,“她可以给你做伴,你俩可以去吃点东西,钱由局里报销,休息好了再回来。”

于是卡丽和莉奥诺拉女警官一起走回酒店。曼哈顿的夜晚清新凉爽,人们匆匆走在街上,路上交通和平常工作日夜晚一样。卡丽在前台登记后,就和莉奥诺拉一起上了楼。等莉奥诺拉检查过房间,卡丽开始脱衣服。莉奥诺拉打开了电视机。

“你们的科斯洛夫斯基巡官,他看起来人不错。”卡丽说着走向了浴室。

“他算是好的了,”莉奥诺拉点点头,“不过可别太天真,他做事绝不简单。”

卡丽冲着澡,任热水在身上流淌,双眼紧闭,觉得从贝鲁特那些事以来这几周所发生的一切都这么溜走了,就在这时她发现自己正思索着莉奥诺拉刚刚评价科斯洛夫斯基的那句话。不简单。

简单。

她一下子想通了。妈的!一直以来困扰她的事情她全想通了。这让她激动得全身发抖,几乎要一丝不挂地冲出浴室。她站在花洒下冲着澡,逼着自己吸了一口气。

放轻松,她对自己说。好好想想,她这么棒,头脑清楚,精神正常。她想明白了一些事。

他从不做简单的事儿。阿布・纳齐尔。这个该死的混蛋!要是她在火车上想的那些是对的呢?因为迪玛,还有夜莺在贝鲁特抓她的事,一直以来他们都认为这是黎巴嫩真主党或者伊朗人发动的行动。可要是他们判断错了呢？要是这是伊拉克基地组织干的呢？

如果是阿布·纳齐尔的话，他不会做得这么简单。绝对不会。这不是他的风格，绝不会只有一次袭击，不会只有华尔道夫酒店，那可能只是为了转移视线！朱莉亚是怎么说她丈夫阿巴斯的反应来着："是他说话的那种方式……吓到我了。"还会有第二次袭击，单独的一次袭击，规模会更大，甚至比干掉副总统都要大。发动了这次袭击，阿布·纳齐尔就能向逊尼派宣告这是对阿巴西耶事件的报复行动。他一旦成功了，就能收拢逊尼派的人心。他就能拿下安巴尔省。这跟阿卜杜勒·亚辛和那辆消失的货车有关。

他们必须找到这辆失踪的货车——越快越好。用与对付迪玛和在华尔道夫酒店上同样的方法来处理：守株待兔，等到最后关头，困住敌人，干掉敌人。

她跑出浴室，匆匆提上一条干净的牛仔裤，穿上上衣和外套。她的头发还是湿漉漉的，看上去就像落汤鸡一样，不过这都不重要了。

"走吧，"她对莉奥诺拉说道，"我们得回到办公室去。"

"晚饭怎么办啊？"女警官起身问道，"相信我，局里出钱的时候可不多。"

"无所谓了，"卡丽边说边朝门口走去，"我们可以订中餐。"

"怎么了？出什么事了？"

"我想我知道怎么找到那辆货车了。"她说。

15. 纽约市布鲁克林区雷德胡克

“这么快就回来了?”索尔转过头问道。他和科斯洛夫斯基,还有一些人在观看布鲁克林附近一些地方的安保录像。

“我想我知道怎么找出货车了。”卡丽边说边脱下夹克,坐在了桌边。莉奥诺拉靠着她坐了下来。索尔、科斯洛夫斯基、吉莱斯皮和其他人都围了过来。

“哦,马蒂松,你真会吸人眼球啊,”科斯洛夫斯基说道,“有什么发现?”

“我真傻,”卡丽说,“事情就摆在我们面前。我们都知道巴萨姆·阿尔萨克伦,那个约旦药品销售员,去过伊拉克,他的兄弟死在伊拉克。一直以来,因为迪玛和夜莺来自贝鲁特,我们都以为这次袭击是由黎巴嫩真主党或者伊朗人发动的。但是约旦人是逊尼派,不是什叶派。就跟基地组织一样。想过没有,这次袭击可能是伊拉克的阿布·纳齐尔发动的?”

“就算是,那又怎么了?”吉莱斯皮说道。

“他从来不会只发动一次袭击。”

“从来不会?”吉莱斯皮问。

“听我说，我去过伊拉克。在那儿我调查过这个人，看过兰利所有关于他的资料。他从来不会只发动一次袭击就善罢甘休，从来不会。”卡丽说道。

“你的意思是华尔道夫酒店只是佯攻吗？”科斯洛夫斯基说道，眼神像激光一样紧盯着她。

她点了点头：“是的，还有更大的目标。”

“比如说呢？”吉莱斯皮说。

“这要你来告诉我了。我相信纽约警察局反情报组肯定有一份潜在目标和可能性的清单吧。”

“当然。帝国大厦、克莱斯勒大厦、美国银行大厦、自由女神像、时代广场、中央车站、联合国、纽约证券交易所、纽约联邦储备银行、林肯中心、扬基体育馆——尽管现在不是赛季——麦迪逊广场花园、大桥和隧道等。这些都有可能，这里是纽约，可能的目标太多了。”吉莱斯皮说道。

“这些人在布鲁克林，那边有什么？”索尔问。

“布鲁克林大桥。”莉奥诺拉出声提醒。

“有意思。”卡丽说。

“怎么有意思了？”科斯洛夫斯基说。

“‘9·11’那一天，有一张人们徒步逃离曼哈顿穿过布鲁克林大桥的照片。”

“是的，这张照片很出名的。不过这张照片怎么了？”

“这在中东地区成了一种象征，”她说道，“当时，艾曼·扎瓦赫里[1]被报道曾声称，下一次他们会让美国佬无路可逃。”

大家一时都沉默了。他们都是纽约人，卡丽想到了这一点。她让他们回忆起了那黑暗的一天。

“货车怎么了？”索尔问，“你说过你想到了办法。”

---

① 艾曼·扎瓦赫里是埃及人，目前是基地组织的首脑。该组织的重大恐怖攻击事件（如“9·11”事件）皆是扎瓦赫里一手策划。

“是的，”卡丽说，“试想一下，目标是帝国大厦，或者布鲁克林大桥，又或者别的什么。这次他们不能用飞机撞击，所以他们肯定会用装满炸药的货车。想想看，他们会用什么爆炸物。”

“当然，”索尔拍着桌子说道，“过氧化氢炸药，他们是乘飞机入境的，必须通过安检，随身没带任何东西。”

“过氧化氢炸药，”科斯洛夫斯基重复道，“六亚甲基三过氧化二胺。我们一直就猜他们会用这个。这玩意价格便宜，威力强大。从三件普通家用产品中就可以弄出来这玩意，所以完全合法，在哪儿都能买到，完全不会引起注意。过氧化氢炸药，当然还有肥料，我们一直都觉得他们会用这个。”他环顾四周，他的手下都在点头。

“但是过氧化氢炸药有一个缺点。”卡丽插了一句。

“我们知道，它极其不稳定，很容易爆炸。轻微的震动，或者温度稍有上升，都会使它——嘭——的一下爆炸！”吉莱斯皮边说边打了个响指，“在室温下保存是极其危险的。”

“我明白她的意思了，”科斯洛夫斯基说道，“要保证它不会爆炸，唯一的办法就是在使用之前进行冷藏。”

“完全正确。我们可以检查纽约市的所有冷藏储存设施，就从布鲁克林开始，”索尔说道，“我们肯定能在附近找到货车。”

“还有一种可能，”科斯洛夫斯基补充道，“炸药可能在他们住的房子里，或是那家健身器械公司大楼内。”

“这种可能性我也想过，”卡丽说，“如果他们要使用大量的冷柜——一定需要很多，因为炸掉布鲁克林大桥这样的目标需要上吨的炸药——这么多冷柜用起电来肯定很吓人。去电力公司查查健身器械公司和他们的公寓，看看谁的用电最近有突然猛增，那么毫无疑问就是那儿了。”

“我这就去查。把那些混蛋叫醒，反正没人喜欢爱迪生电力公司。”吉莱斯皮说着起身去打电话了。卡丽看了看表，凌晨三点刚过。她抬起头的时候，看到科斯洛夫斯基正看着她。

“真不赖，卡丽，”科斯洛夫斯基大大咧着嘴，笑着说道，“哪天你要不在中情局干了,随时欢迎来纽约这儿。”

“这话我记住了,巡官。”她说着瞥了一眼旁边的索尔,他正盯着笔记本屏幕。

四十分钟后,一个男警员激动地跳了起来。

“找到了。”他大叫着跑了过来。货车停在离雷德胡克一个冷藏仓库一个街区远的停车场里。我们嘱咐自己人去找它,但不要管它,把车从旁边开过去就行,不要回头。是一个新晋巡警发现的,说他们涂改了车身上佩特拉健身器械公司的商标,重新喷上了一个披萨店的标志,但他说漆做得不好,很容易看出来。

“雷德胡克在哪里?”索尔问。

“从那儿走的话,可以上布鲁克林皇后高速,用不了五分钟就能到布鲁克林大桥,十分钟就能到曼哈顿。”这个警员说。

索尔望着科斯洛夫斯基:“现在怎么办?”

“我们还需要更多人手,”科斯洛夫斯基说着站起身来,掏出手机,“我得给局长打电话。”

“刚有人说‘人手’了吧?”一个刚刚走近来、穿灰色商务西装的男人问道。他身后跟着六个穿着西装的男子和二十来个配备类似军队反恐特警组装备的人,他们的外套用荧光喷涂着 HRT 的缩写。“我是特工督察桑德斯。”他对卡丽和索尔说道。

“这下可好了,”吉莱斯皮小声嘀咕着,“联邦人员来了。”

桑德斯走到卡丽身前。

“你一定是马蒂松吧。我猜你就是把我们都弄到这儿来的那位小姐,真心希望你知道自己在干什么。”他说。

“对你,我也可以这么说。”她说道。

“**他们开始**行动了。”莉奥诺拉指着一台电视屏幕说道。这是佩特拉健身器械公司大楼和停车场的画面,是他们安装在街对面大楼楼顶的秘密摄像头拍到的。屏幕上有两个男人——其中一个他们认出是巴萨姆·

阿尔萨克伦，那个约旦销售员，是从静止的图像观察出来的，图像很模糊，还放大了，但还是能看出是他本人。另一个人是司机，长得像阿拉伯人——他们不认识这个人，进了佩特拉公司的小型厢式货车。

现在是早上九点四十六分。卡丽揉了揉眼睛，他们整宿没睡，接下来还将度过漫长的一天。她刚找了个厕所隔间吃了药出来，又走到洗手池前，拿水拍了拍脸。

"假设他们要去华尔道夫酒店，他们会怎么去？"索尔问。

吉莱斯皮耸了耸肩。"最快的路是走沿河大道，上戈瓦纳斯高速，再到布鲁克林大桥。"他说。

"所以我们还没确定他们到底是要炸桥还是要去酒店。"桑德斯手下一个 FBI 特工说道。

"不，我们知道，"货车离开监控画面时卡丽说道，"这不是炸桥的那辆货车。他们是去华尔道夫酒店的。"

"我们有空中监控吗？"桑德斯问。

"在这里，"科斯洛夫斯基指着一台监控说道，上面显示着从天上拍到的布鲁克林一条街道的交通画面，"我们派了一架 AW119 直升机在他们上方，飞得很高，他们听不到的。看见这辆货车了吗？"他指着车流中一辆白色的厢式货车说道。

"他们不能一直跟着，"索尔说，"我们可不希望被他们发现。"

他们看到货车向右拐上一条高速。

"他们知道的。在这里，他们现在在贝尔特大道上。看来他们是要去曼哈顿。"

"我们现在就可以干掉他们，"桑德斯说，"设好路障，派上我的神枪手们，让他们永远也到不了华尔道夫酒店。"

科斯洛夫斯基扮了个鬼脸："我不认为——"

"一旦你这么做了，你就通知了另外一队。你以为纽约市里没有媒体吗？"卡丽插嘴说道，"真要这么干了，我们都不知道他们会做出什么事来，要是他们发现了路障，临时起意，那该怎么办？你想害死多少平民？

更别说我们都不知道那辆货车里有什么了。只要数磅C-4炸药，就能在林荫大道炸个大洞出来。我们想把他们控制住。”

桑德斯盯着她。“你明白的，马蒂松小姐，你只是来这儿观摩点评的。”他说。

“是啊，刚刚你听到的就是我他妈的点评，特工先生。”她说道，听到了吉莱斯皮努力憋笑而不小心发出来的吸鼻子声。

“别生气，你们几个，”科斯洛夫斯基说，“我们有两支全副武装的赫拉克勒斯反恐队，他们都是海军海豹部队、三角洲部队、中情局特工，昨晚住在华尔道夫酒店的房间里，就在吉汉房间楼上两层。还有一支赫拉克勒斯反恐队埋伏在第四十九街对面的瑞士银行办公室，林荫大道上联邦快递办公室里也派了一支队伍。另外，我们还有很多正规纽约警察可以在事情发生前完全封锁街区，一旦封锁了，连只蚊子也甭想进出。”

“这个女人怎么办，这个叫吉汉的？我们确定她在酒店里吗？”桑德斯问道。

“我们监控了酒店走廊的安保摄像头。这里有监控记录，”吉莱斯皮指着另一台监控器说道，画面是酒店的走廊，“她凌晨零点十七分进了房间就一直没出来。”

“给我们看看她进房间的画面。”科斯洛夫斯基说道。

“把时间退到零点十六分。”吉莱斯皮对一个正在操作电脑的手下说道。他们看见走廊的画面退回到零点十六分。他们等了一会儿，画面上出现了一个时尚苗条的金发女郎，她从电梯里走出来，走向其中一个房间。“暂停。”

“你认得出这个女人吗？”桑德斯问卡丽。

“她就是贝鲁特的双重间谍。”卡丽说道。

“三重间谍。”索尔咕哝道。

“就是她吗？你确定吗？”桑德斯再次问道。

“她戴了金色假发，但没错，她就是迪玛，也就是吉汉。”

“后面还有吗？”科斯洛夫斯基问他的下属。

“没有了。昨天她叫了今天上午十一点的客房早餐服务。我们猜测她起晚了。”他的下属说道。

“好的。你继续盯着她外面的走廊。别的都不用管。我们接着监听她的手机和房间座机，大家听着，”科斯洛夫斯基喊道，“无论她做了什么，立刻通知我，不管我在干什么。”

“我们发现的另外两个嫌疑人呢？那个埃及医生和黎巴嫩商人加达尔，有什么发现吗？”索尔将视线从笔记本上移开，抬头问道。

“我们对他们前后都进行了监控，除了发现这个埃及医生似乎格外迷恋第十大街上的妓女外，他们似乎跟他们宣称的身份是一致的。”吉莱斯皮说道。

“货车呢？现在到哪了？”

吉莱斯皮看着从直升机摄像头传来的监视画面。

“看起来像是到了汉密尔顿堡大道，看见那片水域了吗？”他指着海湾说道，“他们很快就该开上韦拉扎诺海湾大桥了。”

“另一辆货车呢？冷藏储存设备？过氧化氢炸药呢？”桑德斯问。

“你的人质救援队，我们希望在这里派上用场，”科斯洛夫斯基说，“问题是，我们不知道到底有谁在盯着。要是我们知道，我们可以设下陷阱，等阿卜杜勒·亚辛一现身，就立刻把这个杂种干掉。”

“他现在会在哪儿，我们完全不知道吗？”索尔问。

科斯洛夫斯基摇了摇头：“我们在检查，看他有没有买过手机，过去两天来我们一直在监听布鲁克林的米德伍德—弗拉特布什地区的所有电话。到现在为止，还一无所获。”

“你觉得他会在什么时候行动？”桑德斯问卡丽。

“黄昏左右。在华尔道夫酒店的行动还在进行前，他们不会胡乱行动，引起政府当局的注意。副总统计划于晚上八点三十五分抵达华尔道夫酒店。这样来推算，亚辛和他的同党，不管是谁，可能在下午六点后到炸药的储藏点。”她说。

“储藏地在哪儿？”桑德斯问。

“布鲁克林区雷德胡克。准确地说是在滨水区附近的一个工业园区内。”

“今天上午我会让我们的人便衣着装，”桑德斯说，“到这里去设下埋伏，这样就能解决掉他们。”

“不要穿制服，不要戴警徽，不要有引人注意的任何东西，特别不要引起当地人注意。要是被他们发现，发出警报，我们可能会搞砸整件事。”

“为什么你这么担心当地人？难道他们会不配合吗？”桑德斯说。

科斯洛夫斯基脸上闪过一丝微笑：“听着，你记得那部电影《卡萨布兰卡》吗？你知道亨弗莱·鲍嘉跟纳粹说的，纽约有一个地区，就算是德国军队，他也奉劝不想死的话最好别进去吗？”

“哪个地区？”

“他说的就是雷德胡克。”科斯洛夫斯基说道。

16. 纽约市林荫大道

屏幕上出现了两个人：一个是那个约旦药品销售员巴萨姆·阿尔萨克伦；另一个人目前身份不明，他们没能立即认出来。所有人紧紧盯着监控器，通过装在酒店街对面的隐蔽摄像头，看到这两个人从货车上搬下一个塑料包装、看上去像是跑步机一样的东西，放在推车上进了华尔道夫酒店的服务人员通道。

“就是他。他就是巴萨姆。”卡丽说。

“另一个人是谁？是他堂兄吗？”吉莱斯皮问。

“是他堂兄没错。穆罕默德·阿尔萨尔曼。你们看这儿。”莉奥诺拉说道。大家围到她的电脑前，屏幕上是一篇配了图的报刊文章，照片是两个西装男子和一位伊玛目[①]的合影。这篇报道讲的是他们捐资给当地一家清真寺，一家伊斯兰基金会的清真寺。“那就是穆罕默德·阿尔萨尔曼。”她指着照片上的一个人说道。

“你说得没错。”科斯洛夫斯基对卡丽说。

他们切到酒店内的监控画面，看到两个人把跑步机推到货梯里，可十

---

① 伊玛目意为拜领人，也指学者、领袖、表率、祈祷主持人，也意为伊斯兰法学权威。

九楼的摄像头显示，出电梯把机器推到健身中心的只有一个人。

“我只看到了穆罕默德·阿尔萨尔曼，”科斯洛夫斯基说，“巴萨姆哪去了？”

“快看，机器的塑料包装被割开了。”卡丽指着屏幕说。

他们全都扭头看着迪玛房间外酒店走廊上的监控。

“看，是巴萨姆。”吉莱斯皮指着屏幕说道，他们看到阿尔萨克伦走过走廊，来到迪玛的房间门口，敲了敲门，“他拿的是什么？是帆布袋吗？”

“是帆布袋，”吉莱斯皮表情严峻，“你们猜里面会是什么？”

他们看到房门开了，瞥见一个戴着金色假发的女子让开路让他进去，然后挂上了“请勿打扰”的牌子，迅速关上了门。走廊上空无一人。

“现在怎么办？”桑德斯暂停与派驻到雷德胡克的人质救援队的通话，出声问道。

“我们等着。”卡丽说。

“等什么？”

“等穆罕默德·阿尔萨尔曼回来。”卡丽说。

“他要是不回来呢？”桑德斯说。

“他会回来的。”卡丽说。她仔细想过，要避开特勤局——就算突袭——干掉副总统也不是一个人就能做到的。而且迪玛肯定不会亲自动手。既然不是迪玛，这个堂兄就一定会回酒店。

科斯洛夫斯基在跟汤姆·雷登、纽约警察局赫拉克勒斯反恐队的队长通电话。他和他的手下正在华尔道夫酒店待命。其中一个监控屏幕上，可以看到套房里全副武装的队伍。雷登身高六英尺，金色寸头，有着橄榄球后卫一样宽阔的肩膀。科斯洛夫斯基告诉他们做好准备。幸运的话，几个小时后就该行动了。

“雷德胡克那边怎么样了？”科斯洛夫斯基问桑德斯。

“我们联系了一个叫佩里斯的女士，她是冷库的拥有人。我们派了两个人进去，街对面有个汽车零部件仓库。我们的人假扮成建筑工混进去了。他们正在安装隐蔽的摄像头，还有前海豹部队或三角洲部队的狙击手埋伏在屋顶上。不到最后一刻他们绝不会现身。我们马上就能看到监控画面。”桑德斯说。“我们还通知了特勤局,章程是这样子的。”他解释道,“他们会保证副总统严格按照计划行事,除非另有通知。”

“封锁道路以防万一,怎么样?”科斯洛夫斯基问。

“只要他们开着货车一出现,他们就别想离开这条街,”桑德斯答道,“我们有两辆大型装甲车,一旦开始行动,会同时彻底封死道路的两头。”

“很好,”科斯洛夫斯基点了点头,“我们需要尽快看到监控画面。”

“你的人冲进房间时有监控画面吗?”索尔问,“我们能看到那儿的情况吗?”

“希望能吧,”科斯洛夫斯基说,“有两个人的头盔装着摄像头,画面难免剧烈抖动,但总比没有强。”

“这是我们的监控画面。”桑德斯指着两台监视器说道。一台显示街对面摄像头拍到的从正门到冷库的画面。这是一幢混凝土建筑,没有一扇窗户,房顶上还装有铁丝网。

“跟个堡垒似的。”一个反恐局的特工小声嘀咕道。

另一台监视器上,可以看到那辆停着的厢式货车,一边的车身匆匆喷涂着乔瓦尼披萨店的标志。这部监视器装在街对面,有一定的高度,与地面成一定角度向下进行拍摄。

“这个摄像头你们装哪儿了?”科斯洛夫斯基问。

“电话线杆上。”桑德斯手下的一个联邦调查员回答道。

“现在几点了?”有人出声问。

“十二点刚过。”吉莱斯皮看了看手表说道。

“今天会是漫长的一天啊。”桑德斯说。

反恐部队一男一女两个特工送来了一大盒三明治和软饮料。大家抓起食物,开始填肚子,有人轻声在说话。

“他出现了。”卡丽嘴里塞满食物,指着一台监视器说道。上面显示着从林荫大道联邦快递办公室拍到的画面。

“谁?”

“穆罕默德·阿尔萨尔曼，那个堂兄。”

他们看到一个穿着棕色西装的男子走向华尔道夫酒店的大门。

“好眼力！他换衣服了。”科斯洛夫斯基说。

他们看着穆罕默德·阿尔萨尔曼进了酒店。从另一台普通的酒店安保监控上他们看到，他穿过富丽堂皇的大厅，走进了电梯。一分钟后，走廊监控显示他出了电梯，从一名酒店女佣身边走过——其实女佣是科斯洛夫斯基的女下属——敲了敲门，进了房间。

“现在他们要做的就是等待行动了。”科斯洛夫斯基说。

“我们也是。”索尔说。

“他把货车停哪儿了？”桑德斯问。

“可能在停车楼吧，然后搭地铁回来的，”科斯洛夫斯基说，“我已经安排了便衣，会对市中心所有停车楼进行检查，搜索货车。”

“告诉他们靠近时小心点，可能有饵雷。”索尔说道。

“我们也想到这一点了，”科斯洛夫斯基说，“我们必须疏散人群，找来拆弹组。”

半个小时后，他接到一个便衣警察打来的电话。

“我们找到货车了。就停在第五十六大街西区，靠近第九大街的快客停车场。”他大声说了出来，然后又对着电话说了些什么。

“告诉他们别随便靠近。等疏散了整座停车楼，在我们对华尔道夫酒店和雷德胡克采取行动之后再靠近货车。”索尔说。

“我已经和他们说了。”科斯洛夫斯基说道。

“他妈的，在这儿。”一个联邦调查员指着一台监控器说道。

“是他吗？”吉莱斯皮问。

“是他，”科斯洛夫斯基瞥了一眼桌上的照片说道，“阿卜杜勒·亚辛。欢迎欢迎，跟他一起的是谁？”

“不知道，”卡丽说，“不过告诉你的人最好别杀他。要是他是当地的恐怖分子，今天这事儿结束后，就可以顺藤摸瓜，把他们一网打尽了。”

“他们出发了。”吉莱斯皮说道。货车开走了，离开了隐蔽的摄像头的拍摄范围，向东驶去。太阳低垂天际，微微高挂在建筑红线上方。再过一会儿，天就要黑了。

“现在几点？”科斯洛夫斯基喊道。

“下午五点十一分。”莉奥诺拉看了看表说。

“叫你的人做好准备。”科斯洛夫斯基对桑德斯说。

“你的人也是。”桑德斯说着，对着手机下达了指令。

科斯洛夫斯基通知了雷登和他的小队，以及华尔道夫酒店的卧底。他叫吉莱斯皮做好外围准备，好彻底封锁酒店周围的几个城市街区，但是要等赫拉克勒斯反恐队行动之后才可以进行封锁。

“我一说‘行动’，任何人，我再强调一次，任何人，不得进出酒店。”科斯洛夫斯基说道。

大家都目不转睛地盯着两台监视器：一个播放的是从雷德胡克冷库对面拍摄到的画面，另一个是酒店安保监控拍摄到的走廊画面，迪玛和两个约旦人还在房间里。一整天了，他们一点动静都没有。他们在迪玛楼上的房间地板上安放了声音感测器，技术人员也报告说有“咔咔”的响声，听起来像在装弹，检查武器，但是出人意料的是，房间里却很少有谈话，也没什么大的动静。

他们盯着监控屏幕，看到那辆车身喷着披萨店名的货车开到了冷库，停在路边的装卸货区域。两个男子，亚辛和那个身份不明、看起来像来自中东地区的男子，身穿白色工作服走下了货车。他们从货车上推出来一个钢板手推车，进了冷库大楼。

“各就各位，”桑德斯对着电话说道，“行动，除掉他们。”

他们看到一个十人小组从对面的大楼里冲了出来，他们穿着全套特种武器装备，手持 HK33 突击步枪，夹克背后印有荧光黄的“FBI HRT”字样。他们分成两支小队，紧靠库房的墙壁，分别部署在大门的左右两侧。

卡丽目不转睛地看着，知道至少有两名狙击手已经就位，隐藏在突击部队刚刚出现的那栋建筑的房顶上。她看不到装甲车，还有封锁街道两头的其他部队，但是从桑德斯的通话中，她推断他们也就位了。

科斯洛夫斯基和吉莱斯皮对视了一眼，点了点头。

科斯洛夫斯基呼叫雷登。

“行动！”他说，“看你的了，汤姆！”

“我们行动！”吉莱斯皮对着手机给华尔道夫酒店外纽约警察局的指挥官下达了命令。

卡丽知道，华尔道夫酒店的两支赫拉克勒斯反恐队已经行动了。他们会一路冲下楼，到达迪玛和约旦人所在的楼层。这个时候在楼梯上或走廊里遇到的任何人都将被他们看押。很快，监控器屏幕上，她接二连三地看到了赫拉克勒斯反恐队队员，他们冲到走廊上，向着房间移动。跟他们在一起的还有一个便衣女佣，手里握着一把伯莱塔 9 毫米手枪。

他们分散在房门的两侧，身穿凯夫拉防弹背心，手持 M4A1 突击步枪和短管霰弹枪。

“警官，叫他们别杀了迪玛。”卡丽对科斯洛夫斯基说。他没有回答，眼睛死死盯着屏幕。他们看着女佣敲响了房门。

这时另一台监控上，两个阿拉伯人推着手推车，从冷库中走出来，上面堆了六层的大箱子。

卡丽以前从没见过这么多过氧化氢炸药，这得有好几千磅了，以前更是连听都没听过。他们真的是想干一票大的。

人质救援队包围了上来，瞄准了他们，喊着让他们放下箱子，举起双手。霎时间，两个人愣住了。

那个约旦人亚辛，把手伸进口袋里。想掏出他的手机！他想引爆炸药，卡丽想。开枪！马上开枪！

刹那间一颗子弹从街对面飞来，击穿了他的头部。他倒下的瞬间，手推车滚了起来，眼看就要倒了！她想道，要爆炸了，她下意识地紧张起来。他们都会被炸死的！亚辛的尸体倒在了地上，这时手推车也要翻车，就好像慢动作观看一场灾难。她的心在嘶喊，要爆炸了！就在这时，两名人质救援队的特工开枪击毙了另一个男子，他也直直地倒在了地上。

千万别打到箱子啊！她想，在即将发生的爆炸面前变得瑟瑟发抖。只要有一颗子弹击中……他们惊恐地看着手推车翻倒，箱子散落到街上，其中一个箱子裂开，露出了白色的东西，全是过氧化氢炸药。

什么也没发生。

他们走运了，卡丽想，终于喘了一口气。过氧化氢炸药还是冷的，所以很稳定，不然他们都被炸死了。人质救援队的人围住了箱子和那两个被击毙的男人。

“两个都死了。”桑德斯向屋里的人宣布。

他们真的是走大运了。他们得马上把过氧化氢炸药放回冷库。不能让这些箱子就那么摆在街上。卡丽还没来得及继续想。

“客房打扫。”另一台监控屏幕上，便衣女仆在走廊上说道，说完就退开，远离房门范围。

“等会儿再来。”迪玛的声音从门后传来。

雷登，赫拉克勒斯反恐队的队长，点了点头。第二个人把门卡——卡丽猜想这应该是房间万能钥匙——插进卡槽，抓住门把手，等到房门指示变绿时，推开了房门。

“我说了等会再来的。”一个女人说，这正是迪玛。卡丽能看到她朝门口走来。反恐队冲进房间时，从摄像头上还能看见一个男人，巴萨姆·阿尔萨克伦。他手里好像拿着一把AR-15自动步枪。反恐队冲进房间时，听见了迪玛的尖叫声。

通过赫拉克勒斯反恐队领队头盔上的摄像头，可以看到，巴萨姆扑到一边，举枪射击，画面剧烈晃动着。那个堂兄用另一把AR-15朝着雷登射击，房间里爆发了剧烈的枪战，传出如冰雹般密集的巨大枪声。头盔上的摄像头掉落到了地板上，斜着显示着房间的影像。雷登呢？他死了吗？卡丽心里琢磨着。他们都死了吗？到底怎么样了？她从头盔摄像头上看到的只有不停动来动去的腿；很难分辨究竟是谁的腿。

短短几秒，一切都结束了。

“我什么也看不到。迪玛怎么样了？她还活着吗？”卡丽叫了起来。

吉莱斯皮对着他的手机大叫，让他的部下封锁整个现场。桑德斯也对着电话大喊着，他是打给特勤局的。科斯洛夫斯基一边看着监视器，一边用手机听着不知道什么人打来的电话。可能是他在那个房间里的某个部下吧。

“他妈的，迪玛还活着吗？”卡丽大喊。

科斯洛夫斯基转过身来面对着她，脸上毫无表情。

17. 纽约市莱诺克斯山医院

他们把迪玛送到了莱诺克斯山，这是最近的创伤急救室医院。卡丽、索尔和科斯洛夫斯基坐着巡逻警车沿林荫大道一路狂飙，赶往第七十七街的莱诺克斯山医院。等他们到的时候，赫拉克勒斯反恐队的几个队员和雷登已经到了，雷登被一把 AR-15 自动步枪的子弹击中了。

卡丽心急火燎地从他们身旁掠过，看到一个挂着帘子的地方围满了医生和警察。两名巡警拦下了她。

“里面是不是吉汉？”她问道。

“放她过去。”科斯洛夫斯基话音未落，他们便从警察身边挤了过去。一位年纪轻轻的医生和一名护士正对着电脑屏幕在做记录。迪玛睁着双眼躺在一张轮床上，一动不动。

“她还活着吗？”卡丽问道。

“送来的时候就已经死了，”那名医生回头答道，“你是家属吗？”

“不是，没什么关系。”卡丽说道。迪玛上身衣服敞开着，双乳之间淌满了鲜血，看着她的尸身，卡丽不禁思绪万千。你为什么要干这个？你不过是个交际花，又不是狂热的信徒。你这是整的哪一出？是谁让你干这个的？卡丽不想看到迪玛的尸身毫无遮掩地暴露在大庭广众之下。她四处望了一圈，看到床脚处有张叠好的床单，于是拉上来盖在迪玛身上，遮住了她的脸庞。

卡丽走出人群，找到被队友围住的雷登。他已经脱掉了上衣，心脏上方的胸口部位一块拳头大的淤血清晰可见。

“没事吧？”卡丽问他。

雷登点了点头：“还好穿了防弹衣，没把我屁股打开花。”

“挨枪子的地方又不是你的屁股。”他身旁的一名队员说道，其他几个家伙都吃吃地笑了起来。

“你是马蒂松吧？”雷登问道。

“对。”

“那个女孩，我们别无选择，很遗憾。”他说。

“我也觉得遗憾，”卡丽说，“有些问题只有她能回答。”

雷登被架了进去，卡丽撩起帘子走了出来。索尔、科斯洛夫斯基、桑德斯和大卫·埃斯蒂斯正站在护士站旁，仰着头在看墙上电视里播放的新闻发布会。副局长卡萨尼也在现场，陪着市长和局长。市长正就当晚的事件发表讲话。

“我想再次强调，正是在纽约反恐局与联邦调查局同僚的紧密合作下，这次针对纽约的恐怖袭击得以被彻底粉碎。此次行动无一警员和无辜平民伤亡，丝毫未伤及任何人身及财产安全，是我们日复一日保护公民工作的典范。”

“说得好像是他一个人做的一样。”桑德斯嘀咕道。

“政客嘛，最擅长的不就是把别人的功劳统统揽到自己身上吗？”索尔说。

“一小时前他还什么都不知道呢。”桑德斯苦笑着说道，他望着卡丽，“对了，你之前的判断是正确的。他们的目标的确是布鲁克林大桥。我们在货车上找到了一张行动图。”

“怎么计划的？”索尔问道。

“从图上看，他们是想把货车停到某座悬索桥塔边上。”桑德斯说。

“停在那东西下面，能行吗？”

“不清楚。可能要一帮结构工程师研究研究才能知道，不过也许吧，”桑德斯耸了耸肩，“在晚高峰时段爆炸的话，会死很多人的。”

埃斯蒂斯的目光从电视上移开，注视着卡丽。

“你还好吧？”他问道。

“迪玛死了。”她说道。“我需要盘问她，我有一堆问题，大卫，”她直视着埃斯蒂斯的双眼说道，“一大堆。”

埃斯蒂斯四下看了看。

“这儿有没有能谈话的地方？”他问一个护士。

“大厅那边有个小教堂。”护士说。

“走吧。”埃斯蒂斯对卡丽说。

“也许我也该去。”索尔看着他俩说道。

“给我们几分钟，索尔。”埃斯蒂斯说着，走了过去。卡丽愣了愣神，也跟了过去。他们走进了一间没人的屋子，地上放着几张折叠椅。远端的墙边立着块侧板，上面摆着十字架和烛台。

“我想单独见见你，”埃斯蒂斯说，“我们之间有好多话都没说。”

“我现在没法去想这些，大卫。真的不行。这个女人我认识，也了解她。她就是个漂亮的派对女郎，头脑简单，就喜欢喝酒和勾引男人。她之所以肯跟我们做事，唯一的原因就是缺钱。她的梦想不是进入什么乌七八糟的圣战者天堂，而是找个有钱又肯照顾她的帅哥。那她到底在这干吗？怎么会这样子？你倒是给我说说。”

“我不知道，但我知道你不弄明白是不会罢休的。”

卡丽深吸了一口气：“你说对了。你来做什么的？”

“我得见见你，”他环顾屋内，“但不是在这儿。我住在纽约皇宫酒店，麦迪逊大道上的那家。4208 房间。在那可以看到圣帕特里克大教堂和洛克菲勒中心。”

“我不是来旅游的，大卫。我他妈才不关心这个。”

"听我说,"埃斯蒂斯看了看手表说道,"我得去跟卡萨尼和市长碰下头,还有几个特勤人员也在。我这工作有时候就这些屁事。有时我真的很忌妒手下的人,至少他们做的都是实实在在的工作。晚上过来,我们好好谈谈。"

"我还流放在情报分析部门吗? 也许你不喜欢我,但是耶鲁申科可不像你。"

"我们到时会说的。"埃斯蒂斯说着,往门口走去。

万豪酒店现代主义风格的酒吧里,卡丽和索尔正坐在一张桌子旁。虽然已近午夜,这里仍然挤满了商务人士和衣着时髦、修长苗条的女士。酒吧里很是嘈杂,吧台后的电视机里播放着美国职业篮球联赛的进球集锦,不过只能看到画面,声音完全被盖过了。

"不想跟我说说吗?"索尔问道。

"不想,"卡丽用指甲拨弄着玛格丽塔杯沿上的青柠片,"我要说了你会觉得你有义务做点什么。"

"你不想我这样?"

"不,"卡丽说道,"不想。"

酒吧里突然有人一阵大笑。有人在大声喊:"哥们,刚才看到韦德那单手上篮了没? 太漂亮了。"

"别这样,卡丽。我说的是叫你启发他,"索尔说,"不是叫你跟他搞外遇。"

"我没和他搞外遇。"卡丽说,还在玩着她的玛格丽塔。

"那现在是怎么一回事?"

卡丽直直地盯着他:"我的事用不着你管。再说了,不管我做了什么,或者说你认为我都做了什么,因为我的努力,纽约的人们今天才能都还活得好好的,他们中的一些人也许就在跟我们一起喝酒。所以不要长篇大论地说我,索尔。我受不起。"

"没错,"索尔轻声道,"你说得对。"他长啜了一口手中的纯麦芽苏格兰威士忌。“你做得很漂亮，大家都干得漂亮。”

卡丽摇了摇头，金色长发也随着在摆动：“我们不过走运罢了。在联邦调查局那帮人围着过氧化氢炸药开枪那会，我的心都凉了半截了。只要有一颗子弹击中炸药，半个布鲁克林都得炸飞了。”

“运气当然也很重要。拿破仑就说过，与其要一个聪明的将军，不如要一个幸运的将军。”

“说得一点不差，”卡丽说道，伸出手搭在索尔的胳膊上，“别搞得像我父亲那样，索尔。相信我，一个父亲已经够我受的了。你要知道，如果一边是被塔利班抓住虐待，另一边是重新过童年生活，我真的要想很久才能做出决定。”

“我不知道，”索尔说道，“没错。我是有点过于呵护你了。是我把你招进来的，我也不知道这是好事还是坏事。”他把头抬了起来，盯着电视机屏幕，一些篮球影像闪烁而过，是勒布朗·詹姆斯的。“你在乎他吗？”

“你是不是想问大卫对我有没有性吸引力？是有，但相信我，吸引我的不止这些。”卡丽说着，干掉了她的鸡尾酒。

“我非常相信你。今天的事情都多亏了你的努力。我不只是因为内疚才这么保护你。你很优秀，卡丽，非常非常优秀。”

卡丽四下望了望，拿起外套。“这件事还没完。太多的问题还没有找到答案。你知道我接下来得干什么吗？”卡丽说。

索尔点了点头。

“贝鲁特。”他说。

“你看，”卡丽站起身来，抓住索尔的肩膀，“你还真了解我。”

“那埃斯蒂斯呢？”

“你问的，”卡丽说道，“是一个值六千四百万美元的问题。”

“多加小心。”索尔边说边对女服务生打了个手势，示意再来一杯威士忌。

“为什么？我有什么好怕的？”

“找到你想要的。”

从万豪出来，卡丽搭出租车去了纽约皇宫酒店。酒店庭院里种着不少树，上面挂了许多灯泡。从一家酒店转战另一家酒店，我就像是个妓女，卡丽寻思。她踏上酒店恢弘的阶梯，步入大堂。大家该让妓女来点评酒店，她们在酒店待的时间可比谁都长，想到这里，她自顾自地笑了笑。

卡丽径直走进电梯，上到 42 楼。敲门声甫一响起，门就开了。大卫·埃斯蒂斯手里端着一杯红酒，西装外套和领带都已脱下。

"你说得果然没错，"卡丽边说边走进房间，脱下外套，"这里真看得见洛克菲勒中心。"

"喝点什么？"埃斯蒂斯问道。

"他们这有那种装在小瓶子里的免费龙舌兰没？"

"我看下。"埃斯蒂斯说着，走到墙角的小桌子旁。不一会儿，他拿着一小瓶金快活龙舌兰和一只杯子走了过来。"要加冰吗？"

卡丽撇了撇嘴。"金快活，你心里会想，这么高档的地方肯定更有意思。干杯。"卡丽接说着，拧开盖子，对着瓶子就喝了下去。

"干杯。"埃斯蒂斯说着，抿了一口红酒，然后把杯子放了下来。他双手环抱着她，把她拥到身前，狠狠地吻上她的唇。他的双手从背部滑下，游移到她的屁股上，用力让她紧紧贴住他。卡丽回吻着，过了一会儿一把推开了她。

"你把我叫过来就为了干这个吗？不如你先把嫖资放到梳妆台上好了。"卡丽说。

"你知道我不是这个意思。我无时无刻不在想你，因为你，我把婚都离了。所以相信我，不论你对我来说意味着什么，都不会是妓女。"埃斯蒂斯说。

卡丽在沙发上坐着，窗外是一栋栋高耸的办公楼，虽然夜已经深了，一些窗子仍然亮着灯。

"听我说，大卫，我喜欢你，我想跟你上床，也许我还希望我们的关系能更进一步。可我们不是普通人，我们是同事，工作中我们身边的每个人都是间谍。要想掩人耳目是不现实的。你准备怎么办?”

埃斯蒂斯坐在她对面的椅子上,双手撑在膝盖上,探过身子。

“我也说不好。我想要你,不仅仅是想跟你上床。我不知道我们这样发展下去会怎样。你呢?”

“我知道,”卡丽点了点头,“我们在一起不会有好结果的。对我如此,对你也是如此。没用的,我压根就成不了什么贤妻良母。相信我的话,到时你不会喜欢我的。我是一个有着许多未解问题的中情局情报官,是时候把我们之间的关系说清楚了。”

埃斯蒂斯深深吸了一口气,坐回了原处。

“也许我最好再喝一杯。”他说。

“两杯,我也要。”

埃斯蒂斯站起身来,走向小冰箱,回来时手中拿了几瓶小瓶装的灰雁。他把它们统统倒进加了冰块的杯里,递了一杯给卡丽。

“这杯酒敬什么?”他问。

“真相。”

“嗯,我在哈佛念的硕士,拉丁语倒还记得一些。Veritas[①],”他说着,两个人举起了酒杯,“让我们找到真相。”

“谈我们的私事前,我得跟你说,烂事太多了,我都不知道从何说起,”卡丽说道,“从贝鲁特开始说吧。”

“贝鲁特,”他点了点头,“贝鲁特怎么了?”

“他妈的,大卫,你聪明得很。你跟索尔一样,都不相信菲尔丁的鬼话,可你还是把我赶出了秘密行动处。这是为什么?后来,我在贝鲁特站和大马士革站的档案里发现了人为更改过的材料。更糟的是,菲尔丁有十一个电话号码,但其中有三个号国安局档案里删掉了好几个月的通话记录。巧合的是,你知道这些记录是哪天删除的吗?”

“大约跟你离开贝鲁特的时间相吻合吧?”

---

① Veritas:拉丁语,意思是真相。

卡丽警觉地盯着埃斯蒂斯:“你怎么知道的?”

“我不知道,”埃斯蒂斯直视着她的双眼说道,“但我怀疑过一些事情。这可不妙,简直糟透了。”

“为什么? 能做出这种事情来的会是谁?”

“不仅仅是谁的问题。更重要的是,为什么?”埃斯蒂斯说道。

卡丽把手放在他的膝上。“你相信我吗?”她轻声问道。

“相信,”埃斯蒂斯覆上她的手,“糟了。”他转过头去,脸上现出痛苦的表情。

“是谁?”

“我也不能确定。但是菲尔丁和局长比尔·沃尔登交情可不浅啊。”

“所以最好还是让我当替罪羊,没错吧?”

“可这样才能保住你。索尔信任你,卡丽。就我来说,情况更复杂一点。”

“因为你喜欢我吗?”她说。

埃斯蒂斯避开了她的目光。一时间,两个人谁都没开口。他们就这么坐着,远处霓虹闪烁的天际,隔在了两人之间。

“还有件事。”卡丽说。

“什么事?”

“迪玛,就是那个女孩。她一开始是菲尔丁的线人,后来才归我管。”

“她怎么了?”

“我们先不去想逊尼派和什叶派、基地组织和黎巴嫩真主党的种种反常举动,照理来说他们不会有来往。还有叙利亚人、伊朗人,阿巴西耶事件发生之后的所有事情,这些没有一件事讲得通。就算把这些都抛开,我还是远比菲尔丁了解这个女孩。在她喝得趴在地上起不来的时候,我就在她身边照顾她。她性感风趣,但就跟这世界上所有还活着的女人一样,她知道自己终有一天会青春不再。她很急切,你能理解吗? 为了男人。她跟我说过,如果她碰到了一个很有钱的男人,只要他长得还不至于让她觉得恶心,她甘心为他做任何事情。所以,你说说看,什么东西能把这样一个女孩变成狂热的圣战分子？根本就说不通。”

“嗯，确实说不通，”埃斯蒂斯赞同地说道，“你想回贝鲁特？”

“我必须回去，”卡丽说，“只有在那里才能找到答案。”

“那我们怎么办？”

“不可能的，我们之间不会有可能的。除非我们中的一个辞职。可我是不会辞职的，而你——”卡丽握住他的手——“也不该辞职，大卫。”

“你也一样。”他做了个鬼脸说道。

“所以，我们只能这样了，就像暴风雨中的两个孤儿。”

“你没有毁掉我的婚姻，卡丽。是我自己葬送的，是这份工作，是我自己。”

“为了真相。”卡丽拿起杯子，呷了口伏特加。

“瞧瞧我们这是在哪，”埃斯蒂斯环视屋内，“这房间还真不错呢。”

“嗯，特别适合偷情的情男欲女。”她点了点头。

“你知道的，我们之间不是只有性。起码对我来说不是。像你这样美的女人，竟然会看上我，我真的是受宠若惊……”他顿了顿，“多少年来我第一次有了活着的感觉。你知道吗，这感觉真的好极了。”

“我也一样。”她走过来，扭着身子坐到了他的腿上，吻向了他。

18. 黎巴嫩贝鲁特市凡尔登区

“我就知道你会回来的，我从没怀疑过这一点。等下。”弗吉尔说着，关掉了安防报警器。他把彼得森万能钥匙插进锁孔，轻轻一扣，就把门打开了。房门只开了一条缝，检查看有没有备用报警器，弗吉尔拿出手持式射频扫描仪，像拿蜡烛一样持在胸前，慢慢走进了房间。

卡丽和弗吉尔在列奥纳多·达·芬奇路上一幢高层公寓的十四楼。这里位于贝鲁特时髦的凡尔登区，公寓的主人是黎巴嫩籍女演员、模特拉娜·萨阿迪。她演过一部关于贝鲁特高档沙龙里女人们的爱情故事的电影，在中东地区很有名。吉姆博给过卡丽一个闪存盘，据上面通信情报部门拦截的数据显示，菲尔丁每周至少两次拨打拉娜的手机。虽然弗吉尔说，他俩有时会不约而同地出现在某些社交场合或聚会上，可从来没人见过他俩一起去过什么地方。

卡丽跟着弗吉尔进了房间。弗吉尔把手指放到唇边，示意她不要出声，然后用扫描仪检测，仔细查看灯具和座机，卸下插座外面的塑胶板检查，看有没有隐藏的摄像头和窃听器。这个时候，卡丽戴上乳胶手套，依次检查着卧室里的抽屉和桌子,翻检着拉娜昂贵的法国胡伊特①和欧巴德贴身内衣,还有衣柜里的衣服和鞋子,然后小心翼翼地把它们放回原位。

“没问题。”弗吉尔悄声道。“但也别说话。”他用口型说。

卡丽点了点头。她用手在衣柜最上方的一层扫过,摸到了一本相册。在仔细地记好位置后,她小心地抬起相册,然后拿了下来。她坐在地板上,打开相册,弗吉尔正在屋子里四处找地方安装窃听器和暗藏的摄像头。每间屋子的每个角度都要覆盖到,用中情局的话说,这叫“360 度监视工作”。

卡丽翻着相册,仔细观察着里面的每一张相片。相册里大部分都是拉娜演艺生涯的照片,涵盖了她从一个刚出道的年轻模特,到如今影视双栖发展的各个角色的瞬间。她从一个抱着宠物狗、留着栗色长发摆着生硬造型的懵懂少女,变成了后来登上时尚杂志 *Spécial* 封面和主演电影定妆照中青丝万千、一袭低胸裙的性感尤物。

突然间,一张照片一下让卡丽僵在了那里。

这是拉娜为高级女装连锁品牌爱什蒂拍摄的一张杂志广告大片,照片上拉娜和另两位同样时髦苗条的模特站在一起,地点看着像是 ABC 购物中心。里面有一个就是迪玛,相片正面并没有留下摄影人的名字,但是明显是某家摄影工作室拍的,相片粘在相册上。卡丽小心地把相片下方和册页分离,掀起来查看相片的反面。上面印着一个人的名字:弗朗索瓦·阿布·穆拉德,高洛德路。卡丽知道这个地方,是在阿什拉法赫区的格美泽辖区。卡丽把相片放下来,按回到册页上,然后拿出自己的手机,对着它拍了一张照片。

这样看来,迪玛和拉娜早就认识。她们会不会是一路的?卡丽飞快地翻着剩下的照片,但再也没有一张引起她的注意。她把相册放回衣柜架子上原来的位置,开始翻找衣柜里挂着的每件衣服的衣兜。一件一件,

---

① 胡伊特是法国著名女士内衣品牌。

差不多翻到最后时,卡丽在一件平绒外套的衣兜里摸到了一个手机。她把手机掏出来,拿给弗吉尔。

弗吉尔点了点头,复制"窃取"了这部手机。这是美国国安局研发的一项技术,只需一部预先设置好的手机,利用这项技术,靠近对方数米之内就能侵入对方的手机。现在拉娜的手机已经被"控制"了,只要通过国安局的信号情报卫星通讯手段,弗吉尔便可以窃听和监控这个手机的一切举动。他点了下用于侵入的手机屏幕,查看拉娜的手机号码。两人对视了一眼,这部手机既不是菲尔丁打过的那部,也不是拉娜带在身上的那部。那它是用来做什么的呢?卡丽心里非常纳闷。

弗吉尔看了看表。他们在这待了快四十分钟,留给他们的时间不多了。卡丽把手机放回外套口袋,走到餐厅里一张显然是被拉娜用作书桌的写字台前,检查起每一个抽屉。她翻看着拉娜的支票簿和账单,这时收到了队里第三名成员齐亚德·阿塔维的短信。他是马龙派天主教民兵组织黎巴嫩力量的成员,隶属于"3月14日"组织。齐亚德是卡丽在贝鲁特最早的线人之一。眼下,她跟齐亚德和弗吉尔组成了一个小队,瞒着中情局贝鲁特站里的所有人,尤其是菲尔丁。

短信写着"正离开波波"。波波简餐是萨辛路上一家很受欢迎的亚美尼亚午餐餐厅,离这儿只有几个街区的距离。短信的意思是拉娜离开了餐厅,随时可能回家。卡丽走过去,把手机上的信息给弗吉尔看。他点了点头,明白他们得撤了。

两人从房间出来,弗吉尔谨慎地重新设置好报警器,然后关了门。几分钟后,两人在一条人来人往的街上分了手。新的安全屋代号是"易洛魁",设在靠近穆斯林墓地的独立路上,他得赶回那儿监视拉娜的一举一动。卡丽叫住一辆车,前往两旁棕榈树林立的滨海大道,她和朱莉亚/法蒂玛约在那里见面。下车后,她取出一方黑色的头巾,遮住了头发。

虽然身着传统的黑色阿拉伯长袍,戴着面纱,卡丽还是一眼就认出了正等在莫凡比克度假酒店旁的法蒂玛。她站的地方离有名的鸽子岩没多远,游客们围在这里,抓拍海浪拍击凸出水面的鸽子岩时的瞬间。

“我最亲爱的朋友，阿发代尔萨迪卡（意思是寒夜凋伤甘露花）。”卡丽拉住法蒂玛的双手，用阿拉伯语说道。

“伊本阿拉比。你引用的是伊本阿拉比的诗。”法蒂玛说着，双眼明亮起来。

“她是疾病，把你击倒；她是良药，又将你治愈。”她们同声朗诵着诗里面著名的叠句。

“我好想你，太抱歉了我。”卡丽说。

“我以为你再也不回来了。”

“我不会不回来的。我还要告诉你，你给我说的那些挽救了许多人的性命。不管别人怎么说，你做的都是大好事。”阳光洒在海面上，海风吹拂，棕榈树瑟瑟作响，她们像女学生一样手牵着手，并排走在海滨大道上。

“真的吗？”法蒂玛问道，“他们现在相信我了吗？”

“对于他们来说，你现在像金子一样宝贵。那……”卡丽犹豫了下，“你怎么样？”

“不好，”法蒂玛说，“有时我觉得他想杀了我。有段时间我想，做女人还不如当条狗。”

“不要，亲爱的。不要这么说。告诉我，我能帮你做些什么？”

法蒂玛停住脚步，看着卡丽，面纱中露出两只眸子。

“我想去美国，离婚。我想的就这些。”

“印沙安拉，我会尽我所能来帮你。我发誓。”

“别发誓，卡丽。你说了会做，我就知道会做的。他们怎么会让你回来的？”

“因为你，”卡丽攥着她的双手说道，“真的是因为你。”

她们沿着滨海大道走着，停下在一个小摊买了两个甜筒冰淇淋，然后边吃边走。

“有什么新消息吗？”卡丽问。

法蒂玛停住脚步，侧头靠向卡丽：“南部地区那边谋划着什么行动。以色列境内，靠近边界的地方。”

"恐怖袭击?"

法蒂玛摇了摇头。"不只是一场袭击这么简单,更像是挑衅。"她又四下看了看,"他们觉得,用不了多久,就可以开战了。"

"他们准备在哪动手?"

"我说不准。但他们把阿巴斯部署到黎巴嫩南部,靠近边界的一个城镇,叫比特贝尔。一切都是暗中进行的,那座城镇就像个堡垒。他们在那里设好了圈套,就等着犹太复国主义者们钻进来。我知道的就这么多。"

"好的,还有一件事,"卡丽说着,拿出她的苹果手机,"有个东西想让你看一下。"两人走到防波堤边上。卡丽打开迪玛护照上的照片。"你认识这个人吗?有没有见过她?"

法蒂玛摇了摇头。卡丽关掉迪玛的照片,调出拉娜的。

"她呢?"

"她叫拉娜·萨阿迪。这里的每个人都认得她。"法蒂玛说。

"你见过她吗?阿巴斯有没有提到过她?"

法蒂玛又摇了摇头:"抱歉,帮不上什么忙。"

"没事,能见到你我就很高兴了。"卡丽说。

法蒂玛盯着卡丽:"你不会把美国的事情忘了吧?"

"我不会忘的。"卡丽答道。

卡丽来到高洛德街,在一座殖民时期的老式建筑里找到了那间摄影工作室。工作室在二楼,玻璃门后是狭小的前台接待区,摆着一张超现代主义风格、非常时髦的桌子,后面坐着年轻靓丽的前台小姐。

"早安。请问有预约吗?"那位漂亮的前台问道。

"我之前打过电话了。我是卡塔尔半岛电视台的。"卡丽边说,边把昨天刚印好、上面带着半岛电视台标志的名片递了过去。

"我记得。弗朗索瓦——我是说阿布·穆拉德先生,这会儿在工作室里。我会告诉他您来了。"

卡丽打量着挂在墙上的照片。照片都是时装大片和杂志封面,包括一些从背后拍摄的女模特们的照片，她们都只穿着条纹比基尼短裤。在晾了卡丽十五分钟，确保她明白自己有多大牌和多忙之后，阿布·穆拉德才肯出来，边道歉边带着她进了工作室。

“我还以为你会带着摄制组过来。”他边说边带她走进布置着屏风、罩单和各种灯具的地方，透过高高的玻璃窗，可以看到街对面老旧的殖民风格建筑。阿布·穆拉德矮得令人难以置信，虽说还算不上是侏儒，不过肯定到不了一米五。他留着长头发，看起来像是老派的摇滚歌手。

“我们习惯先预先采访一下，这样节约时间。”卡丽说。

他们坐在那种导演椅上，两人中间摆着一张小桌子，上面放着几瓶索哈矿泉水。

“我的职业生涯非常精彩。”他说。

“看得出来。你喜欢女人？”

“相当喜欢啊，”他猥亵地笑着，眼睛直勾勾地盯着卡丽的胸部，“她们也喜欢我的。”

“最起码个子不太高的应该会的，也可能是那些你为她们拍过杂志广告的。”说着，卡丽拿出笔记本电脑放在小桌子上，屏幕上是拉娜、迪玛还有另外那个模特为爱什蒂拍的那张广告照片。

“这是什么？”他不客气地问道。

“你认识这几个模特吧？拉娜和迪玛？另外那个是谁？”

“马里耶勒·希拉勒。一个准模特。”他摇头答道。

“为什么只是个准模特？她已经够漂亮的了。”

“因为她不想被潜规则，不想被‘*尼克*’，”阿布·穆拉德答道，故意用了阿拉伯语里粗俗的“*尼克*”一词，意指性关系，“她太不上道，所以也就不会接到多少活。”他耸了耸肩。

“另外两个呢？”

“拉娜还用说嘛。我光给她拍封面就拍了三十二张了。电影剧照也拍过。我当然认识她了，我简直比她亲妈还了解她。”

“那迪玛呢？”卡丽指着屏幕上的迪玛问道，“你也认识她，对不对？

别跟我说你没跟她上过床。我以前也了解她——只要能让她成功，她对男人都不会太挑的。”

“迪玛·哈姆丹。她怎么了？”

“这张照片是你拍的？”

“你明知道是我拍的，”他说道，眼神上下打量着卡丽，仿佛她又长了个异常丑陋的脑袋出来，“你想知道什么？”

“她跟拉娜的关系近吗？”

“她俩互相认识啊。你刚才说以前了解她是什么意思？出什么事了？”

“她死了。”卡丽说。

“你她妈到底是谁？你肯定不是警察。你是不是黎巴嫩国家安全局的人？”他站了起来，但还没有卡丽坐着高，“请你马上离开这里，女士。”

“我要是走了，你肯定更不会喜欢后面那些慕名而来的人，”卡丽说着，打开手包，把手伸了进去，“最好还是同我把事情给办了。”

接下来，两个人谁也没有说话，也没有移动。透过阳光，卡丽可以看到微尘从窗子里飘进来。周围异常地安静，你甚至可以想象她能听见尘埃落地的声音。

“就像去看牙医一样。”阿布·穆拉德终于忍不住说话了。

“这都是为了你好。”卡丽说。他瞥了瞥卡丽放在包里的那只手，坐了下来。

“你是在威胁我吗？”他问道。

“我没必要威胁你。你自己就是黎巴嫩人，当然清楚这里会发生些什么。”卡丽的暗示很明显。黎巴嫩的政治局势既危险，又反复无常。一个不走运，在错误的时间，出现在了错误的地点，就能让你送命。

“你想知道些什么？”他皱了皱眉头。

“给我说说迪玛和拉娜的事情。她俩关系有多近？”

“她们早就认识。你是想问她俩有没有上过床？”

这倒挺新鲜的，卡丽心想。迪玛不是喜欢男人的吗。“有吗？”

“有倒是有，不过时间不长。纯粹是为了找乐子。她俩都更喜欢男人一些。她们在来贝鲁特之前就认识了。”

“原来如此。”卡丽说道，她的心跳在加速。最早她从菲尔丁手中接过迪玛，成为迪玛的负责人的时候，菲尔丁曾移交给她一份 201 档案，那里面可提都没提迪玛不是贝鲁特人这回事。“她俩是哪里人？”

“都是打北边过来的。迪玛是从哈勒巴市阿卡镇来的，拉娜是的黎波里*人。她说过她打小在钟塔旁长大。”他说。

这两个地方都是逊尼派穆斯林的地盘，卡丽暗想。那迪玛究竟为什么要跟叙利亚阿拉维派的夜莺混在一起？她表面上是“3 月 14 日”马龙派天主教组织成员，但即使她一直如此掩饰，而她实际上是逊尼派穆斯林，仍然讲不通。阿拉维派跟黎巴嫩真主党一样，都是什叶派组织。不管她是马龙派天主教徒，还是逊尼派穆斯林，都应该把夜莺视为敌人才对。在黎巴嫩这种地方尝试跨越宗派主义，就像蒙着双眼横穿加州的高速公路一样危险。

“那都是逊尼派的地盘。”她谨慎地说道。

他点了点头。

“你什么意思？迪玛和拉娜都是逊尼派吗？”卡丽问道。

“我？我可什么都没说，”他耸了耸肩，“我不过是专为女人拍照片罢了。当然是漂亮的女人。就这样。”

“她俩从来不谈宗教吗？”

“没有跟我谈过，没有。”他说着，拿出一包亮红色的高卢金丝，抽出一支，点上。

“但你怀疑她们是逊尼派的。你知不知道，迪玛是‘3 月 14 日’组织成员？”

他耸了耸肩。“我从不跟她们谈论政治。我们只说时装、照片，还有——”他把烟草碎末从舌尖撮下，“*昂库勒*。”法语里意指性关系。

---

* 黎巴嫩北部城市，而非与其同名的利比亚首都。

“我已经一个多月没见过迪玛了，她去哪了？”

“你自己才是安全局，或中情局的，或者其他什么地方的特工。你还来问我。”

“你一点都不知道？”

“拉阿迪里。”他耸了耸肩。不知道。“去问拉娜，她也许知道。”

“说说拉娜。她有没有加入什么组织？”

“不知道。就算知道我也不会跟你说的。”他脸上露出得意的笑容。

“相信我，如果我不嫌麻烦的话，我想知道什么就能知道什么。”卡丽说着，身体往前一探，把烟从他嘴里一把扯过来，倒转烟头，狠狠地摁在他的脸上。

“啊！”他嚎叫着跳到一旁。“你个臭婊子！”他用阿拉伯语大骂道。他赶紧把瓶子里的水倒到手上，擦拭着被灼伤的地方。前台的小姑娘冲了进来，看着他们，不知所措。

“叫她走开，”卡丽说，“别干蠢事。”

“这儿没事，雅斯敏。去前台待着。听话，快去。”他对前台说道。那个小姑娘犹豫了一会儿，然后走开了。

“你这婊子！别再这样了！”他边骂边用手指摸着被烫伤的地方，脸上一阵抽搐。

“那就老实点，”卡丽说，“拉娜有没有加入什么组织？”

“我不知道。你自己去问她。”他恼怒地答道。

“她有没有在跟谁约会？”

阿布·穆拉德犹豫了下：“你是在调查迪玛的死因？你来找我就为这个？”

卡丽点了点头。他望了望窗子，然后看着卡丽。

“我真不敢相信她死了。我挺喜欢她的。”他说。

“我也一样。”

“可怜的小东西，”他皱了皱眉，“迪玛找了个新男朋友，以前没见过他，听说是迪拜人。”他说着，做了个数钱的手势。“我以为她去了迪拜，就像你说的一样，已经有好几周没人见过她的面了。可怜的迪玛。”

“拉娜呢，也有男朋友吗？”

阿布·穆拉德点了点头。“一个美国佬，肯定是个有钱人。”他又猥亵地笑了笑，“拉娜可不是便宜货。”

“知道那人是谁吗？”

听到他的回答后，卡丽感到无比地震惊。她知道，整个在贝鲁特的行动都已经告吹。

“这你也要问我？你应该早就知道才对。那人是中情局的啊。”阿布·穆拉德说道。

19. 黎巴嫩哈勒巴市

卡丽眼前的这座房子依山而建，是老式的石头建筑，俯瞰贝伯宁镇和远处的海面。在当地名叫泰米尔发型设计的美发沙龙里打听了一番后，她得知迪玛父母双亡，但还有一个哈姆丹家族的叔叔在世。在中东的这种地方，做女人有一个好处，就是总能打听得到任何人的任何事。没多久，她就跟一个上了年纪、叫卡拉·马吉达的女人坐在客厅里，享受着用玫瑰露和松子泡的黎巴嫩冰茶。这个女人正是迪玛的姑姑。她们坐在面朝露台的沙发上，阳光透过法式落地玻璃门，洒满了屋子。卡丽穿着牛仔裤和运动衫，头上裹着头巾。她给马吉达姑姑说她是迪玛的美国朋友，但没告诉她迪玛已经死了。联邦调查局仍然对媒体封锁着袭击者的身份。

“迪玛有没有给你说过，她父亲哈米德·阿里·哈姆丹以前是穆拉比特民兵组织的成员？”迪玛的姑姑用阿拉伯语问道。

“她给我说过的。”卡丽撒谎称。穆拉比特是漫长的黎巴嫩内战中势力最强的一支逊尼派民兵组织。所有这些信息都未曾出现在迪玛的档案里，她也从来没有跟卡丽或其他人提起过。

“他跟易卜拉欣·库拉亚拉特并肩战斗过。1982 年以色列人打过来的时候，他在战斗中牺牲了。那时迪玛还是个婴儿。她太不容易了，没有父亲的孩子。”马吉达姑姑说。

“确实是。”卡丽低声说道，眼光扫视周围。听起来似乎有点难以置信，像迪玛这种久经世故的交际花，跟天主教主宰的贝鲁特北部地区的要人莫不熟络，而她自己竟然是在一个保守的逊尼派环境里长大的女孩。

“家里也没什么钱。后来她母亲得了癌症。”马吉达姑姑摇着头说道。

“她是怎么活下来的？”

“她的祖母，还有我，把她拉扯大的。后来她去了贝鲁特，那以后我们再也没见过她了。”

“她怎么会离开哈勒巴呢？”

“你知道那个很有名的演员拉娜吧？就是常上电视的那个。”

“拉娜·萨阿迪么？”卡丽问道，脑袋里在飞速运转。她们俩之间绝不只是一起拍过杂志广告那么简单！

“就是她。拉娜的父亲和可怜的哈米德·阿里，真主在上，一起在穆拉比特的时候是好朋友。拉娜从的黎波里过来，带她去了贝鲁特。她们想去那里当模特。我劝过迪玛，让她不要去。贝鲁特到处都是天主教徒和异教徒。我跟她说，去了没什么好下场的。可是她却说：‘我除了长得好看，别的一无所有，卡拉。这是我唯一的机会。而且我会跟父亲朋友的女儿在一起的。’”

“拉娜为什么要带她一起去？”

“*伊克拉姆*。替父报恩。内战的时候，哈米德·阿里曾经救过拉娜父亲的命。”

“请恕我直言，我理解迪玛的父亲，是个英雄。可是迪玛不像是搞政治的，也不像跟宗教有关。当然，我知道她是个虔诚的穆斯林女孩，您明白我的意思。”卡丽说。

“她知道自己的父亲是什么人，也知道自己是什么人，*阿尔哈姆杜拉*。”马吉达姑姑警惕地盯着卡丽说道。意思是真主保佑。

“当然，*阿拉呼阿卡巴*。”卡丽小声道。意思是真主至大。

"阿拉呼阿卡巴。"马吉达姑姑肃然说道。

这么说来,迪玛是逊尼派穆斯林,只是后来远走他乡。在返回贝鲁特的路上,卡丽坐在弗吉尔的标致车里思索着。车沿着海岸公路往南开,她的左面是农田和一簇一簇的房子,她右面同样是成片的住宅,再远处就是海了。我们不也都是吗?她想起了昨晚跟索尔用加密电话通话时,索尔说的那句话。

"贝鲁特站完蛋了。这里已经摇摇欲坠。"卡丽告诉索尔。

"情况有多坏?"索尔问道,由于加密的缘故,他的声音有点模糊不清。

"你想,如果连格美泽的时装摄影师都知道菲尔丁是中情局的人,还有谁会不知道?就这么糟。"

"迪玛那边有什么消息?"

"她是哈勒巴人,这个小秘密她的201档案里可没有。"卡丽说。

索尔马上就明白了。卡丽很喜欢他这点。"她有没有可能是逊尼派的?"他问。

"我正在查。这下有点让我们摸不着头脑了,纽约的事情是怎么回事呢?总不可能是什叶派负责谋划,逊尼派负责行动吧?据菲尔丁说,迪玛应该是'3月14日'组织的成员,那她应该是天主教徒才对。完全不合情理。至少在黎巴嫩是不合情理的。"

"他们一定还在谋划着别的什么。我们还没发觉罢了,"他说,"那个叫拉娜的女人是什么情况?"

"她也是北部地区的人。的黎波里。也有可能是逊尼派教徒。她和迪玛早就认识,她们的父亲也一样。有趣吧?"

"你怎么看?"他问卡丽。

"拉娜可能也参与其中。"

"明摆着的。还有呢?"

"她们只是局外人。她俩都是。"

"我们难道就不是吗?"索尔的话让卡丽想起她临行前他说的话。

她住的地方在雷斯顿,离杜勒斯国际机场只有一小段距离,索尔特地开车去接她,送她去机场搭乘飞往贝鲁特的航班。

"离贝鲁特站远点,尤其是菲尔丁那家伙,"他不忘叮嘱卡丽,"不然你永远别想查出个所以然来。"

"要是碰巧遇到了怎么办?有时候贝鲁特就那么大点地方。"

"真碰上了,你就说在执行特殊权限行动。"特殊权限行动是中情局最高级别的行动,只能由中情局局长直接授权。拥有高级别机密权限的官员甚至分站站长,除非必须知情,否则一律不得过问。"要是他小题大做,就让他找我,或者大卫。记住,千万不能让贝鲁特站的人知道你又回去了。"

"除了弗吉尔。"

"除了他,谁也不能知道。而且也不能要求总部提供支援。这次,你得靠你自己。"

"我一直都靠自己的。"她说道。

说着这句话,卡丽想起了肯辛顿法拉格大道上自己家的那座白色的小房子,想起了她父亲买了那辆巨大的拖挂式房车。当他把车停在了私家车道上后,连一个肯跟他们说话的邻居都找不到了。有好奇的邻居问她父亲准备到哪去时,他只说是为了能带着家人们去五大湖看尼亚加拉大瀑布。她还想起了她跟麦琪是怎样交不到朋友,因为在家里玩耍简直是不可想象的,而去别人家里玩她父亲又可能会给人家父母打电话。母亲对此无能为力,而她姐姐麦琪又一心想出去玩。她们的家里整天静悄悄的,每个人都在躲着对方,似乎疯病像流感一样会传染。

"有时候我觉得是因为你更喜欢一个人待着。"索尔说。

"我从来都是个局外人。"

"我们都是。这一行本就是给局外人准备的工作。"他说。

"你也是?"

"开什么玩笑。我出生在印第安纳州的卡利奥普,中产阶级的文化氛围把我裹得严严实实,我是唯一一个信仰正统犹太教的孩子,你能想象我是怎么长大的吗？尤其是五十年代和六十年代初的时候？我父母都是二战中犹太人大屠杀的幸存者，这更让他们变得极端正统。上帝是他们唯一的希望。我父亲是开药房的，但没有哪家人跟我们一样。我们在那儿就像是火星人。

“在学校里，我没法参加像圣诞庆典一类的活动。所有非犹太人的东西，或者他们认为有偶像崇拜意味的事物，我都不能接触。为了能宣读效忠誓词，我还跟父母大吵了一架，仅仅因为旗杆的顶端镶着只金属的鹰。我喜欢打棒球，却不能参加少年棒球联合会的比赛，因为他们赛前的祷告里会提到耶稣。卡丽，我们都是局外人。我们之所以做这行，是因为只有这行肯接纳我们。”

卡丽接到弗吉尔电话的时候，正驾车前往南部的比布鲁斯，“圣经”一词就源于这座城市。前方的比布鲁斯老城区已经在望，密密麻麻散布在地中海海岸，山上建着许多白房子和教堂，一簇簇地拥在一起，另外还有一座孤零零的清真寺。

“我们有客人了。”弗吉尔说道。

“你说。”

“我们的小可爱，她用那部手机打了个电话。我利用‘查无此地’的数据库，追踪到了接电话的人。你那位叫吉姆博的朋友帮的忙。你可真是到处留情啊，小甜豆。”弗吉尔管国安局叫“查无此地”，是因为华盛顿那边有个流传已久的笑话，把国家安全局的缩写排在一起念就成了“查无此地”。“小甜豆”则是弗吉尔故意给她取的小名，读起来跟美国歌手尼尔·戴蒙德那首《甜蜜的卡罗琳》的韵律相仿。

“少废话，阿弗。她打给谁了？”

“你的老朋友。一种唱歌的小鸟，记得不？”

我的上帝啊！夜莺！卡丽心里激动不已。塔哈-多尼，这样一来关系就清楚了，迪玛——夜莺——拉娜。别忘了那张照片里的第三个模特，卡丽提醒着自己。马里耶勒。

“他们都说了些什么？”

“晚上再跟你说。老地方吧？2015见？”弗吉尔这么说，表示有些话不适合在手机里讲。老地方是指位于哈姆拉区的圆形纪伯伦花园，就在联合国之家对面。2015指20点15分，减去45分钟，也就是19点30分。晚上七点半。

“就这么定了，拜。”

“*玛尔萨拉玛，再见。*”他用阿拉伯语嘲弄地说道，然后挂了电话。

驱车行驶在海岸公路上，阳光在海面闪烁跳动，卡丽从没感觉这么好过，仿佛一只雄鹰，张开双翼，自在地在天空中享受着滑翔的惬意。虽然现在还无法看到拼图完成后的全貌，但她可以感觉到，每块拼图都在归位。事事都一帆风顺，一种幸福感包裹着她，身体好似滑入了暖洋洋的浴缸。她正在接近事情的真相和幕后的主使。那些人就在她看不见的地方，藏在帘子后面，就像周围起伏的山峦遮住了贝鲁特。一切都在酝酿、升腾。就像做爱一样，极致的感觉已经开始积蓄，却又尚未攀至巅峰，但你可以清楚地感觉到冲击的来临，一浪高过一浪。

卡丽驾车沿着海岸公路一路前行，一畦畦的农田不断在两侧掠过。公路从比布鲁斯城中穿过，将旧城区与更为现代化的新城区分割开来。也许我该休个假歇一歇，卡丽想着，四处看看风景。比布鲁斯城堡和古罗马遗迹应该不错，或者直接在哪个海边的酒店住下。应该很惬意的吧？跑到海滩，光着脚丫踩在细细的沙子上。在海滩酒吧闲坐一会儿，叫服务生送一杯玛格丽塔过来，喝着酒，看海鸥在海面上翱翔，发现鱼儿后突然向水面俯冲而下，还有……

集中精神！卡丽想着，坐直了身子，专心看着前面的路。上次的药是什么时候吃的？现在的感觉是真实的，还是幻觉？

妈的！

集中精神，卡丽。又是躁郁症在作怪了，不是你，她暗自说道。动动脑子，拉娜给夜莺打电话了，她既是菲尔丁的女朋友，又是迪玛的朋友。这就像在接通电路一样。此时此刻她需要的是清醒，不能胡思乱想。什么海滩，什么风景，都是狗屎。这都是没吃氯氮平的缘故。该去纳克莱路上的药店买些药了，她得在药店关门前赶回贝鲁特。必须买到药。还有，她得格外留神。上次跟夜莺交手，她险些被他抓住，连性命都差点丢了。那家伙绝非易与之辈，她得多费点心思。

快点的话，她还能赶回贝鲁特，赶到纳克莱路买好药后再去见弗吉尔，时间刚好够用。还能找到马里耶勒·希拉勒，照片里的第三个女人。她甩了甩头，让自己清醒一些，然后一脚踩在油门上，超过了前面那辆慢腾腾的车。

20. 黎巴嫩贝鲁特市卡兰蒂纳区

天色已晚，卡丽到的时候，那家药店正要关门，沿街商铺的橱窗里霓虹闪烁，在夜里显得分外夺目。药剂师是一个秃顶的中年黎巴嫩人，额前的头发已经花白，卡丽把她以前的处方递给他，可他几乎都没抬眼看。

“小姐，这张过期了。”他说。

“新的在这。”她边说边放了两张一百美元的钞票在柜台上。他只是望着钞票，并没有伸手拿起来。“*敏法斯乐基*。”她又说道。*求求你了*。她语气中的绝望，连装都不用装，已经非常分明了。

他往门口瞟了一眼，然后一把抓起钱放进了自己的口袋里。他进到店里面，卡丽在外面等着，心里思索着弗吉尔的消息。拉娜明天和夜莺在巴勒贝克碰头，著名的罗马遗址就在巴勒贝克的贝卡谷，位于贝鲁特东南方向，距离 85 公里左右。她们三个人，包括她自己、弗吉尔和齐亚德也会赶过去。

药剂师回到前台，手里拿着两小罐药片。

“这些药有多厉害，你都知道吧？”他说。

“我知道，*休克朗*。”她向他道谢。

"你该检查检查。这药的副作用很严重的。"

"我知道的。不过我吃了好多年了,没出过任何问题。"她说,心里暗想,给我啊,他妈的。她的心跳得飞快,大街已变成了一个不停运动的图案的迷宫,要是不尽快吃药,她都不知道自己会干出什么事。杀了这个混蛋。

"小姐,不能再用过期的处方了。下次,我坚持不会同意的。"他说道。

"我明白了,阁下,非常感谢。"她心里在想。他想怎样啊?帮他口交吗?拜托,把药给我就行了。

"晚安,小姐。"他说着,把装着药的小塑料袋递给了卡丽。

"再见。"她说完,头也不回往门口走去。跟药店隔几家有一个开在社区的小杂货店,卡丽去的时候,店主正准备晚上打烊关门,她买了一瓶水,和着水吃了一粒药。卡丽看了看表,九点刚过,都市的夜生活刚刚活跃起来,街上车水马龙,拥堵不堪,司机们按着喇叭,发出刺耳的噪音。

目前的问题是,她能否找到马里耶勒,第三个女人。

她从摄影师阿布·穆拉德搞到的马里耶勒·希拉勒的地址是在马尔尤瑟夫路,位于亚美尼亚人住宅区布尔耶哈穆德。这条路非常拥挤,离市政大楼只有几条街,马里耶勒就住在这里的一栋六层楼房里。公寓楼一楼是一家烧烤小店,紧邻大楼的入口。街上不知是谁挂了一面红蓝黄三色条纹的亚美尼亚国旗。卡丽把一张信用卡插进了门锁和门框之间,撬开了公寓楼的大门。

从楼梯拾级而上——没有电梯,卡丽闻到了楼下餐馆烤肉串的味道。走廊里很黑,没有定时感应灯。她找到房间,拿出手机照明,查看贴在房门柱子上的胶布上手写的阿拉伯名字。名字不是"希拉勒",一点都不像。她听了一会儿门,有人在看电视,听着像是一部很热门的电视剧,讲的是一个身陷离婚魔咒的漂亮女记者的故事。卡丽敲了敲门,没人应声,等了一会儿后她又敲响了房门,这时门开了。

开门的是一个瘦瘦的女人,头上夹杂着几缕金色头发,穿着牛仔裤和一件B018酒吧的红色文化衫,年纪四十左右。

“嗯,什么事?”这个女人用阿拉伯语问道。

“我找马里耶勒。”卡丽说。

“不知道你在说什么,这里没有叫马里耶勒的。”她说。

“拜托了,女士。我是她和迪玛·哈姆丹的朋友。我一定得见她,有急事。”

“我跟你说了,这里没这个人。”她说。

“放的是《金达》吗?”卡丽问道,聊起了电视上放的电视剧,“这部片子我很喜欢。”

这个女人点了点头。“还不错,”她说道,作势要关上门,“抱歉,帮不了你。”

“等一下！至少你可以帮我带个口信吧？她有生命危险。”卡丽边说边挡在了门口,让她没法关上门。

“不管你是谁,给我滚开！我不认识什么马里耶勒·希拉勒!”她大声喊道。

卡丽望着她。露馅了吧,卡丽暗忖,心想真是谢天谢地,还好吃了药,要不然也抓不住这个破绽。

“你怎么知道她姓希拉勒？我提都没提。”卡丽说。

这个女人站在那里,脸部表情扭曲,四处张望着,像是要找武器。

“你再不走,我就报警了。”她说。

“你报警啊,”卡丽交叉着双臂,“你有什么事情瞒着。我想我们都知道,你最不想看见的就是警察。”

这个女人迟疑了一下,出门往走廊望了望,确定只有卡丽一个人后放她进了门。两人在玄关处尴尬地站了一会儿,然后卡丽被带进了客厅。

“你怎么认识马里耶勒的?”她问道,转过身面对着卡丽。

“我认识拉娜和迪玛。”卡丽答道。

“你怎么认识迪玛的?”

“在格雷酒吧,时尚摄影师弗朗索瓦·阿布·穆拉德那儿,还有别的地方。”

这个女人站在那里，心里盘算着。

“你说马里耶勒有生命危险，是什么意思？”

“我什么意思你都知道，要不然你也不会试着保护她。我得和她谈谈，”卡丽决定碰碰运气，“迪玛死了，女士。”

这个女人盯着卡丽，一下子目瞪口呆：“死了？你在说什么？”

“我得和马里耶勒谈谈，有非常要紧的事。”

“你是美国人？”她说道，眼神上下打量着卡丽。

“没错，我叫卡丽，是她的朋友。”

“在这等着。”她说完进了卧室。卡丽猜想她是去给马里耶勒打电话了。有点搞不懂，这个女人——卡丽猜想她是马里耶勒的亲戚——看着不像是亚美尼亚人，举目望去，屋里也没有十字架、阿勒山[①]的图片或任何跟亚美尼亚相关的东西，那她为什么住在布尔耶哈穆德？除非，卡丽想，这里的人互相都认识。只要有外面的人，他们都会认得。出于安全考虑，马里耶勒可能就住在附近。电视上，一个身穿西装的男子正对金达出言威胁。这时，这个女人回到了客厅。

“今晚午夜过后，她在 B018 和你见面。一个人来，否则她不会跟你谈，”这个女人皱着眉头说，“小心起见，请谅解。”

“没事，她做得对，她可能处在非常危险的境地。”卡丽说。

B018 酒吧位于卡兰蒂纳区，这个区夹在贝鲁特河混凝土浇灌的狭窄河道和港口之间。这里旧称夸兰泰纳，一战期间曾是收留亚美尼亚大屠杀的幸存者的难民营，后在黎巴嫩内战期间成为巴勒斯难民营。到了今天，这里成了工人聚居的工业区，但说来也怪，城内最高级的夜店竟然就位于此处。

从外面看，B018 酒吧就像一艘混凝土做成的飞船。回家换了特拉尼

① 阿勒山俯瞰亚美尼亚的首都埃里温，也是该国的精神象征。

裙子和高跟鞋的卡丽走下狭窄的缓坡，到了地下入口，也不知道自己齐大腿的短裙够不够短。这种地方就是这个样子。走到正门口时，卡丽听见传来的震耳欲聋的音乐声，连墙壁都在震动。

还没等她走过守门的身高六尺的彪形大汉，一个穿着雨果博斯外套的男子就搀着她的腰，问她想不想来杯尊尼获加蓝牌威士忌。像这样一杯酒，店里标价要 500 美金。

“也许等会。”卡丽说完，摆脱了他的纠缠。守门的保镖只打量了她几秒钟，可感觉就像在做妇科检查一样，就挥手让她进去——这得感谢她的特拉尼裙子和 Jimmy Choo 高跟鞋，她心想——于是她走了进去。酒吧大厅跟机库一样开阔，长长的吧台一眼望不到头，里面挤满了人。不少人伴着克里斯·布朗的歌曲《干劲冲天》卖力地舞动着，六个穿着紧身超短裙的靓女在吧台上扭动着身子，引得台下发出阵阵喧嚣的欢呼声。

不知道是谁把一杯鸡尾酒塞在她手里，酒差点洒出来，这时一个画着金色眼影和紫色嘴唇、长相非常漂亮的女孩子盯着她说道：“好漂亮的脸蛋，亲爱的，我可以亲你吗？”还没等卡丽回答，她就把嘴凑了过来，直接印在卡丽的双唇之上，舌头像条小鱼似的拱了进来。跟亲男人的感觉完全不一样，卡丽暗暗想道。更温柔，感觉出奇地令人仓皇，别有意思。

“跟我走吧。”女孩说着就把手放到了卡丽的胸部。

“也许等会。”卡丽说道——这句话这么快就成了她的口头禅——然后迅速走开了。

卡丽围着舞池，沿着墙壁来回穿梭，四处找着马里耶勒。她手头只有一张可以拿来做判断的照片，她希望这个女人发型没什么变化。一个男的抓起她空着的手亲了一口。

“喝杯酒吧，亲爱的。”他说。卡丽抽出手，继续往前走。音乐声震耳欲聋，有人用阿拉伯语大声喊着，说什么活动才刚刚开始，朋友们！镭射灯不停闪烁，不知是谁在说，他们准备打开缩放的顶篷，仰望星空，可一点动静都没有。音乐变了，伴着芬兰重金属乐队夜愿乐团的歌曲，酒吧里的人一个个变得如痴如狂。

在吧台远远的那一头，卡丽发现了一个可能是马里耶勒的人。穿过舞池时，她两次被人揩油，差点和三个卖力跳舞的女孩撞到了一起，她们汹涌跳动的乳房，眼看着要从低胸的领口蹦出来。

走近时，卡丽肯定她就是马里耶勒。她头发染红了，上身穿着一件露出乳沟的黎巴嫩安萨尔足球俱乐部的低胸背心，下面一条艾斯卡达[①]的超级紧身牛仔裤，就像是喷画在她腿上一样。她人没有照片上漂亮，但脸蛋更跳眼，卡丽心想，人挤到她旁边。

"我们可以找个地方谈谈吗？"卡丽用阿拉伯语问道。

"你是卡丽？"马里耶勒靠近身子说道。

"太吵了，我们去别的地吧。"

"在确定你就是你说的那个人之前，我是不会走的。迪玛是哪人？真正的故乡？"这个红发女郎在卡丽的耳边说道。

"阿卡镇，哈勒巴市。"

"来吧。"马里耶勒说完下了吧椅，大步往前走，卡丽在后面紧紧跟着。她们在大厅里走了好久才到了走廊，只见等着上女洗手间的队伍都蜿蜒到了洗手间外面。马里耶勒从队伍旁边走过，拿出一把钥匙，打开了走廊尽头的一扇侧门，里面是一个空着的仓库。两人回头看了看，确定没人注意她们后就进了仓库。房间里很暗，只有一盏灯泡，后面堆放着硬纸盒。跳动的音乐声透过墙壁传到她们耳中。

"迪玛死了吗？"马里耶勒说。

卡丽点了点头。

"我就知道，这帮人……"马里耶勒说道，悲痛地摇着头。

"什么人干的？"

"我不知道，也不认识他们，我连你也不认识。我只知道很危险，知道她碰到了麻烦。"

"你怎么知道的？"

---

① 艾斯卡达品牌创立于1976年，以为高收入职业女性设计及经营高品质女装著称。

“迪玛和拉娜老喜欢干危险的事，拉娜跟一个中情局的人搞在一起。”

“菲尔丁吗？”卡丽插话道。

“是美国人，”她点了点头，“跟你一样。你知道他的底细吗？”

“你觉得呢？”

“我不知道该怎么想。我好害怕，这就是我的想法。要是他们杀了迪玛，他们也可能杀我。你看我，手都在抖了。”昏暗的灯光下，她伸出手来。

“不到两个月前，迪玛一下销声匿迹了。出什么事了？”

“就是他。”马里耶勒说。

“谁？”

“她的新男友，穆罕默德，穆罕默德·西迪基，她和他在一起。”

“迪拜的那个男友吗？”

“你打哪儿听说是迪拜的？”

“那个摄影师，叫弗朗索瓦的。”

“他真是个大骗子。穆罕默德·西迪基是伊拉克人，来自巴格达。他自称是卡塔尔人，可我知道他在撒谎，这个无耻之徒，”她做了个鬼脸，“刚开始，她真堕入了爱河，成天说着他的好，他又有钱，人又帅，又体贴，是个世上少有的好情人。他们一起漫步在圣乔治的海滩上，一起看日出，各种这般让人恶心的事。”

“后来呢？”

“这都是假的。他一得到她，就全变了。她怕他，还给我看过她的伤处，大腿内侧看不见的地方被用烟头烫伤了。有一次，他把她的脸朝下塞进马桶，整个头淹在水中，直到她答应让她做什么就做什么，才松开手。我跟她讲过，要她逃跑，或者跟拉娜在中情局的男人说说，可她给吓怕了。他看她一眼，她脸色马上就会发白。她跟我说过一个女的，她觉得可以信任的人，是美国人。”她的眼睛端详着黑暗中灯泡下卡丽朦胧的脸庞，“是你吗？”

卡丽点了点头。“我辜负了她，”她说，“对不起，我本来可能帮她的，可她不见了，哪里也找不到她。”

“她在多哈,在卡塔尔,和她的男友在一起,”马里耶勒恶狠狠地说,“他们在干什么,我并不清楚,可她走前,提醒我躲起来。他说下一个就对付我。”

“所以你跑到布尔耶哈穆德躲了起来?是这样吗?为了安全?你都不是亚美尼亚人。”卡丽说道。

“外面只要有人来,那里的人都会知道。他们保护我们。你不会跟别人说吧?”

卡丽摇了摇头。“这个叫穆罕默德·西迪基的,你说他是伊拉克人?”她问道。

马里耶勒点了点头,脸上浮现出无畏的笑容:“他说他是卡塔尔人,可他在撒谎。”

“你怎么知道的?”

“我妈他们家在卡塔尔住过一段时间。我问他在哪里上的学。是B环路上的多哈学院吗?有点钱有点背景的都在那里读书。他回答说是。大骗子!在卡塔尔,谁都知道多哈学院在卡利发贾迪达,离B环路远着呢。听他口音,就是伊拉克人讲的阿拉伯语,根本不是卡塔尔人或黎巴嫩人。”

“你知道他现在在哪里吗?”

马里耶勒摇了摇头。

线索又断了。我们手上的情报太少了,卡丽暗暗想道,她心急如焚,想着能再找出点什么线索。纽约的事情,这个叫穆罕默德·西迪基的肯定也有份,这一点,卡丽非常笃定。

“你跟他们一起聚过吗?有没有人照过相?”卡丽问道。

“他不喜欢照相。有一次迪玛叫我给他们俩拍了张在滨海大道的快照,我还什么都没做呢,他就一把抢过相机,把照片删了。”

“那什么照片都没有咯?”

马里耶勒迟疑了一下,摇头示意没有。她在撒谎,卡丽心想。

“有照片的,对不对?”卡丽问道。她的心脏肆无忌惮地跳动着,听力一下仿佛变得极其敏锐，不仅是自己的心跳声，就连马里耶勒的心跳声，还有外面的音乐声和人们的说话声都清清楚楚传到她的耳中。上帝啊，药效完了，卡丽暗自想道，拜托了，现在不能这样。形势紧急，成败在此一举。

马里耶勒没有答话，扭过头去。

“拜托了，不能让迪玛白死。这比你想象中重要得多。”卡丽恳求道。直觉告诉她，马里耶勒此时此刻说的话将改变一切，卡丽祈祷这不是她该死的躁郁症在作怪。就跟大马士革朝圣途中的圣保罗一样——倒让人想起了卡丽度过的天主教童年岁月——他的世界在颤抖，静静等待深夜访客开口说话。

马里耶勒的目光直视卡丽的双眼，仿佛能看透她的灵魂一样，良久之后打开手包，拿出手机，片刻就找到了她要找的东西。

“这是我趁他不注意的时候偷拍的，我也不知道我为什么这样做。”她说完就咬着嘴唇，“这不是实话。我是觉得他会杀了迪玛，我要留着照片报警。”

马里耶勒给卡丽看手机上的照片，是迪玛在滨海大道的一张快照。她穿着紧身短裤和T恤，神情紧张，胳膊挽着一个古铜色肌肤、一头卷发的精瘦男子，嘴上的胡碴好像三天没刮，四分之三的侧脸对着摄像头。卡丽简直不敢相信，一种近乎性高潮一样的兴奋感掠过全身。狗东西，看你往哪里跑！她一下思绪万千，无法抑制。

“这张照片我需要，”卡丽说，“你要钱的话，帮忙……”卡丽止住了话头。

两人谁也没有出声，耳边传来脉动的音乐和屋外人群嗡嗡的说话声，就像贝壳中大海的声音一样。

“告诉我邮件地址，我发给你，”马里耶勒突然语气紧张地说道，“还有别的事吗？到这种公共场所跟你见面，我冒了很大的风险，我得走了。”

卡丽碰了碰她的胳膊：“拉娜呢？她认识他吗？”

马里耶勒退了几步，因为背对着昏暗的灯光，所以她的脸看得并不真切。“我不知道，我什么都不知道，也不想知道。”

“可她认识那个叙利亚人，那个叫塔哈·阿尔-多尼的？”

“拉娜是个名人，不是她认识别人，就是别人认识她，或者装着认识她。这你得去问她。”马里耶勒耸了耸肩说道。

“她的处境同样很危险，对不对？”卡丽问道。

“这里是贝鲁特，”马里耶勒说，“我们生活在一座炸药和谎言铸就、下临万丈深渊的独木桥上。”

21. 黎巴嫩巴勒贝克

帕米拉酒店位于黎巴嫩巴勒贝克市，大堂里遍植棕榈树，四处摆放着各式古玩和法国殖民时期遗留下来、积满灰尘的家具。酒店有一股发霉的味道，就好像从侦探小说家阿加莎·克里斯蒂小说中原封不动搬出来的一样，但从楼上的房间可以清清楚楚望见古罗马的遗址。登记好住宿后，弗吉尔和齐亚德找了一个带露台的房间，把设备和武器一一布置妥当。露台俯瞰高耸在贝卡平原之上的朱庇特神庙的神柱。

他们开着租来的本田奥德赛在山路上蜿蜒前行，沿路还有城里的房子和路灯柱子上都挂着黎巴嫩真主党的黄色党旗，让他们不禁生出几分错觉，不知道自己身在何处。拉娜的手机，他们采用了GPS定位跟踪，也没必要跟得过紧，所以她根本不会怀疑有人跟踪。只有一个问题，就跟弗吉尔说的一样，火力问题。

夜莺会带多少人马过来？

他们待在酒店房间内，拿望远镜仔细扫视着古罗马遗址，确信不会让闪烁的镜头暴露位置。

“看到她了吗？”卡丽问道。

“还没，”弗吉尔边说，边一寸寸移动着望远镜，来来回回仔细搜索着，“在那儿，酒神神殿那里，左边，看到了吗？”

卡丽把望远镜对准了神殿。这座遗址保存极佳，几乎完好无损，令人难以置信，它是中东乃至全世界范围内规模最大、保存最完好的古罗马建筑群遗址。修建时间可上溯至巴勒贝克叫做赫利奥波利斯的时期，是敬奉朱庇特、维纳斯和酒神等古罗马神祇的重要神庙，朱庇特和维纳斯更是与当地的神话人物太阳神和爱神亚斯塔蒂融合为一体。神庙建筑群环绕大广场巍然矗立，广场呈长方形，空间开阔，卡丽发现拉娜就站在那里，跟一个站在酒神神殿台阶附近柱子旁的男子说着什么。

“我看到她了，她跟谁在说话？”卡丽说。

“这里看不清楚。不过，他带的人都有枪，”弗吉尔说着，轻轻推了下卡丽的胳膊，“在那儿，在那块大石头边上，斜躺着，维纳斯庙的上方。”

卡丽也发现了他们。一个男的拿着一把像 AK-47 的武器，侧身躺在大石头上，一个站在大广场的台阶上，还有两个在维纳斯神庙附近。

“我发现了四个。”卡丽说。

“搞什么，”弗吉尔小声嘀咕道，“他们是怎么把枪带进博物馆建筑群的？”

“他们可是真主党，你觉得呢？”齐亚德说。

“我们能听见他们在说什么吗？”卡丽问齐亚德。齐亚德打开箱子，设好一个带有多频道均衡器的抛物线传声器天线，透过开着的露台门对准了拉娜。

“可能吧，”齐亚德耸了耸肩，“他们离我们约摸四百米远，我调好了远距离对话的均衡器，机会一半一半吧。”他把耳机递给卡丽，设置好摄像头，录下了眼前的情况。

卡丽留神细听，听见一个女人，即拉娜，用阿拉伯语在说着“他”的什么事情——话听得并不真切——不管是谁，“他”交代她在纽约的（没听清楚）事情后行事必须更加周全。一个男的说什么（也没听清）“关注安巴尔省”之类的话。

卡丽坐直身子。这说不通啊,一个跟美国中情局贝鲁特站主管搞在一起的女演员怎么会跟伊拉克的安巴尔省扯上关系?这干黎巴嫩真主党什么事?他们跟伊拉克可一点关系都没有。不过,背后支持真主党的伊朗却难逃干系,卡丽心想。这还是说不通啊。拉娜和迪玛都是假装天主教徒的北方逊尼派教徒。她们为什么要向真主党,还有阿拉维派的叙利亚国家安全局提供情报呢?

这时,那名男子从柱子旁边走开了。卡丽把望远镜对准了他。

“是夜莺吗?”弗吉尔问道。

离这么远,根本很难把人认清,但卡丽几乎还是能断定,这个人就是夜莺。

“就是他。菲尔丁的情人是个可恶的小内奸。”卡丽说。

“天啦!菲尔丁是分站主管,掌管着一切秘密的钥匙。他都给了她什么情报?”弗吉尔低声说道。

不对,卡丽心想。问题不是他给了什么情报,而是他把情报都给了谁。夜莺到底在替谁办事?突然,卡丽一下子恍然大悟。

夜莺如果是双面间谍呢?

那么问题又来了,管夜莺的究竟是谁呢?是借叙利亚和真主党名义的伊朗人,还是伊拉克基地组织?要查出真相,办法只有一个。他们必须抓住拉娜,卡丽暗自盘算,并聚精会神听着耳机里拉娜和夜莺的一言一语。

“伊拉克的事情是(说话断断续续)当务之急,你懂吗?你要是能搞到他的笔记本电脑。”她听夜莺说道。

“不好办,”拉娜说,“迪玛怎么样了?”

“我们只听说行动失败了,必须做好最坏的打算。还有你的另一个朋友,马里耶勒呢?”她跟马里耶勒想的都没错,卡丽暗忖,他们也在找她。他还说了一些话,但卡丽并没听清。透过望远镜,她望见两人走远了,落在了一些石头的后面。妈的,卡丽暗自咒骂。

“夜莺怎么来的?”卡丽问弗吉尔。

“我发现了两辆黑色丰田 SUV,就停在露天集市的附近。”弗吉尔说。神庙建筑群外面就是一个露天集市,聚集了许多烤沙瓦玛和卖旅游纪念品的摊子。“有两个真主党的战士在放哨。”

“我们能不能分散他们的注意力,好在车上安装窃听器?”卡丽说。

“除非你现在有一群黎巴嫩真主党的漂亮姑娘。”弗吉尔说完,齐亚德咧嘴笑了起来,露出了他的金牙。

“别想了,我可不会自告奋勇。”卡丽说。她从望远镜里看见拉娜和夜莺走进了酒神神殿,隔着这么厚的大理石古城城墙,他们说的话不可能被听见。“我们得把拉娜拿下。”

“你想在这里下手吗?”弗吉尔说着做了囊括整个贝卡谷的手势。卡丽明白他的意思。他们在黎巴嫩真主党控制的地盘,要是出了岔子,他们就别想活着从这里离开。

“她开自己的车来的。”卡丽说。拉娜是一个人来的,开的是一辆淡蓝色宝马轿车。他们发现车停在通往露天集市和神庙建筑群的大门的小路上。

“她要不是一个人怎么办?”齐亚德说。

“是一个人的,回去也是一个人。他们大老远地跑来巴勒贝克,你觉得是为什么? 还不是她不想让任何人知道这次的秘密会面。”卡丽说。

“你最好别弄错了。真要开了火,我们不被人把屁股搞开花才怪了。”齐亚德答道,用了一个阿拉伯语的粗俗语。

“她要是碰到了麻烦,夜莺还有他的手下有可能出手帮忙。”弗吉尔说。

“我来拖住她,”卡丽说,“见完面后,夜莺不会留下来吃沙瓦玛的。我们所要做的,就是确保拉娜后走。”

“这里事情了了吗?”弗吉尔说。

“快把东西收好。你们换好衣服,把拉娜的宝马车弄坏。拖住拉娜的事由我来办。”

两个男人点了点头。他们拿出有黎巴嫩真主党标志的绿色贝雷帽、迷彩服和冲锋枪，换好装束，接着又开始整理其他装备。在这样的环境下，谁都以为他们是替真主党办事的人，就算有人过问，齐亚德也会说阿拉伯语，叫他们少管闲事。卡丽跟着古遗址中的拉娜和夜莺，看他们的情况再伺机而动。

几分钟后，弗吉尔和齐亚德一同离开，他们收好监听器材和耳机，只给卡丽留了一个小望远镜。

卡丽掏出弗吉尔给她的那把九毫米口径的格洛克 26 式小手枪看了看，然后放回包内。希望不要用上，卡丽向上帝祈祷着，把望远镜对准了酒神神殿。

夜莺匆匆出了神殿。他瞥了一眼他的手下，他们朝大广场和大门台阶走去。没过多久，围着绿色头巾——亲黎巴嫩真主党的颜色——的拉娜也出了神殿，尾随夜莺离开。

卡丽把望远镜放进手提包，离开房间来到街上。她迅速赶到露天集市，假装在拉娜出来大门附近的小路上买东西。卡丽必须确认不被夜莺看到，她拉起头巾的一端，像面纱一样蒙在脸上。要是计划没错的话，弗吉尔和齐亚德赶去给拉娜的宝马车做手脚了，然后再把那辆本田小货车开过来准备好。

“真要动手脚的话，你会怎么做？”在离开贝鲁特的路上，卡丽问他。

“点火线圈的导线，”弗吉尔耸了耸肩，“断开就行，车就不能发动了。”

“然后只用再接上，就可以走了吗？”

弗吉尔点头称是。他们戴着黎巴嫩真主党的贝雷帽，但愿不会有人拦住他们，卡丽暗想，但愿。

夜莺和他的手下迎面走了过来，卡丽迈步走到一个卖古旧玩意的摊子跟前。摊子往里摆着，卖的东西有古币、陶器、琥珀和银饰，可能是古罗马和腓尼基时期的。十有八九都是赝品，卡丽心想。

“是真货吗？”她用阿拉伯语问摊主，摊主长得胖胖的，留着八字胡。

“我亲自给你开一张古玩局的真品证书，女士。”他答道，这时夜莺和他的手下打他身边走过。一个手下还瞥了一眼卡丽，让她浑身打了个激灵。

“女士，你看好啦，古罗马珠宝。”摊主边说边给她看一个彩色的玻璃做的银手镯。

“真东西吗？”卡丽口中问着，身子往后退了退，留意着路上的情况，发现他们人都走了。

“十五万里弗尔，女士。要是付美元，那就八十五美元。”

“我考虑一下。”她放下手中的镯子，说完就走开了。

“七万五里弗尔，女士，”他冲着沿小路离开的卡丽喊道，“五万！二十五个美国钱！”

在一个摊子边上，卡丽望见了两个卖念珠的小女孩，年纪约摸十岁和七岁，走到她们身前停下身来。

“你们认识拉娜·萨阿迪，那个电视明星吗？”她用阿拉伯语说道。

两个小女孩都点了点头。

“她来这了！随时可能出现。你们该找她签个名，再怎么说也得问声好啊。”她说着，把她们领到了小路上，这时拉娜刚刚走下古遗址的台阶，就要从神庙建筑群的出口出来，“看，在那儿！”卡丽边说边把她们朝拉娜推了过去。等拉娜走近了，她又大声喊道：“看啦！是拉娜，那个大明星！快看啦！”

集市上的人们纷纷抬头，只见五六个女人和那两个小女孩把拉娜围住了。拉娜起初有点惊慌，很快脸上便浮现出笑容，冲大家挥着手，好像站在游行的玫瑰花车上一样。在拉娜的宝马车对面的摊子前，卡丽发现了正吃着烤沙瓦玛夹馍的弗吉尔和齐亚德两人。

“货车呢？”她问。

“前面拐弯的地方。”弗吉尔边说边努了努下巴，告诉卡丽方向。

“还有夜莺呢？”

“走了，两辆SUV都走了。”

过了几分钟，他们望见拉娜沿路走过来，上了她的宝马车。

“去把车开过来。”弗吉尔对齐亚德说道,齐亚德马上起身走了。

他们看见拉娜在试着发动车子,可车只是呜咽作响,引擎并没有转动。

“什么时候动手?”卡丽问道。

“等她下了车再动手。”弗吉尔说。这时齐亚德开着小货车拐过了街角,把车停在了拉娜后面约摸五米的地方。

拉娜还在想着发动车子,一脸无奈地坐在车里,这些他们都看在眼里。拉娜坐在车里想着办法,照这样下去,时间每过一秒,危险也会多加一分。弗吉尔掏出口袋里的注射器,去掉了针套,然后把注射器拿在手里。

“快啊,快出来啊。”弗吉尔咕哝着。

拉娜下了车,卡丽和弗吉尔见机走了过去,后面的齐亚德也一点点把车挪得更近了。

“你好,要帮忙吗?”卡丽用阿拉伯语问道。

“该死的车——”拉娜刚开口,话还没说完,弗吉尔就一把抓住她,一针扎到了她的胳膊上。“干什——”她想喊,可人已经倒了下去,卡丽打开小货车的车门,弗吉尔把她塞进了座位上。卡丽用塑料带绑住了她的双手,但此举明显多余,拉娜已经昏迷过去。氯胺酮见效真快,卡丽一边心想,一边忙着给瘫坐在座位上的拉娜系好了安全带,而弗吉尔则打开了宝马车的发动机罩,重新接上了导线。

“车钥匙插好了,出发吧。”他说着绕过车子,上车在拉娜旁边坐了下来。没过多久,小货车就开动了,卡丽驾着宝马车跟在后面。

等拉娜醒过来的时候,他们都回到贝鲁特了。不管怎么说,卡丽暗自盘算,她多少能找到一些答案了。

22. 黎巴嫩贝鲁特市巴绍拉公墓

卡丽看着拉娜睁开了双眼。她们在巴绍拉公墓附近的安全屋大楼的地下储藏间里，贝鲁特站为安全屋取的代号叫“易洛魁”。房间里空荡荡的，只有一只照明的灯泡，四面墙壁经过隔音处理，门也锁着。女影星拉娜被用塑料带绑在一把椅子上。除了卡丽坐的椅子，家具也就只剩一张凳子和一条木头长凳，长凳上放了一桶水和一条毛巾。旁边的凳子上，放着卡丽装了消音器的格洛克26式手枪。

“你叫破喉咙，也不会有人听见的。”卡丽用阿拉伯语对她讲。

“不是我的风格，”拉娜说道，“除非有人出钱要我叫。我演过一部恐怖片，叫得可大声了。片子叫《万恶食人街》，我想也许是跟《百善食人街》相对吧。你想听听吗？”

“我不管你演过什么戏，这不是试镜。”卡丽说。

“你是要钱吗？我不是有钱人。”拉娜说。

“你很出名。”

“不是一回事。”

“跟钱没关系。我们来聊聊塔哈·阿尔-多尼。”

“谁啊?”

卡丽低头看了看地上,然后抬起来望着拉娜。

“你要跟我说实话。你要是说实话,几个小时后你就可以回到你以前的生活。要是不说实话,你永远也不会离开这个房间。”卡丽说道。

过了好一会儿,两人都没有开口说话。拉娜四处张望,像是在找出去的路。

“这是怎么回事?”拉娜问道,声音有些微的颤抖,透露出她的紧张不安。她可是演员,卡丽提醒自己。她靠撒谎为生,跟我们其他人一样。

“听着,有好多事情你都不必跟我们讲了。我们对你非常了解,迪玛和马里耶勒的事情,还有你是中情局站主管大卫·菲尔丁的小情妇。一会儿我们再说这个。”她看得出来,刚才这番话,还有她对拉娜的熟悉,让拉娜都非常震惊。

审讯入门第一课,卡丽心想。要让对方觉得你很了解他,熟悉他的一举一动,他就会认为你知道的比你刚才说的多。由于他以为你对他已经了若指掌了,他透露的信息会让你吃惊不已。“你跟塔哈·阿尔-多尼在巴勒贝克见过,见面说的什么?”

“我不懂你在说什么。”拉娜说道。

“不,你懂的。”卡丽皱了皱眉,拿出摄像机,把她和夜莺在废墟对话的片段回放给她看,“帮帮忙,不要弄得不愉快。实际上,在回答这个问题前,我还有一个更好的问题。一个的黎波里漂漂亮亮的逊尼派穆斯林女孩,怎么跟一个叙利亚国家安全局和真主党的什叶派间谍扯上了干系?”

拉娜目瞪口呆地盯着卡丽。

“你是谁? 你想从我这里得到什么?”拉娜低声说。

“真相。天主教《圣经》里说,真相会给你自由。这里说的是原原本本的真相。可你要是撒谎——”卡丽看了看长凳和上面的一桶水,“相信我,你不会喜欢的。”

“你怎么知道我的? 还有的黎波里的事? 是迪玛那个臭女人说的吗? 她根本管不住自己的嘴巴,也看不住自己的裤裆。”

“做着中情局分站主管的情妇，又跟叙利亚间谍来往，你还真以为没人会知道吗？”卡丽说道，“你替谁卖命？”

“你不是知道吗？”拉娜舔湿了嘴唇。深色的头发，深色的眼睛，很漂亮的一个女人，卡丽想道。她这种人以为靠着自己迷人的脸庞，总能逢凶化吉。“上帝啊，我好想抽根烟。”

“过一会儿，”卡丽皱着眉头说道，“你必须开始回答我的问题，要不然有你好受的。你在替谁卖命？真主党吗？”

拉娜摇了摇头，嘴角闪过一丝不易察觉的笑容。“操你妈的黎巴嫩真主党，”她吐了一句阿拉伯语里面最难听的脏话，“既不是真主党，也不是叙利亚人。”

“那能是谁？阿尔-多尼是叙利亚国家安全局的人啊。”

“谁跟你说的？迪玛吗？你是中情局的？你们抓了她吗？她招了吗？”

卡丽想了一会儿，拿定了主意。拉娜是想要她吗？那倒要看看到底是谁要谁。

“迪玛死了。就目前来看，你也是凶多吉少。”卡丽说。这个消息让拉娜吃了一惊，卡丽看到她脸色发白，摇着头，那一头漂亮的棕色头发来回摆动着。“给你最后的机会，再不说就换男人了。他们可早想着接手了，审讯像你这样漂亮的女人的机会可不多。有件事我们女人都知道，”卡丽跷着二郎腿说道，“美丽这东西可脆弱得很，你跟阿尔-多尼到底是在替谁卖命？”

拉娜摆了摆头。卡丽拿定了主意，决定多吐露一点实情试试看。

“阿尔-多尼是双面间谍吗？只有你让我帮，我才能帮你。你要是想让我帮忙，点个头就行了。”

拉娜点了点头，百般地不情愿。

卡丽的脑袋飞快转动起来。阿尔-多尼是双面间谍的话，那他替什么人在做事？他的背后又是谁？是迪玛的男友穆罕默德·西迪基吗？那个马里耶勒口中假装卡塔尔人的伊拉克人。还是说，拉娜说的都是她觉得卡丽想听的呢?

“他到底是在替谁办事?”

“我也不清楚,但是,迪玛和她的卡塔尔男友是经他介绍认识的。”拉娜说道。

“穆罕默德·西迪基吗?我怎么听说他不是卡塔尔人。”卡丽说。

“你跟马里耶勒聊过啦,”拉娜皱着眉头说道,“印沙安拉,给我根烟,你想知道什么,我都告诉你。”

卡丽走到门口,开门走了出去,回来时拿着一根点燃了的万宝路香烟。她把烟给拉娜衔在嘴里。拉娜是不是打定了主意要合作,马上就能见分晓了。

“好吧,”拉娜说完,吸了一口烟,缓缓吐出一串烟雾,“你说得没错,我是塔哈的人,就是阿尔-多尼。迪玛也是我招募的,但她装成了‘3月14日’马龙派天主教组织的人。你自然也知道,我们两个都是北方来的,是逊尼派教徒,父亲都参加过穆拉比特组织。”

“你是塔哈·阿尔-多尼招募来当戴维斯·菲尔丁的情妇的吗?”

“我不是他的情妇。”她边说边吸了口烟。卡丽把烟从她嘴上拿开,好让她把烟吐出。

“你这么说什么意思?别告诉我说你们没搞过?你这么漂亮,人又有名。”

“不是那么回事。刚开始我们也上床,但现在我就是个摆设。我只是陪他出席出席派对和外交欢迎会,还有其他一些这样的活动。”拉娜耸了耸肩。

“但你有暗中监视他?”

拉娜点了点头。

“他知道吗?”

“我不知道他知道什么,”拉娜耸了耸肩,“迪玛的男友穆罕默德·西迪基出现后,我收集情报的重心也变了。”

“怎么变了?”

“之前是要想方设法搞到中情局在黎巴嫩和叙利亚活动的情报，现在转到了伊拉克。他们想知道美国人知道什么，不知道什么，还有在伊拉克有什么计划。”

“穆罕默德·西迪基，就是迪玛的男友，是阿尔-多尼的上线吗？”

拉娜鄙夷地哼了哼：“那个畜生吗？他就是个送信的，跑腿的，无名小卒罢了。”

“迪玛很怕他？”

拉娜点了点头：“那个混蛋、蠢猪老是打她，把迪玛给吓怕了，她连看到他都怕。”

跟马里耶勒说的一样，卡丽想道。他们就是这样把迪玛，一个喜欢享乐的逊尼派交际花变成了恐怖分子。如果幕后主持行动的不是夜莺，穆罕默德·西迪基都只是送信的，那行动是谁策划的？他们对美国有关伊拉克的情报为什么感兴趣？答案再明显不过。

“穆罕默德·西迪基是替基地组织办事的吗？他跟阿布·纳齐尔有联系吗？”

“我不知道。阿布·纳齐尔跟谁都没说过话，他联系过谁也没人知道。塔哈有一次说起过他的副手阿布·乌拜达。”

“他怎么说的？”

“他说乌拜达就是阿布·纳齐尔的刽子手。”

23. 黎巴嫩贝鲁特市赛马场

他们埋伏在赛马场赛道看台后面的树丛中，落日的余晖将看台的阴影投射在赛道和树林里。他们一共来了七个人，包括卡丽、弗吉尔、齐亚德，还有齐亚德带来的四名黎巴嫩力量的男子。他们个个全副武装，装备了 M4 卡宾枪，其中一人的 M4 卡宾枪上还装了 M203 榴弹发射器。

卡丽不想动用黎巴嫩力量的人，但她没得选。形势发展太快了。虽然她相信索尔已经在来贝鲁特的路上了，但是等他到这儿肯定来不及了，也没时间组建一支中情局的特别行动小组。

不想动用黎巴嫩力量的原因多了去了。他们不是训练有素的特工，也不归她管，骨子里都是宗派狂徒，而且要对付的是他们的什叶派敌人。什么情况都有可能发生。

被迫用他们的原因只有一个，因为夜莺即阿尔-多尼从不落单，身边总带着全副武装的黎巴嫩真主党护卫，所以她的身边也必须有火力支持。今天早些时候，他们打字沟通时，索尔很不情愿地答应下来。

早些时候，卡丽进到一家位于哈姆拉区马克霍尔路上、靠近美洲大学的网吧，找了一台靠墙的电脑坐下。旁边是一个十几岁的阿拉伯男孩，跟他的朋友们在玩线上游戏。卡丽跟索尔事先约好了，为了防止自己的行动被发现，避开戴维斯·菲尔丁监控的普通渠道，他们会借青少年充斥的聊天室交流，这样他们的聊天内容不容易被监控。聊天室里的对话数量极为庞大，就算是强大的情报机构搜索引擎算法，也很难发现他们两个人这样的对话。

他们开始聊天的时候，卡丽装成来自伊利诺伊州布鲁明顿的高年级高中生，名叫布兰德利，索尔扮成一个叫蒂芙尼的女孩，在附近的诺莫尔社区高中读书。卡丽给他发了一份她的报告，并在附件里附上了穆罕默德·西迪基的照片。

"嗨，小甜心。你把 nesa 里的所有人都整疯了。"索尔打过来一行字。NESA 是中情局的近东和南亚分析办公室，是一个汇集了中情局最出色的中东地区专家的精英团队。

"反恐中心呢？"卡丽打字回复道。大卫·埃斯蒂斯的反恐中心也参与进来了？

"随时。真让人羡慕，你吸引了所有人的目光。"兰利也该注意到了，真该死，她自言自语抱怨道。

"你知道真实信息吗？她要跟谁见面？"这个问题很重要，她必须得知道。穆罕默德·西迪基是谁？中情局对他了解多少？他到底为谁办事？

"尚不清楚，"索尔回复道，"不过你以前的好朋友，艾莉，正在尽力帮你调查。""艾莉"指的是艾伦·耶鲁申科，还有她在策略与分析搜集办公室的同事们也都夜以继日地在查。

"玛丽 L 觉得她是巴格，而不是卡特。"希望他能明白她的意思，马里耶勒认为西迪基是伊拉克人，来自巴格达"巴格"，而不是索尔说起来像"卡特"的卡塔尔。再加上夜莺让拉娜搜集伊拉克方面的情报，让贝鲁特和纽约发生的一切，都像指南针的指针一样指向了阿布·纳齐尔。

"她正看着阿布。"索尔回复，是说他明白了她的意思。他们正在调查阿布，阿布·纳齐尔。

"你会来看我吗？"她回复。

“很快我们就见面了。我们的小鸟怎么样了?”就是说索尔也在往贝鲁特赶了。谢天谢地。他说的小鸟指的是夜莺。

“今晚有大动作。可以动用黎巴嫩力量吗?”

之后很长时间他没有给她回复。她一度怀疑他是不是下线了,两个位置是有时差的,她看了看手表想道。现在是贝鲁特时间下午两点四十七分,兰利的话,应该还不到早上八点。

“不行就用吧,注意安全。”他发出了信息。很明显,他并不乐意。唉,她自己这么做并没有大惊小怪。她想,这么折腾,无非是因为菲尔丁跟个连床都不上的双重间谍有一腿。

“再见。”她回复道,下了线。

她叫拉娜跟夜莺约好了在赛马场安排的看台见面,所以她叫上弗吉尔和齐亚德到了赛马场。赛马每周只举行一次,在星期天,今天是星期四,这个时间,看台上不会有人。但愿这样安排,夜莺会有胆量前来,就算情况不对,开起火来也好让黎巴嫩力量的人马有施展的空旷地方。

“他们会从哪儿来?”她用阿拉伯语问。

“那边,”齐亚德指着说,“从阿卜杜拉·厄尔雅非大道进入停车场。我可以在法国大使馆附近的树林里安排两个人,让他们解决掉留守车子的人。”

卡丽扭头看着他挑出的两个人。还有两个人已经在马厩里待命了,他们三十秒内就能赶到看台。

“我希望你们明白,我们需要这个人,塔哈·阿尔-多尼活着。就算他们开枪射击了,也不要杀了他。一具冷冰冰的尸体对我们一点用都没有。”

“他是黎巴嫩真主党的杂种,他该死。”其中一人诅咒道。

“说不通啊。”她转向弗吉尔说道。这些疯子会不顾一切开火的。“我们必须取消行动。”

“太迟了,”他指向远处说,“那是拉娜的宝马车。”她看见蓝色的宝马轿车停在了门口,赛马场今天关闭,但是拉娜提前贿赂了看门人,所以可以进到里面。

卡丽举起双筒望远镜，看到宝马车里只有拉娜一个人。她看着拉娜开进停车场，然后转头对两名黎巴嫩力量的男子说话。

“开火后，干掉那几辆 SUV，别让他们跑了。干掉 SUV 的守卫，但是不要杀其他人。明白了吗？”卡丽说。

“好的，没问题。”他们耸了耸肩说道。

卡丽不相信他们，看着两个人穿过树林，朝停车场走去。

“我们走吧。”弗吉尔说，他的目光在看台上搜索着。他拉开了 M4 的保险栓，向看台跑过去，卡丽和齐亚德紧随其后。大错特错，卡丽觉得自己身体的每一个细胞都在嘶喊着。

卡丽告诉过拉娜，除非另有通知，以后由卡丽负责和她联系。拉娜会得到一笔钱作为封口费，她不能向戴维斯·菲尔丁、阿尔-多尼或其他任何人透露，也不会频繁再见到菲尔丁。

卡丽对拉娜下的第一道指令，就是要她告诉夜莺/阿尔-多尼，她拿到了美国针对伊拉克基地组织采取行动的紧急情报，要和他见面。正如所料，阿尔-多尼当即同意了。卡丽监听了拉娜的电话，电话里阿尔-多尼把会面地点定在了跑马场。

“你到底想干什么？”拉娜问她。

“我希望通过你，让阿尔-多尼知道我想让他知道的信息，而不是他想要知道的信息。”卡丽说，“再查出他得到这些信息后把这些信息给了谁。”

“你的意思是，查出他到底是谁的人？所以你不相信他是在替叙利亚人办事？”拉娜问。

“他不止替一方服务。”

“我们谁不是呢？这里可是贝鲁特。”拉娜说道。

拉娜的这种感叹，这种宿命论的语调，让卡丽在跑进看台，平趴在第四排座椅背后躲起来时想起了马里耶勒。另外两名黎巴嫩力量的成员躲在赛马骑师的更衣室里，就在靠近马厩和赛道之间过道的地方。难道他们都是这样吗？命中注定了吗？在贝鲁特就一定要这样吗？

透过座椅间的缝隙，她看到拉娜走向围场，等在栏杆旁。落日的余晖投射在赛道上，天空染成了一片粉色和金色，真的美极了，卡丽想道，影子渐渐拉长，让人很难看清。再过一会儿，天就要黑下来了。

几分钟后，她的手机震动了。这是停车场附近黎巴嫩力量的成员发来的信号。提醒他们夜莺已经到了。

卡丽静静地等待着，仿佛一阵电流掠过全身，她的每一根神经末梢都在嘶喊。此时此刻，夜莺随时都可能出现在拉娜的面前。在他们行动之前，她一定要听到夜莺说的所有话。无论如何，他们都不应当过早行动。他们在拉娜身上装了信号发射器，把和它配对的接收器同卡丽的耳塞连了起来。

透过看台上座椅间的缝隙，她看到了夜莺。他身边还有三个黎巴嫩真主党护卫。这个狗娘养的，不管到哪儿都有人保护。没办法了，只能求助火力支援。

"你好。我们刚刚见过，希望你这次说的对我有用。"她听到他这么对拉娜说。

"你自己看吧。我昨天从巴勒贝克回来的时候，跟那个美国人在一起。"

"上床了？"

"废话。他睡着后，我偷看了他的电脑。这是拷出来的文件。"她说着，把卡丽给她的闪存盘递给了他。

"就这些？"

她摇了摇头："不止呢，还有美国人在伊拉克的行动。"

"快告诉我。"他命令道。

"穆罕默德·西迪基。他们调查到他了。他们知道他是伊拉克人，不是卡塔尔人。"拉娜说。

卡丽聚精会神地听着，一字一句都不敢落下。

"该死的，"夜莺咒骂道，"还有吗？"

“他们也知道你了，他们认为——”拉娜话还没说完，两个黎巴嫩力量的成员就从过道冒了出来，其中一个举枪射击夜莺的手下。一个黎巴嫩真主党护卫仆倒在地，另一个转过身，开始还击。

天啦，哦不，卡丽想。她什么也没来得及说，什么也没来得及做，夜莺就从外套里掏出了手枪。不要啊！不要杀拉娜！卡丽的心里在狂喊。千万不要啊！

“你这个贱人！”夜莺喊道，举枪对着拉娜的脸，扣动了扳机。

突然间，停车场里传来一阵爆炸声。是榴弹发射器，卡丽心想，她有点害怕地半蹲着，用阿拉伯语大声喊道：“不要杀他！”

在她旁边，弗吉尔和齐亚德站起身来，举起手中的 M4 朝着黑暗中射击，一道道子弹发出的光芒划过夜幕。

24. 黎巴嫩贝鲁特市巴斯塔塔哈塔区

她和弗吉尔在赛马场边上的法国大使馆附近分头离开，确保不会都回不到安全屋。在贝鲁特城北搭乘公共汽车和出租车来来回回兜了好几个圈子后，卡丽动身前往巴斯塔塔哈塔区独立路上的安全屋“易洛魁”。到了门口，卡丽用暗号，先三下再两下，敲响了公寓的房门，开门的是戴维斯·菲尔丁，手里握着一把伯莱塔手枪，对准了她。

“我等你很久了。”菲尔丁说。

“有龙舌兰吗？我得喝一杯。”她说。

“只有伏特加，雪树伏特加。”他指着橱柜说道。

她走了过去，给自己倒了一杯伏特加，狠狠地灌了一大口，然后一屁股坐在了扶手椅上。房间里好像没有别人了，这让她吃了一惊。菲尔丁不管到哪儿，身边都要带上一帮子中情局的行动人员。除了审讯，他也从不来安全屋。那今天他来这儿干吗？卡丽满腹疑问。

菲尔丁坐在沙发上，身后的窗帘完全遮住了窗户。卡丽注意到他一直拿着枪没放下。

“你打算开枪杀了我吗，戴维斯？”她问道。

“这个主意不赖啊。你这次又杀了多少人,马蒂松?”他冲卡丽做了个鬼脸,说道。

“没错,戴维斯。”她说着又喝了一口,感受着这种灼烧感从咽喉向下滑,心想谢天谢地还好有酒喝,这会儿完全不管酒精对她服用的精神药物的影响了。“是死人了。今天死的是你的女朋友,拉娜。夜莺一枪打在她的脸上,她的漂亮脸蛋再也没了。来,干杯。”她说着,举杯呷了一口。

菲尔丁的脸上一下血色全无。卡丽看得出来,菲尔丁非常震惊。他紧紧握着手枪,指关节都发白了。她不知道他会不会真的向她开枪。

“这下你可完了,你这个索尔养的花瓶,”他嘶哑着声音说道,“不用等我跟你把账算清楚,你就会被丢进联邦监狱的。”他站起身来,边说边在房间里走来走去。“我一直都盯着你。你来贝鲁特,我的城市,你还以为真能把我瞒在鼓里? 你这个愚蠢的外行。我在莫斯科跟真正的高手,克格勃,斗智斗勇的时候,你这个蠢货还在尿片上拉屎呢。”

“可是打那以后,你就忘了不少事吧?”她说,“就像你手下的头号大傻瓜,迪玛·哈姆丹,跑到纽约要杀美国副总统,要炸布鲁克林大桥,可你的贝鲁特站连个屁都没放。还有,她是逊尼派,不是天主教徒。还有你的小情妇是给夜莺服务的双面间谍,而夜莺自己也是黎巴嫩真主党和伊拉克基地组织的双面间谍。所有这些,连他妈一个字都没有从你这个了不起的戴维斯·菲尔丁,你这个贝鲁特无冕之王嘴里说出来。你说的,都他妈是一堆没用的屁话!”

“我们找过迪玛。她不见了。”他说。

“真是这样吗?”她说,“她化名为吉汉·米拉提,填写了 DS-160 申请表,还正是经由你们这个无能的大使馆,而你却一无所知。更过分的是,你的情妇,把你手头上的一切,通过夜莺,都告诉了伊拉克的阿布·纳齐尔。我只想知道,这一切究竟是你愚蠢无能,还是你本身就是个卖国求荣的卑鄙小人!”

他直直地看着手中的枪,就好像那是他从未见过的外星来物。她注意到,他的手指一直扣在扳机上。

“拉娜不是我的女朋友，”他终于说道，“我跟她都算不上熟。”

“一派胡言！”她大声喊道，“几个月以来，你每周都要给她打上好几次电话。后来你还把中情局文档和美国国家安全局数据库里的信息都删掉了，就在你勒令我离开贝鲁特的那天——顺便说下，我倒是很想知道你这个小花招是怎么玩的。”

“我不懂你在说什么。”他说。

“你当然明白我在说什么，戴维斯。你不会以为没人会识破你干过的这些事吧？猜猜怎么着，你这个混蛋？我就识破了，而且还不止我一个人识破了。”

他望着卡丽，样子甚是古怪，嘴角带着一丝令人作呕的微笑。她不禁好奇他精神是否还正常。她竟然有这种想法，还真是滑稽，她想道。

“你以为你发现了什么，马蒂松，可你错了。许多事情你根本什么都不清楚，”他正色道，“跟我说说你这次怎么搞砸的，拉娜怎么死的？”

“我们这次计划抓捕夜莺。他是个双重间谍，我们认为他也是黎巴嫩真主党同伊拉克基地组织之间的搭线人。他跟阿布·乌拜达之间有联系，可能跟阿布·纳齐尔也有所关联。我们尤其想知道迪玛的男朋友，穆罕默德·西迪基的事儿，这个人你也从没跟兰利的任何人说起过，这个人可能就是他们的搭线人。但是没想到黎巴嫩力量的人跳出来开枪了，夜莺就开枪打死了她。”

他阴郁地看着窗帘，就好像他的目光能穿透窗帘一样。拉上的窗帘使得房间更加封闭，如同监狱一般。

“可怜的拉娜。”他把手枪放在身侧说道。他走回沙发，慢慢坐下。“她真是个漂亮的女人，人又聪明。和她在一起，会吸引所有人的目光。”

“她是你的情妇？”

“她是线人。我们上过几次床，但是……”他犹豫了起来。

“怎么了，戴维斯？她不肯再跟你上床了？还是你出了问题，挺不起来？”

“你真他妈是个贱人！我说错了吗？”

“但我不是叛徒!”她环顾四周说道,“现在房间里没别人,就我们两个娘们儿,难道你一点也不知道她的身份?她在为谁工作?”

他微微摇头。“夜莺怎么样了?”他问。

“他也死了。该死的黎巴嫩力量。还让两个黎巴嫩真主党的护卫逃掉了,我们有一个黎巴嫩力量的人挂彩了。”

“这么说,你白忙活了?”

“那倒不是,”她说着,从衣服口袋里掏出一个手机,“这是夜莺的。”

他伸出没拿枪的那只手。“给我看看。”他说道。

她摇了摇头,一头金发摇摆着:“我很想知道,戴维斯。你是怎么知道今晚的会面的。是谁告诉你的?我知道不是我自己,不会是弗吉尔。难道是齐亚德?还是黎巴嫩力量的人?是不是你要求他们开枪的?”

他把枪对准了卡丽。

“你似乎没搞清楚状况,马蒂松。你可不要忘记了,我才是贝鲁特站站长,不是你。只要我能把手机交到兰利,或许你搞砸了的事儿,就不算是彻头彻尾的惨败。把它给我!”他再次伸出手。

她把手机放回口袋里。“我就不给,怎么着吧?你要开枪打死我吗?”她说。

“你根本什么都不明白,我说错了吗?”他笑着说,“今年要进行美国中期选举,再蠢的人也不会这个时候去给中情局添乱。这里没你什么事了。我们要对极端主义者采取非常规引渡①。很荣幸,你要换岗了。你可以到鸟不拉屎的波兰东北审讯坏蛋。我建议你穿暖和点,马蒂松。我听说现在这个时候那里很寒冷。”

“我哪儿都不去。你有种就来我这儿拿。”她说着,用手拍了拍装有那部手机的口袋。

“我的人正在来这儿的路上。等他们来到这儿,会带你去机场的,”他说着,身子向后靠在沙发上,“在这之前,我肯定你会乖乖地把它交给

---

① 非常规引渡是指美国为保证国家安全而执行的一项限制个人自由的政策。

我的。”

“我不会走的。”

“那样的话，你完蛋了，”他说，脸上一副大学男生联谊会会长看着新会员宣誓时自欺欺人的自得表情，“你的特工生涯到此结束了，卡丽，我会告你的。我保证，我们会找由头把你开了。干我们这一行，难免会做出点违法或违规的事，这是一条颠扑不破的真理。”

他们静静地坐着，没有再说话。卡丽心想，为什么像他这样的混蛋总能逃脱惩罚，但是她不会放过他，她一定要想办法揭发他。公寓里寂静无声，甚至连窗外贝鲁特夜晚公路上汽车的声音都听不见。她不知道自己会不会真的丢掉这份工作。等菲尔丁的人来到这里，一切就都结束了。就像她父亲当初那样，她想。

这时有人敲响了房门。

25. 黎巴嫩贝鲁特市奥宰路

菲尔丁手里握着枪，开了房门。门外是索尔·贝伦森。他拉着一个带轮子的行李箱，很明显，他一下飞机，就直接来了这里。弗吉尔和他在一起，背着一把装在坚硬的塑料枪套里的冲锋枪。

“你好，戴维斯。你以为敌人来袭了？”索尔走进房间，盯着菲尔丁手中的枪问道。弗吉尔跟了进来。

“马蒂松暴露了阿喀琉斯，我们上一个安全屋。我可不能让她把这个也暴露了。”菲尔丁说着，把枪放进了口袋。

索尔脱掉外套，坐在卡丽对面。他望着菲尔丁，过了一会儿，菲尔丁把枪收了起来。

“我听说夜莺死了。”索尔问卡丽。

“拉娜也死了，”她把脸扭向一边，小声说道，“菲尔丁说她只是个线人。”

索尔搓了搓双手，好像天很冷似的：“真可惜啊，不能审讯他了。本来可以做得万无一失的啊。”

“让她执行任务，你能指望什么？”菲尔丁说，“我早就告诉你，她太嫩了,不能让她来主持这样的行动。你该交给我办的。”

索尔目光转向菲尔丁。“顺便说一下,要是你来做的话,会怎么做,戴维斯?”他平静地说道。

“我会用我们自己人,而不是黎巴嫩力量。会面地点也会由我定好。”菲尔丁说。

“压根没有时间——而且他已经起疑心——”卡丽刚要开始辩解,索尔抬手阻止了她。

“卡丽得到了我的授权。”索尔说。

“听着,索尔,我知道她是你的爱徒,但是这里是我的贝鲁特站。你到底还要不要我来管了?”菲尔丁说。

“等等,”卡丽说着,取出手机交给索尔,“也不是一无所获,至少还拿到了夜莺的手机。”

索尔把手机丢给弗吉尔。

“我要知道这上面所有的东西,一切能从这上面挖出来的,不管多么鸡毛蒜皮,我统统都要。”他对弗吉尔吩咐道,弗吉尔点了点头。接着他转头对菲尔丁说:“我要跟卡丽单独谈谈,戴维斯。不过我想你会很乐意听到这个,卡丽要被调离贝鲁特了。”

“可是,索尔——”卡丽说道,看到索尔使眼色后就没说话了。

“你做得对——”菲尔丁刚开口就被索尔打断了。

“你也要走,戴维斯。我也得跟你谈谈。我们去你办公室谈吧,就去你在马拉德街上的办公室,呃——”他看了看手表,“大概一个小时之后吧。”

“你说什么?让我离开这儿?”菲尔丁起身问道。

“回兰利。我们需要你回到那儿,”索尔笑着说,“没事的,别担心。我等会儿会给你解释清楚的。不过现在我必须先解决卡丽的问题,好吗?”他看着卡丽。“你喝的是什么?”

“伏特加。雪树伏特加。”

“我可以喝吗?”索尔说着拿起了她的杯子,“这趟飞机坐得真他妈的累啊。”

菲尔丁冷冷地看了一眼卡丽,抓起了他的外套。他看着索尔喝光了杯子里的伏特加。

“贝鲁特站怎么办?谁来负责?”菲尔丁问。

“我们把桑德斯从安卡拉调了过来。别担心,这只是暂时性的。”索尔安慰道,做了一个没什么大不了的动作。

“上帝啊,索尔。能给我点儿提示吗?”菲尔丁问。

索尔摇了摇头。“只能告诉你一个人。我不希望这俩人——”他指的是卡丽和弗吉尔,“知道。我很快就来,我保证。”

菲尔丁盯着索尔仔细端详了一会儿,似乎在考虑该不该信他的话。“跟你说,我的手下就快来了,”他说,“我们可不想重蹈阿喀琉斯的覆辙。”

“叫他们别来了,我们用不到他们,”索尔说完,挥手叫他离开,“我一个小时后会跟你说明一切的,好吗?”

菲尔丁点了点头,目光一直没离开索尔,就这么离开了公寓。

“你是不是彻底疯了?你知不知道这个混球——”她刚开口说话,索尔就把手指放在嘴唇上,示意她不要说话。索尔看向弗吉尔,弗吉尔走到门口,打开门确认菲尔丁真走了。“到底怎么了?有什么事儿要单独跟我说?”

索尔咧嘴笑了起来。弗吉尔看着他们两个人,也笑了。

“你知不知道你都干了些什么?你想过吗?”索尔问。

“你在说什么啊?我不明白。”

“你发过来的照片,你从马里耶勒,那个你一路追踪到的线人那里搞到的照片。”

“哦,那个人啊,是穆罕默德·西迪基。他怎么了?”

索尔探过身子,轻轻碰了碰她的胳膊:“是这样的。据你的前任上司艾伦·耶鲁申科和他的整支团队,还有近东和南亚办公室所有人得出的结论,你发来的那张照片,那个你认作是穆罕默德·西迪基的,所谓的卡塔尔人,其实多哈那边已经证实不存在这个人了,而这张照片有超过七成可能是阿布·乌拜达唯一一张已知的照片。他是阿布·纳齐尔的左膀右臂,是伊拉克基地组织的二号头目,而且十有八九是他策划了纽约的袭击事件。”

卡丽一下惊得靠在椅子上。太难以置信了,她想。前一分钟她还要被遣送到波兰,现在突然一下子就打出了本垒打,拿下了世界棒球系列赛的胜利。

“菲尔丁会怎样?”她问。

“他一下飞机就会有兰利的人来接管他,”他皱着眉头说道,“他的日子肯定不会好过。我真不知道这家伙到底他妈的怎么想的。也不知道他陷进去有多深,跟谁有瓜葛。”

“兰利方面呢?我这次可以脱离他们的黑名单了?”

索尔咧嘴笑笑:“你逗我吧?在局长眼里,你就是舞会皇后、神奇女侠、女版詹姆斯·邦德这三者的合体版啊。耶鲁申科还说,要不是他早就结婚,都当爷爷了,他非你不娶啊。我们总算有了点抓住这个混球的希望了。”

“大卫怎么说?”她问道,眼神望向别处。

“埃斯蒂斯也直夸你。”

“那你为什么还说我要被调走?我这边还有好多事儿要做啊。”

他摇了摇头:“你要去巴格达。飞机四小时后起飞,有新任务给你。这次任务由你全权负责,行动任你自由调度。”

“什么任务?”

“这是比尔·沃尔登亲自下的任务。把阿布·乌拜达和阿布·纳齐尔的项上人头带回来。基地组织在伊拉克就快要控制整个安巴尔省了。这个国家将爆发内战,我们的部队也会陷入其中,难免掀起一场血雨腥风。国防情报部做的伤亡预测超乎你的想象,而要阻止这一切的发生,唯一的办法就是阻止这两个家伙。”

“为什么选我?”

"我理解,这个任务对你来说太过重大。但是,是你把他揪出来的。对他的嗅觉,你比我们任何人都灵敏。你的阿拉伯语说得跟当地人一样好。所以还有人比你更适合吗？你就是为此而生的。"

"或许也算是给迪玛和拉娜伸张正义吧。"她小声嘀咕。

"唉,卡丽,"他叹了口气,"不要指望正义这种东西,这样你能少些失望。"

"目标人物,你们是想要抓活的,还是死活不论?"她问道。

"就算你把他们千刀万剐,又有何妨。别放过他们就成。"他咬牙切齿地说道。

卡丽和弗吉尔搭乘出租车,沿着奥宰路驶向机场。就算在深更半夜,这条路依然拥堵嘈杂。海岸边的建筑都有好些年头了,破旧而带有裂纹,阳台上挂着洗过晾晒的衣物,还有黑底白字的横幅,上面写着:"以色列必亡。"

她先回到弗吉尔的住处收拾行李。当她折起她的特拉尼裙子时,弗吉尔摇了摇头。

"这在巴格达可派不上什么用场。"弗吉尔说。

"那可说不准。"她嘴上说着,把它折好放进了行李箱,心里也不清楚这能有啥用。

准备妥当后,他们出发前往贝霍姆大道附近的公墓,好在那儿的秘密情报传送点给朱莉亚/法蒂玛送信,告诉她自己必须再次离开。卡丽叮嘱她要时刻注意安全。卡丽并没有提及一件她俩都心知肚明的事儿:炸弹就要来了。

"朱莉亚关于黎巴嫩真主党和以色列人的警告怎么样了?"他们还在安全屋公寓里的时候,她这样问索尔,"她一直都很可靠。战争就要来了。毫无疑问,现在就只是几个星期或者几个月的时间问题了。"

"我们已经把问题呈报上面的人了。应该已经在总统的每日简报里了。埃斯蒂斯保证过总统一定能看到。"索尔说。

“你们警告过以色列人了吗？”

索尔抬手做了个难以说明的手势，这个手势包含了犹太人两千年的历史。“这要看领导层的意见了。跟别国分享信息不是单纯的情报问题，这是政治问题了。”他说。

“就算盟友也是这样？”

“尤其是盟友。”

“真要开战了，黎巴嫩将陷入最糟糕的境地。”她说着，将最后一点雪树龙舌兰倒进三个人的杯子里。

“一路平安，干杯。”索尔说着举起了杯子。

“干杯。”弗吉尔说着干掉了杯子里的酒。

她望着窗外，在过往车辆的前灯照射下，丑陋的贫民窟建筑衬托出棕榈树的轮廓。她觉得心里有东西牵绊着她。

“我会想念贝鲁特的。”她对弗吉尔说道。这里的生活，这里的人，有一种不顾一切的执著。马里耶勒是怎么说的？他们活在“万丈深渊上的独木桥”之上。

“这儿不是弗吉尼亚。”弗吉尔点了点头。道路前方的指示牌显示机场就在正前方。

她的手机响了起来。是索尔打来的。

“卡丽？”索尔说。

“我们快到机场了。”她答道。

“菲尔丁死了。”

她突然感到了一阵莫名的空虚，就像在她的肚子上开了一个洞一样。她以前很讨厌他，这份感觉到现在也没变。她无法自抑地想起了她的父亲，想起感恩节前一天找到父亲的情景，看到他对自己的所作所为，心里不免泛起恶心。她急急忙忙叫救护车把父亲送到医院，心里觉得很对不起她父亲，真希望那天她要是没早回家就好了。

“怎么死的？”她问。

“头上中了一枪，看着像是自杀。”

弗吉尔扫了她一眼,不知道发生了什么事儿,然后转头向前,眯着眼避开了迎面驶来车辆的前灯。

“我们这就回去。”她说,“我们得弄清这事儿的真相。”

“卡丽,他不傻,他知道接下来迎接他的是什么。”

“索尔,听我说。菲尔丁是个满口谎言的可怜虫,但是他不会自杀的。绝不会此时此地自杀。他不是这样的人。”

“那你认为他是什么样的人?”

“他是那种自作聪明、刚愎自用、事事都要争第一的人。”她说着轻轻拍了拍弗吉尔的胳膊,“听着,等着我。我们这就回去。”

“不行。这是命令。伊拉克的事情太重要了。而且,不管事情的真相是什么,所有的一切都能在巴格达找到答案。”弗吉尔说。

26. 伊拉克巴格达市爱尔兰路

在巴格达国际机场的候机区，戴蒙站在金属拱门下跟他们说着话。他身材健壮，一看就知道当过兵，一口跟阿尔弗雷德·E.纽曼[①]一样的豁牙，身上穿着沙漠作战服，防弹背心上印有海盗式的骷髅头和交叉骨，军用头盔上印着"戴蒙"的字样。他在防弹衣下面没有穿汗衫，一身健身房练出来的腱子肉，胳膊和脖子上纹满了眼镜蛇和魔鬼脸的文身。和黑水公司护卫队的其他士兵一样，他也佩着一条弹药带，里面装着替换弹夹，一对手榴弹如同致命的水果一样挂在胸前，臂弯处还挎着一杆 M4 卡宾枪。

早上九点还没到，卡丽已经浑身流汗了。刚到四月初，气温已过了九十度(华氏度)，看样子还会更热。和其他人一样，卡丽也身穿防弹衣，头戴凯夫拉头盔，笨拙地抱着一把黑水公司配发、以前碰都没碰过的 M4 卡宾枪。弗吉尔在她身边，看样子也不好受，时不时地用衣袖擦掉额头上的汗。

---

① 阿尔弗雷德·E.纽曼是美国《幽默杂志》虚构的吉祥物和杂志封面的卡通男孩，他一对大耳朵、缺了一颗门牙、一眼高一眼低的形象深入人心。

距她上次来伊拉克已经有七个月了,然而,这里的酷热,这些私营军事公司,还有这里每分每秒都能嗅到的战争气息,让她一下子找回了当初的那种感觉,就好像自己从来没有离开过,就好像贝鲁特的事儿从来不曾发生过一样。从夜莺试图在贝鲁特绑架她开始到现在,才过去不到两个月的时间,真的很难让人相信。今天是四月九号,美国这会儿正在放春假,愚人节也刚过,还是大家忙着报税的日子,大学篮球联赛也到了三月争冠的疯狂时期。卡丽仿佛在奔跑着,时间似乎被缩短了,同时又好像无休无止。如今又回到了伊拉克,她闷闷不乐地想道,只不过这次有了线索。

在安曼转机的时候,她去了机场的洗手间,在那儿一个安曼站的女特工,一个年轻貌美的阿拉伯籍美国人,偷偷把一部加密了的手机从厕所隔间的下面递给她。她用这部手机给索尔打了电话。

“我给你的东西怎么样了?”她问他,说的是夜莺的手机。

“还在处理中。他每次见完拉娜,都会打给伊拉克的同一个号码。”

“伊拉克哪儿的?”

“哪儿都有。巴格达、费卢杰、拉马迪。最后一次是在拉马迪。”

“那么我们是不是认为那个阿布在这儿?”她对着手机小声问道。

“你说乌拜达?对了,卡丽?”

“我在听呢。”

“自己注意安全,你现在身处险境。”连他都觉得有必要警告她,那么情况真的是糟透了,卡丽想。从电视上的新闻,她关注着伊拉克的战况,她上次离开伊拉克的时候就已经很严峻了,如今形势还在不断恶化。难道索尔是警告她别的什么东西?比如有什么大的事态升级或者伊拉克基地组织有什么动作?

“索尔,是有什么事情要发生吗?”

“总有事儿在发生。”他说。

戴蒙正在向他们讲从机场驶向巴格达绿区(安全区)这一路上可能会发生什么。和他们站在一起的,还有一群黑水公司和其他安保公司的雇佣兵，以及两个在安曼时和他们一起飞过来的美国有线电视新闻网的记者。

“听着。我这话只说一次，不管你他妈听清楚了没，因为你恐怕活不到下次听我说这话，”戴蒙这么说着，卡丽一听就知道他不是第一次说这种话了，“从这里到绿区只有六英里，一路平坦，而且大部分路程是走直道。这条机场路，对你们这些新来的菜鸟来说，叫做‘爱尔兰路’，但是对你们中认真听我说话的人来说，叫做‘榴弹巷’。我们将在十分钟后抵达目标地点。听上去没啥大不了的，对吧？”他咧嘴笑了笑，露出了他的豁牙。

“我们分成两个护送车队，每队五辆车子。每队三辆防弹雪佛兰郊区，一辆车顶架有 M240 机枪的黑水曼巴装甲卡车打头，另一辆曼巴殿后。我知道，现在你们这些新来的人中，有些人，”他环视着他们说道，“可能会觉得我在小题大做。有些人眼看到我们的大屁股美国车，看到焊在上面的钢板，会觉得坐在车里还是很安全的。但是，相信我，在我们的圣战小兄弟用的那些黑索金炸药下，这些装甲就跟薄纸一样一触即破。

“行进途中，你们每个人都将被分配一片视野，好好观察。睁大你们的眼睛。我要没喊‘开火！’，你们不要轻易开枪。我是说真的。我要说让你开枪了，你最好马上开火，不然我亲自毙了你。到了这个时候，有些自以为是的家伙可能还会不以为然，在心里说，‘这家伙就会胡扯’。

“好吧，就算是胡扯吧。但是我在这必须郑重告诉你们，就在这条路上，昨天发生了 21 起针对美国车队的袭击，死了两个人。不过今天，你们可走运了，今天是圣纪节之前的一天。所以今天那些混蛋会更加疯狂。再有，这是逊尼派的节日，所以除了袭击我们外，逊尼派的清真寺和市场也可能发生爆炸，遭受汽车炸弹的袭击。再过五天是什叶派的圣纪节，所以同样的事儿还得再轮一遍。好了，我就说到这。我们要么通过，要么大家一起翘辫子。有什么问题吗？”

他望着他们。几个雇佣兵不安地挪了挪脚，但是没有人说话。

“那好，男人们还有女人——”他冲卡丽这个在场的唯一女性点点头，

“准备迎接你们生命里最长的十分钟吧。让我们离开这该死的地方。”他说着，转身离开。过了一会儿，他们都跟着他到了航站楼外。烈日下，灰色的曼巴和黑色的SUV沿路排成一行。

野兔，一个留着平头、头发如桃子表面绒毛的前海军陆战队军人，指挥卡丽和弗吉尔坐上SUV，叫他们坐在什么位置，还给他们分配了射击区。他们在第二支护卫队，卡丽的座位在中间靠右的位置。

“我们要找什么？”她问野兔。她不是第一次遇到这种事儿了，上次她来这里时也是这样，但是从周围的一切，都能明显地看出事情都变得不一样了。

“所有不离着我们远远的车辆。任何东西。女人、孩子、出现在不该出现的地方的一堆垃圾。”他说，“要是有人靠近，朝他喊‘*伊姆什*①’，意思是——”

“我知道是什么意思。”她大声说。

“我猜你也知道。”他点了点头。

卡丽检查了她的M4卡宾枪，已经上好了子弹，是标准的三十发弹夹，左边的保险钮对着“保险”。她扇掉脸上飞来飞去的一只苍蝇，向上帝祈祷她这一路用不着开枪。

在贝鲁特机场候机时，还有去安曼的航班上，以及转机后飞往巴格达的航班上，身旁的弗吉尔一直在读一本平装书，而她大部分时间在用她的苹果播放器听约翰·科尔特兰的音乐，听很酷的浪漫音乐比如《灵与肉》，边听边想着菲尔丁自杀的事。困扰她的是他为什么要自杀。不可能是因为他怕回到兰利，菲尔丁这个混蛋一生遇到事儿总能侥幸逃脱，目前这事，他保准也能找到出路。那他为什么还要自杀呢？他想要隐藏什么呢？这跟阿布·乌拜达和阿布·纳齐尔又有什么关系呢？

SUV和曼巴都已整装待发，野兔坐在她前面的副驾驶座上。虽然空调开着，但是车窗半开着，他们把枪伸出窗外，所以车里还是很热。车上

---

① 伊姆什是阿拉伯语中退后的意思。

的对讲机吱吱啦啦地响着。她听见戴蒙的声音传了过来。“睁大你们的眼睛,收紧你们的括约肌,我们出发了。”

打头的曼巴向前驶去,他们的 SUV 紧随其后。曼巴车上黑水公司的旗帜,一面中间画着白色熊爪的黑色旗帜,在曼巴敞开的车顶盖上迎风飘动。车队沿着机场的进场道路绕了一圈,向着机场大门驶去。透过挡风玻璃,卡丽能看到大门就在正前方。门口堆满了厚厚的沙袋,还设置了混凝土路障,所有车辆在进入机场前都得来来回回绕好几个急弯,巡逻的是许多一身盔甲的黑水警卫,部署在机关枪的后面。

机场大门旁边的一行标牌写着:“离开机场区。进入红色警戒区。”弗吉尔探过身子,低声告诉她,“红色警戒区”的意思是随时可以开火。他们靠近路上的栅栏时,戴蒙的声音吱吱啦啦地从对讲机里传了过来。

“大家都听着,子弹上膛,把枪保险打开。这趟路上可没有啥都不用干的游客。”

一阵噼里啪啦的声音传了过来,是拉柄拉动枪栓的声音。卡丽照别人的示范,把保险从“保险”打到“单发”,而没有打到“连发”。真是疯了,她想。她哪知道怎么用这种武器,都不确定自己能不能打到任何东西。

他们驶离机场,上了一条沙漠环绕的高速公路。刚出大门,迎面就看到一些因为爆炸的缘故树干变得焦黑、树冠被削去的棕榈树。沿路是一长条变形的车辆残骸,烧黑了的 SUV 和卡车残骸。单从这些残骸数量来看,很明显形势比上次她在这儿时要糟糕多了。一条由平地、矮树和棕榈树组成的宽阔高速护栏将他们同迎面驶来的车辆分开来。

他们的 SUV 加快了速度,此刻跑得更快了,时速约摸六十英里。卡丽擦掉流到眼睛上的汗。她这一侧的道路一路上都差不多,都是些焦黑的车底盘、残缺的棕榈树和矮树。他们前面就是打头的曼巴车,车顶有人掌着机枪,再往前,由于受到扬起的黄沙的影响,前路只是隐约可见。她猜想,这是在他们的车前面几分钟的第一支车队经过时扬起的黄沙。

“天桥，正前方，”野兔转头说了一句，“做好准备。哈吉[1]常常从上面朝我们扔手雷和简易炸弹。睁大眼睛。除非他们露头，你现在看不到他们。”

“我的妈呀。”弗吉尔嘀咕道，向卡丽瞥了一眼，示意他跟她一样讨厌这个。

他们开车驶过天桥下方，她浑身每根神经都绷得紧紧的，等着有人往下丢东西。等他们出了天桥下方的阴影区，她回头看去，但是什么人也看不到。刚要松口气，她又听到对讲机响了起来。

“大家做好准备，简易炸弹交叉口到了。从这儿起就开始好玩了。”戴蒙的声音传来。

“这儿每天至少要出一次事儿。”野兔说着，弓身握好了枪。

卡丽很快就看明白了他说的是什么。许多车从支路上了高速。其中一辆出租车，前排坐着两个阿拉伯男子，向他们驶来。

“*伊姆什*！走开，该死的！”野兔大喊着，朝出租车的前保险杠开了一枪，以示警告，还做手势要他们退后。出租车司机恶狠狠地盯着他们，但还是慢慢减速离开了。正前方，打头的曼巴一直猛按喇叭，但卡丽看不到是怎么回事。接着她看到曼巴车故意撞向了前面车的车尾，后者在路边停了下来，让出来了前面的路。

这时，她看到车一辆接着一辆地停在了路边，让他们的车队先过去。车上的伊拉克人在路边望着他们，脸上露出让人捉摸不透的表情。

他们又从一个天桥下驶过，枪向上瞄着，然后又过了一个天桥。路上有一个上次简易炸弹留下来的大坑，车队减速从旁边绕过。

突然，一个身穿黑色阿拉伯长袍，带着两个小男孩儿的女人从他们正前方的高速路上冒了出来，就在一辆还未清理掉的汽车残骸边上。她手里拿着一个篮子，就在卡丽的射程之内。

“两点钟方向！有个带篮子和小孩儿的女人！”她大喊道。那个女子

---

① 哈吉，指伊拉克人。

向他们挥着手,朝着他们举起了篮子。我的上帝啊！她想。篮子里不会是简易炸弹吧？她不知道该怎么办才好。

“先别开枪!”他们把枪对准女人和两个孩子时野兔喊道。这是怎么回事儿？卡丽想,我们在干什么?

“巴拉哈[1]!”女人喊着,在他们减速绕过车辆残骸时冲他们挥手。

“等一下!”卡丽喊道,“她在卖大枣!”

“别开枪!”野兔喊道。

卡丽松开了扣在扳机上的手指。车经过的时候,小一点的男孩还向他们挥着手。这地方太离奇了,她想,她的心像军鼓一样砰砰作响。

他们在高速上的一个检查站又慢了下来,这个检查站由装甲车围成,由伊拉克军队士兵担当警卫,还有两个美国海军陆战队士兵在一旁监管。伊拉克士兵连看都没看,就挥手示意他们通过,他们于是又加快了速度。一块高速指示牌写着,“卡迪萨亚高速”。

突然,她听到了震耳欲聋的爆炸声,看到前方几百码处一个巨大的橙色火球升腾起来。一阵爆炸的热浪和一阵爆炸物的气味,像热风一样向他们袭来。

“该死的!”野兔低声骂道。

“是什么?”卡丽问。

“我们前面的车队!”他咬牙切齿地咕哝道。

一分钟后,他们被迫减速,绕过了一辆跟他们一样的 SUV 的破碎残骸,车子完全吞噬在大火中,滚滚刺鼻的黑烟,弥漫空中数百英尺。旁边是另一辆被炸毁车辆的巨大残骸,车子还在燃烧,除了车底盘,什么都没剩下。汽车炸弹,车开过去的时候卡丽不由自主地想道。她的皮肤都能感受到火焰灼烧的热量,空气中黑烟弥漫,充斥着爆炸物的气味。

由于火焰还在燃烧,她看不到车里面有什么人,但是离高速几码远的地方有一截男人的胳膊掉在那儿。他们的车就要从那截胳膊旁边经过,

---

① 巴拉哈,谢谢的意思。此处是“请你们买点吧”这个意思。

说不定从上面碾过去。卡丽心里一阵恶心，强忍着咽了咽口水，没有呕吐出来。车过去的时候，她眼睛一直盯着那截断掉的胳膊。胳膊就那么躺在那，手掌朝上，五个手指头完好无损，看着很放松的样子。两个黑水公司的人搀扶着另一个同伴，他的上身血淋淋的。他们把他带上了一辆停在高速路中间、车门打开的 SUV 上。

这一定是刚刚发生的，她想着，蓦然感到一阵恶心，想起了以前她在伊拉克时的情况，这个地方是真实的；她随时都有可能会死掉。她突然感到阵阵恐惧。但是，她又觉得自己精力前所未有地无比充沛。她皮肤的每个毛孔都像接收器一样感受到了周围空气里的每一个原子。

我又开始胡思乱想了，她心想。这真的是疯了。但是，但是，这才是她真正的样子。

就在他们再次加速的时候，前面曼巴车上右侧的 M240 机枪和 M4 卡宾枪开火了。坐在曼巴车右边的所有人，就是她这一边，都在开枪。从机枪的射击轨迹来看，他们似乎在朝距离高速约一百米远的一栋岩石色的建筑的屋顶开枪。上帝啊，她看到那里出现的一道射击火光时想到。有人正朝他们射击。

“有狙击手，开枪，该死的！”野兔喊道，也拿着 M4 卡宾枪朝那幢建筑的屋顶射击。

卡丽努力寻找，可还是没发现朝他们开火的人。她的神经在嘶叫着，等着随时被子弹击中。野兔，还有在她身后的一个男子在开枪射击，他们手上 M4 急速射击的尖利爆炸声在她耳边轰鸣作响。她把手指扣在扳机上，不知道该怎么办，然后车开到了大楼的对面，这时她看见了。

她看到上面有一个人，还没等她弄明白自己在干什么，她不知不觉就扣动了扳机，M4 在她手里晃动着。她又扣下了扳机，枪声震耳欲聋，但她可以打包票，她什么都没打到。她都还没弄明白出了什么事，他们的车已经飞速离去。她感受到一阵强烈的尿意，努力夹紧，硬是憋了回去。她重新关上了枪的保险。

在过了似乎长达一小时，但实际最多不超过一分钟后，他们下了高速，在前往绿区检查站的路上，他们打头的曼巴一路狂按喇叭，把所有挡在路前面的车撞到一边。街道上挤满了车辆、摩托车和人群。透过车窗，飘过来一阵尘土、柴油和腐烂的垃圾的味道。

检查站就在他们的正前方：这里竖着蛇腹形的铁丝网和混凝土防爆墙，有的墙上还有涂鸦的痕迹；堆积的沙袋；路上设置的混凝土环形路障；一辆辆车和队伍排成一行，等候接受检查，经过金属探测器。一辆 M1 艾布拉姆斯主战坦克和一支美军小队在旁边维持安全。他们沿着环形路障隔出的弯弯曲曲的路蜿蜒前进，在检查站短暂停留，检查的雇佣兵朝他们挥手示意通过。他要不是衬衣上有黑水公司的臂章，看上去和美军士兵根本没啥两样。

过了防爆墙，他们仿佛在另一个星球上着陆了。他们行驶在宽阔的大道上，两旁棕榈树夹道而立，随处可见带有绿草坪和小花园的别墅以及《一千零一夜》故事里那样的尖形穹顶的纪念性建筑。远处，阳光静静地照射在底格里斯河上。他们的车子驶过了一座入口上方交叉着两把巨大的弯刀的纪念碑，迎面到了一个看似阅兵场的地方。它旁边是一个看上去像是巨大混凝土飞碟一样的东西，舱盖打开着。她上次来的时候记得有这个，不过野兔以为她是第一次来，指着那个飞碟对她说话。

“这是无名战士纪念碑。”野兔说道。他们沿着大道继续前行，最后左转经过了一些在长满草的空地上的政府建筑。之后又右转上了雅法大街，在一幢高楼入口处停了下来。楼前有个干涸的喷泉，里面竖着雕像，迟早有一天，每一个不是来自军方的外国人都会知道这栋楼的名字：拉希德酒店。

“你打算先入住还是先去会议中心？”他们除去武器时弗吉尔问她。会议中心是伊拉克临时政府和美国政府机构办公室的所在地。

“先去会议中心。”她说着，确定手里的枪保险关闭了，随手交还给了野兔。

“你干得不错。”他说。

“我都快吓死了。”她说。

“我也是。”他笑着挥手道别。

她和弗吉尔两个人，身后拖着他们的滚轮行李箱，穿过宽阔的马路，向驻守在会议中心大楼锻铁和混凝土栅栏外面的沙袋后的美国海军陆战队士兵出示了他们的身份证件。会议中心是一幢巨大的混凝土建筑，外观呈灰色，如同堡垒，就像是第一次世界大战那时的防御工事。

他们向守在入口处的美军宪兵再次出示了身份证件，走进了大楼。一瞬间他们就感受到了空调袭来的阵阵凉意，问过路之后，他们最终找到了一间门上挂着“美国国际开发署巴格达分部”，某个美国政府援助机构牌子的办公室。他们敲了敲门，走了进去。

他们被带到一间候客室，坐在那儿等候着，一个身穿海军陆战队制服、一看就知道是军人的年轻美国男子去通知上级。一个美国海军上校，也身穿着军服，从里面的办公室里走了出来。

他高约六英尺，体格健壮，长相英俊，一头乌黑的波浪卷发，比普通海军陆战队士兵的更长，眼睛湛蓝，笑起来跟汤姆·克鲁斯一样迷人。

“我是瑞安·登普西。你们俩一定是弗吉尔和卡丽了吧。欢迎来到这座沙城。”登普西边说边同他们俩握了握手。他的手触碰到卡丽的手时，她感受到一种麻麻的刺痛感，这种感觉自从她很久以前第一次在普林斯顿遇见她的社会政治学教授约翰以来，就再也没有出现过。这是肾上腺素分泌的缘故，她对自己说，这是刚才侥幸活着的刺激感。可当她看了一眼邓西普上校，她就知道不是这么回事。

噢不，她想道，我遇到麻烦了。

27. 伊拉克巴格达绿区

他们坐在巴格达乡村俱乐部的一张小桌子边。这是河边居民区街道上一座煤渣砖砌成的房子,装饰着蓝色的门窗镶边,是巴格达为数不多酒水供应充足的地方。俱乐部里坐满了从绿区拉希德酒店和巴勒斯坦酒店来的外国人,由于什叶派人士正在试图组建政府,这些酒店里的酒吧并不公开售酒。

这里不仅聚集着身穿十几个联合部队国家军服的人员,包括英国人、加拿大人、澳大利亚人、波兰人、格鲁吉亚人、美国大使馆和临时政府的官员,还有来自黑水、德阳集团、KBR 哈里伯顿等私营军事公司的雇佣兵及其他上百号人。这场战争逐渐被转包给了这些私营公司,他们实际上接管了战争。酒吧和酒吧隔壁的房间里挤满了这些公司的员工,都是用华尔街那样的高薪从全球各个角落雇佣来的,他们说着十几种语言,花钱如流水。这里嘈杂得比喷气机起飞都要吵,在这里当服务员,只要不介意被人揩油,一晚上就可以挣一千美元。

卡丽同弗吉尔和登普西坐在一起,登普西真是海军陆战队上校,不过是借调到中情局,以美国国际开发署做幌子。他是第 145 特种部队的,这是一支专门对付叛乱的神秘部队。

和他们一起来的还有一个伊拉克当地人瓦泽尔·扎菲尔，表面上是美国大使馆的翻译，其实也是第145特种部队的。这个伊拉克人约摸三十来岁，黑色的头发，脸上留着三天没刮的胡碴，鼻子挺直尖锐如同斧刃。也挺迷人的，卡丽心想。邻桌是三个澳大利亚人，高声庆祝着澳大利亚板球比赛的胜利，喊着“给那些高头大马的南非佬狠狠一击，伙计”。

“我会说阿拉伯语，用不着翻译。”卡丽在登普西办公室里给他说过。

“瓦泽尔的优点可不只是翻译。”登普西说。

“别的比如？”

“他来自拉马迪。”登普西说。

“拉马迪怎么了？”卡丽问。

这会儿坐在巴格达乡村俱乐部，喝着喜力啤酒，登普西告诉他们：

“你们得搞明白现在的情况，和你上次在这的时候相比，伊拉克发生了很大的变化。过去两个星期，光巴格达就死了三百多人，大部分人是被烧死的，面目全非。我们的部队四处遇袭。每个街区都有简易炸弹和狙击手。很难说伊拉克人到底更恨谁，是恨我们还是他们自己人。”

“逊尼派绝对不会接受贾法里做总理。”登普西身子向前靠近了点儿，“这次暴动蔓延得很快。伊拉克基地组织的势力越来越大，就差要控制整个安巴尔省了。暴动从巴格达郊外，一直延伸到叙利亚的边境。人们都吓得屁滚尿流。上周，两名第75军的美军突击队员在拉马迪失踪。一小时后，发现了他们的尸体，头被人割掉了。”

“我就是为这来的，”卡丽说，“你看过照片了。你们有谁见过他吗？”

登普西和瓦泽尔都摇了摇头。

“就算有人认出了他，他们也不会说出来的。你们美国人是不会懂的。”瓦泽尔说道。“这不是美国的民主党和共和党，如果什叶派上台，他们会杀光所有逊尼派的。他们担心如果我们上台，我们也会这么做。萨达姆就是个蠢猪，”瓦泽尔说，他的表情有些扭曲，“我真开心他被逮起来了。可至少他当权的时候，死的只是一部分人。而如今，每个人都会死。”

“我需要找个伊拉克基地组织的人，听说你们抓了一个囚犯。”她对登普西说。

登普西点了点头：“那是我还在第七海军陆战队的时候，那时情况还没这么恐怖，我们在费卢杰抓住了一个伊拉克基地组织的小头目。但是这些人根本就不怕审讯，他们不仅是不怕死，还主动求死。”

“他叫什么名字？”

“他用阿布·阿马尔这个名字。”登普西说。

“那是他的昵称，是他的假名，并非真名。很有趣，他选择阿布·阿马尔这个名字。”卡丽说。

“什么意思？”

“亚西尔·阿拉法特用过这个名字。阿马尔是先知的同伴。也许我们的‘阿马尔之父’有妄想症吧。你们把他关在哪儿了？”

“阿布格莱布监狱。”

“就是以前折磨或虐待犯人的那个地方吗？”弗吉尔问。两年前，美军男女士兵在阿布格莱布监狱虐待和性侮辱囚犯的照片泄露，导致美国面临一场全球性的政治危机。

“等你看到我看到过的那些……”登普西说着耸了耸肩，就好像伊拉克的情况是深奥的量子力学一样，没法跟这些外行人解释。

“你们窃听他的手机了吗？”卡丽问。

登普西摇了摇头。

“该死，”卡丽皱了皱眉头，“难道就没有人知道他的真名叫什么吗？”

“我们在里面有线人。发誓说我们这个阿马尔来自拉马迪，这也讲得通，他的真名叫瓦利德。但是我们不知道他姓什么。”

“为什么你说来自拉马迪讲得通？”她好奇地问。

“因为拉马迪是这场暴动的中心。有传言说阿布·纳齐尔就在那儿。”他身子靠得更近了。“我得告诉你，美国中央司令部正计划在拉马迪展开大规模行动。”登普西在她耳边小声说。

“什么时候？”卡丽小声问道。

“很快吧，留给你的时间不多了。”

“那么也没人见过阿布·纳齐尔或是阿布·乌拜达吗？”弗吉尔问。

“人们都说要是你见过他们，”瓦泽尔插了一句，“你的命也没了。”

登普西四处望了望，示意他们靠近一些。他们都倾过身子凑了过来。

“接下来怎么办？我们去阿布格莱布监狱，你去审讯阿马尔吗？”登普西问。

“不，”卡丽说，“我们去拉马迪。”

“哦，请原谅我，卡丽小姐，”瓦泽尔说，“但是你可能对伊拉克不太清楚，拉马迪这个地方……”他试着找恰当的词来形容。“怎么说呢，你想不到这里有多么危险。”

“我们已经见识过巴格达有多危险了。”弗吉尔说道。

瓦泽尔用他那深棕色的眼睛望着卡丽和弗吉尔。“巴格达这儿只是小打小闹，拉马迪才是真的死亡之地。”他平静地说道。

“我们别无选择。我需要跟他的家人谈谈。”卡丽说。

登普西咧嘴笑了起来。“世上永远不缺这种人啊。”他调侃道。

“什么？傻瓜吗？”弗吉尔问。

“比傻瓜还糟，”登普西脸上还挂着笑容，说道，“乐观主义者。”

透过拉希德酒店房间阳台上开着的门，卡丽能够望见横跨底格里斯河的7月14日大桥顶上的灯光。河对岸的另一半城市一片漆黑，那边时常断电，没电的日子总是更多，皎洁的月光下，底格里斯河宛如一条蜿蜒盘旋的银色丝带。

远处绿区以外的地方，传来炸弹爆炸的声音和自动武器射击时的格格声。放眼望去，卡丽看到一条红色的曳光弹，如梦幻一般拖着长长的尾巴划过漆黑的夜色。射击停止了，没多久又响了起来，仿佛是这个城市夜晚应有的声音，就如同美国的城市夜晚时常听到的警笛声和清洁车声音一样。

卡丽陷入了沉思，反复思索起那些让她纠结的老问题：菲尔丁有什么秘密？他到底想要隐瞒什么？又为什么自杀？

人们又为什么自杀？为什么她父亲也试着自杀？这样的夜晚，她的母亲会在哪儿？她的离开是不是也是一种另类的自杀方式呢，为了终结自己以往的生活？这就是她从来不和别人联系，甚至不和自己的孩子联系的原因吗？索尔说得没错，卡丽心想。我们谁心里都有不愿为人所知的秘密。

她父亲最终开始服用氯氮平时，也曾试着联系她。这个叫弗兰克·马蒂松的，参加过越战的弗兰克·马蒂松，她好像就从没见过，后来在他的橱柜盒子里找到一张照片，才知道他去过越南这回事。照片上弗兰克没穿衬衣，看着格外年轻瘦小，抱着一支M14，和两个朋友一起站在丛林里的空地上。他们全都冲着照相机在傻笑，不知道他们抽的什么烟，脸上一副烂醉如泥的样子。这是他还没发病之时，她母亲所嫁的那个弗兰克·马蒂松。他已经搬去和她的姐姐麦琪，还有麦琪的丈夫托德一起住了。据麦琪说，他在接受治疗，目前基本正常。

“他想见见你，”麦琪跟卡丽说过，“他需要和人恢复联系，这对他的治疗很重要。”

“他的治疗？那我怎么办？”她大声说道。

卡丽不想跟他走得太近。要是在麦琪家看到他，她只会简单打个招呼，“你好啊，爸爸”，“再见啊，爸爸”。仅此而已。因为她无法忘记。她那匪夷所思的童年，就像在打乒乓球，在胡言乱语和死一样的沉寂中左右来回。而且因为他只是看起来正常了，但是她深知潜藏在他体内的疯狂，只要稍不留神，就会偷偷爆发出来。

那她怎么办？她的躁郁症怎么办？

该死的混蛋，她得喝一杯，还要听点爵士乐。她刚把苹果播放器调好，就传来了一阵敲门声。

敲门的是登普西，他堵在门口，还穿着那件制服和裤子，他离开巴格达乡村俱乐部之后又喝了点酒。他就这么看着她，让她觉得兴奋不已——该死的，他太英俊了。

“不要骗我，你结婚了没？”卡丽问。

“结没结有什么关系呢？”登普西答道，那双湛蓝的眼睛就这么深情地望着她。

“我不知道，但是我想还是有区别的。你到底结了吗？”

“可以算是结了，也可以算没结。”登普西说道，搞得好像结婚跟军事任务和临时的委任一样，时间到了就要换下一个。

“噢该死！”她说着。他一进房间，两个人就像两颗原子碰撞在一起，互相撕扯着对方的衣服，仿佛世界末日来临一样疯狂地亲吻着对方。他们踉跄着挪到床上，她用双腿环绕住他的屁股，感受着他挤进了自己的身体，这时她听到河这边传来两声爆炸，紧接着响起了自动武器射击的枪声。

28. 伊拉克安巴尔省阿布格莱布监狱

他们把戴着镣铐的阿布·阿马尔，也就是瓦利德，带进了审讯室，卡丽正等在那里。审讯室里空荡荡的，只有混凝土的四壁和两张相对放着的木椅，别无他物。她向他做了个坐下的手势，过了一会儿，他照做了。

“赛俩目阿来以库姆。”卡丽冲他说道，同时朝着带他进入审讯室的两个美国士兵打了个手势，示意他们离开房间。瓦利德并没有遵照阿拉伯国家礼仪，回复她“我而来库闷赛俩目”。他是个身材瘦小的男子，留着平头，蓄着粗糙的胡须，身穿一件橙色囚犯连衣裤。他的神经系统似乎有些问题，每隔几秒都会抽搐，头会稍稍侧向一边。卡丽不知道是他天生是这个样子，还是蹲监狱和受审讯所造成的。

他的眼睛匆匆扫了她不到一秒，扫了一眼她头上戴的蓝色头巾，身上穿的牛仔裤和美国海军陆战队式卫衣，然后移开了目光。什么也用不着他说，卡丽明白，她是他的敌人。接下来好几分钟，他们两个人谁都没有说话。她静静地坐着，好让录音器和她身上藏着的微型摄影机能拍到好的图像。

“你知道吗？‘你们中最好的人，就是对家庭最好的人。’”卡丽用阿拉伯语说道。

他的脑袋抽搐着，但他还是一直盯着她。他的眼睛像小鸟一样眨了好多下。

“看来，这次不用电刑或水刑咯？你一定是来当‘好警官’的。”他用伊拉克阿拉伯语说道。

“差不多吧，”卡丽笑着说，“我需要你的帮助，阿萨伊德·瓦利德·卡里姆。我知道你宁可死也不愿意帮我，但是好好考虑下吧。只要我说一句话——你就能从这出去。”她隐约地指了指墙。

“我不相信你。就算我相信你，让我帮你，我宁可去死。事实上我觉得——”他又抽搐了一下，“我宁可受电刑和水刑拷问，也懒得忍受你的愚蠢。”

“你会相信我的，瓦利德·卡里姆。这是你的真名，对吧？”尽管他努力掩饰，她还是注意到了他对真名被她知晓的震惊。

“我是阿布·阿马尔。”他说。

“那你让可怜的亚西尔·阿拉法特怎么办，他可是想把这个昵称追讨回去啊？”她挖苦地做了个鬼脸，“听着，我们互相说实话对谁都好。你就是瓦利德·卡里姆，是阿布里沙部落的，是基地在两河国家，哦，对我们可怜的美国人来说是伊拉克基地组织的一名指挥官。你是拉马迪人，来自阿尔萨拉尔·沙奇亚，底格里斯河南岸靠近医院的地方。”

卡里姆死死地盯着她，连呼吸和抽搐都几乎停止了。她和瓦泽尔为了调查这些，动用了他全部的家庭和部落关系，连续三天吃尽苦头躲在瓦泽尔叔叔在拉马迪的房子里。卡丽身穿阿拉伯长袍，眉毛涂成深色，戴着棕色隐形眼镜，一直都没卸掉伪装，最后终于发现了卡里姆的真实名字和他家的住址。然后她带着瓦泽尔拜访了卡里姆的家人，说瓦泽尔和卡里姆一起被关在阿布格莱布监狱过，这样赢得了他们的信任。

“我去过你家，”卡丽接着说，“我跟你母亲艾萨拉聊过天。跟你的妻子沙达说过话。我还抱过你的孩子们，你的女儿法拉赫，你的儿子扎比尔。用这双手抱的哦。”卡丽举起了双手。她每说一句话，都看得出他的震惊，震惊于她对他的了解。“你的儿子，扎比尔，长得很好看，不过太小了，还不懂什么是殉教者，什么是烈士。他很想念自己的爸爸。告诉我，我保证，用不了几个小时，你就能回到家，亲手拥着他。”

“你骗人！”他说着，又抽搐了一下，“再说就算你说的是真的，我宁愿你杀了他们，也不会帮你们的。”

“我是不会杀他们的，我的瓦利德，但是你会。”卡丽说。

他的脸因厌恶而扭曲着：“你怎么能说这种话？你是个什么样的女人？”

“我是在帮你救你的家人，”她咬着下嘴唇说道，“我想救你，萨迪吉①。”

“别那么叫我，我们不是朋友，我们也绝不可能做朋友。”他说着，他的眼睛就像《旧约》里的恶人那样凶狠。

“你错了，我们都是人。如果你不帮我，坦齐姆组织会砍掉你孩子的脑袋——我也无力阻止。”她说着抬起了她的右手。

“我的兄弟们绝对不会——“

“他们会怎样对待一个叛徒，一个叛教者的呢？”她对着他充满震惊和恐惧的表情，说出了那个字眼，“叛教者”，“他们会怎么对待叛教者的家人呢？他可怜的老母亲呢？还有他的妻子和幼小的孩子呢？”

“他们不会相信的。”他厉声说道。

“他们会相信的，”卡丽点了点头，“当他们看到美国海军陆战队给你的家人带去礼物，新的大宽屏幕电视机，给他们送去钱，帮他们装修、粉刷房子的时候，他们会相信的。当我们杜莱米和阿布里沙部落的人在安巴省散播消息，说你是怎样帮助美国人，甚至还说你想要成为基督徒的时候，他们会相信的。就算他们不想相信，但是他们会看到送去的礼物，会看到美军对你家的保护，那时他们会明白的。到那时就该轮到塔克西姆

① 萨迪吉是朋友的意思。

执行审判了。”

“你这个婊子！”他小声咕哝着。

“到那天，按照安拉的先知的圣训，会怎么样呢？或者你可以重获自由，今天就离开这个可怕的地方。回家去吧，瓦利德，做个好丈夫，给你的两个孩子法拉赫和扎比尔做个好父亲，有生之年都再也不用担心钱和安全的问题。你必须做出选择了，”她看了看表说道，“等会我就得走了，到时不管你做何选择，我都不会回来了。”

好长时间，他什么也没说。卡丽望着四周光秃秃的墙壁，想着以前这间房间里发生的酷刑和审讯。也许他也被审讯过，她想道。

“你们这么做是罪恶的。”他终于抽搐着开了口。

“这是为了多数人的好。你也砍过无辜人的头颅，瓦利德。不要跟我谈什么罪恶。”卡丽说。

他看着卡丽，眯起了眼睛。“根本就没有无辜的人，”他说道，“我不是，你是吗？”

她犹豫了一会儿，然后摇了摇头。

他脑袋抽搐了下，呼出一口气：“你这个女人，想要知道什么？”

卡丽从口袋里掏出一张迪玛的男朋友穆罕默德·西迪基，也就是阿布·乌拜达的照片。

“你认识这个人吗？”卡丽问道。从他脸上的表情，她肯定他认识。

“阿布·乌拜达，”他点了点头，“你肯定已经知道了，不然你不会问我。”

“他的真名是什么？”

“我不知道。”

“你肯定知道的。”卡丽说着，双手叉在胸前。

“啊，是真的，我真的不知道。”

“你对他知道多少？你肯定知道什么。一定有人用别的什么名字称呼过他。”

“他不是安巴尔省的人，甚至不是伊拉克人。我曾经听别人叫他‘卡登’。”

“他是哪儿的人？”

他的脸色一下严峻起来，他怀疑地看着卡丽：“你会放我走的是吧？今天就放我走？”

“是的，不过是秘密地放走你，你将为我办事。”她说道，“他是哪儿来的？”

“巴勒斯坦，就像——”他突然闭口不说了。

他说漏嘴了，卡丽一下子抓住了这一点。“就像谁一样？像阿布·纳齐尔？他们两个都是巴勒斯坦人？”看到他不做声，她又补了一句，“你的儿子扎比尔现在命悬一线啊，瓦利德。”

“我们都命悬一线。”他说。

“命也由你来掌控。告诉我，他们都是巴勒斯坦人吗？他俩都是？所以他们才走这么近？”

他抽搐着点了点头，然后又说：“也许以后关系不会再这么密切了。”

“为什么？发生什么事了？”

“我不知道，我怎么可能知道？我一直像个野兽一样被锁在这里。”他厉声说道。

“那就摆脱这个牢笼。阿布·纳齐尔现在在哪儿？

“我不清楚，他居无定所，随时改变位置。据说他从不在同一张床上睡两个晚上。就像萨达姆那样。”他咧嘴笑笑，露出了发黄的牙齿。

“那阿布·乌拜达呢？他在哪？在拉马迪吗？”

他微微点头。“但是不会待太久。”他说。

“为什么，他要去哪儿？“

他摇了摇头。有那么一会儿，卡丽担心他不想再说了。瓦利德是目前他们最好的机会。如果她不能让他现在交代——据登普西说，拉马迪就要有一场大的战斗——他们就会失败。只能孤注一掷了，卡丽，她给自己打气道，然后站起身来。

“是去是留，瓦利德，现在是你做决定的时刻了。”卡丽屏住呼吸说道。监狱里某个地方传来一个人微弱的尖叫声,不过她一个字都没听清楚。瓦利德一定也听到了,她心想。

“你叫什么名字?”他问。

29. 伊拉克安巴尔省拉马迪

卡丽、弗吉尔、瓦泽尔和登普西身穿美国海军陆战队沙漠作战服，一行四人坐着一辆悍马，紧随海军陆战队一辆轻型装甲运兵车，驶入了拉马迪。悍马车穿过一座横跨幼发拉底河的大桥，到达了发电厂附近的检查站。烈日当空，天气十分燥热；气温约在九十度左右，空气中还夹杂着从沙漠吹来的风里卷带的沙粒。

他们的车子停在检查站，这里堆满了沙袋和混凝土作为防御工事。登普西下车同驻守检查站的海军陆战队简单交谈了会儿，又回到车上，坐到了驾驶位置上。

"情况不妙，"登普西对他们说，"昨晚有两个警察局遭受袭击。有几个锅盖头[1]在常发生路边炸弹爆炸的大街上遭到重迫击炮袭击。我敢打赌，兰利那帮家伙肯定没有告诉你，伊拉克基地组织有 120 毫米口径的迫击炮，还有俄罗斯制造的 AT-13 萨克斯号反坦克导弹？都他妈是火力超猛的武器。现在这些该死的哈吉还疯狂加注。谁要是在密歇根路，这座城市的要道上安放简易炸弹，就给谁两个月的薪水，只要杀了美国人，就

---

① 锅盖头：对美国海军陆战队士兵的谐称。

给三个月的薪水。”

“我们现在怎么办?”卡丽问。

“看来我们必须闯一下榴弹小巷了。”他苦笑了下,发动了车子。

从阿布格莱布监狱来的这一路上,瓦泽尔和登普西给他们简单介绍了下情况。瓦泽尔解释说,拉马迪现有约五十万人围在城中,陷入了三股势力的斗争之中:基地组织、逊尼派叛乱者和美国海军陆战队。这个城市位于巴格达以西一百公里,在沙漠另一边的主干道上,这个城市,用登普西的话说,“无疑是地球上最危险的地方”。

这时,他们跟在装甲运兵车后面,驶上了主街,卡丽立即明白了他说的意思。道路两边原先的建筑如今都变成碎石破瓦的废墟;为数不多的还未倒下的建筑和电线杆,也布满子弹孔,整个被打成了筛子。只有几座清真寺和锈迹斑斑的水塔依然耸立着,这个城市就如同照片中二战后德国的景象,卡丽心想。他们绕过路上一个炸弹造成的深坑,弗吉尔从悍马车的中央控制台处瞥了一眼卡丽,然后继续扫视街道,手里的 M4 已经上好了膛。

在路的右边,清真寺方向约摸四分之一英里远的地方,远远地能看见清真寺的塔尖,传来了一阵自动武器射击的声音,随后是重机枪断断续续的声音。登普西拐下主街,不再跟着 LAV 运兵车。

“他们要去格拉斯工厂。”登普西解释道。那里有一个海军陆战队的前方作战基地,而他们要去阿尔安达卢斯区的警察局,在那里准备停当。车子行驶在一条狭窄的街道上,这时两个身穿白色阿拉伯长袍,头上包着头巾,手持 AK-47 的伊拉克男子从一家咖啡馆门口走了出来,然后坐在外面的一张金属桌边,手里捧着套筒形的咖啡杯,看着他们的车经过。登普西刚开始加速,又马上减速下来。

“该死的!”他说。

“怎么了?”弗吉尔问。

“前方路拐角人行道上有一堆石头。”

“那是什么?”

“我不知道。可能是简易炸弹。”登普西扭头环顾左右，又看了看后面。“没有好路绕过去，大家都抓紧了。”他说着，加大油门快速冲向拐角，对准车子的行驶路线，紧挨着那堆石头对面的建筑，刮擦着冲了过去，离那堆石头要多远有多远。

卡丽屏住呼吸，眼巴巴望着那堆石头，暗想从旁边经过时会发生爆炸。车拐弯上了另一条街上，让人难以置信的是，尘土飞扬的街上竟然有一群男孩踢着用破布做的足球。

“哇！”她如释重负地呼出了一口气。

跟伊拉克别的地方的孩子不一样，这帮孩子中没有人朝他们挥手，球还是在照踢，可是他们突然的寂静让卡丽明白，他们肯定看到了悍马车。从他们旁边驶过去后，登普西加大了油门，带起一阵沙尘。

终于，他们停在了警察局门口。警察局周围堆满了沙袋，手持卡拉什尼科夫突击步枪的伊拉克警察在巡逻看守。卡丽还发现房顶上部署了一挺轻机枪，后面有人在监守。他们走下悍马，走进警局，在那儿登普西介绍他们认识了警察队长哈基姆·卡西德。

“有没有遭到袭击？”登普西问他。由于伊拉克警察和美国海军陆战队是基地组织完全控制这座城市最后的绊脚石，所以警察局往往会成为基地组织的主要攻击目标。几乎没有一天，不发生警察遇刺或警局遭袭的事件，袭击通常采用迫击炮、榴弹和简易炸弹，有时也会试图攻占警局。

“有过两次，不过幸运的是，这周倒还没有。感谢真主安拉。”卡西德说道。

几分钟后，身穿黑色阿拉伯女式长袍的卡丽，和身穿白色阿拉伯男式长袍、头戴杜莱米部落的格子花纹式头巾的瓦泽尔，从后门离开了警察局。他俩开着摩托车朝着瓦泽尔堂兄在河对岸的家驶去。

现在的问题是，怎么在一个封闭的城里，用好瓦利德·卡里姆——他们给他的代号叫“罗密欧”。常规的谍报技术，比如情报秘密传递点、情报密码、秘密电台和一次性手机等，在这里都无法使用。基地组织会检查每一部手机，甚至包括那些他们应当信任的人的。要是时候不对，过个马路都会被杀，更别说针对罗密欧这样基地组织内部的人物了。

她和瓦泽尔想出的办法就是在一家露天市场的茶馆碰头，那是在中央汽车站附近的市中心市场，他们预先安排好日子和时间，等恰好罗密欧在那儿的时候，他们见面。茶馆的老板是法拉赫·卡迪姆，是瓦泽尔堂兄的一个叔叔。给了他一万美元，答应什么也不要他过问之后，他答应冒这个险。再说，阿布·纳齐尔要砍脑袋时，罪过比这小的也照样没放过。

天色不早了，附近宣礼塔上的喇叭传来召集人们下午祷告的声音。尽管不时有枪声和爆炸声传来，可这里的街道依然拥挤。枪声主要来自阿尔萨巴特区，靠近幼发拉底运河，城市西区幼发拉底河主河道的支流。他俩骑着摩托车赶往露天市场，去见瓦泽尔堂兄的叔叔法拉赫。

瓦泽尔进茶馆去找法拉赫。卡丽不能进去。在传统保守的拉马迪，茶馆是男人喝伊拉克浓茶、抽水烟、玩多米诺牌和下托拉棋的地方，女人不得入内。

卡丽站在一家卖头巾和女装的商店门口，这时一群男人朝她走了过来。他们走得很快，都手持卡拉什尼科夫突击步枪，她还没来得及让路——她觉得自己需要躲起来，提醒瓦泽尔可能发生枪战——其中一个男子已经撞到了她身上。

“阿尔玛德拉[1]。”他出声道歉。

“拉马士基拉！”她说——没事儿——接着她的心几乎停止了跳动。

这个男的就是阿布·乌拜达本人，卡丽立马就靠那张照片认出了他。按阿拉伯男子的标准，他长相很迷人，难怪迪玛会对他这么着迷。他好奇地看着卡丽，于是她转过身去，小心翼翼地拉着头巾的边角，盖住了她的脸。尽管她染了眉头，也带着棕色的隐形眼镜，但卡丽敢说他肯定还是对她的长相感到奇怪。他刚要说些什么，这时他手下的一个人在叫他，然后他们跑开了。

过了一会儿，直到靠近露天市场的入口处传来炸弹爆炸的声音，她才

---

① 阿拉伯语道歉，意思是对不起。

回过神儿来。一分钟后传来美军 F/A-18 喷气战斗机从头顶飞过的轰鸣声，使露天市场里的顶篷和商贩的商品哐哐作响。

他就在这里，卡丽想，她去找瓦泽尔的时候紧张得简直无法呼吸。人们四散跑开，有的人躲开了爆炸地点，还有人跑向爆炸地点去施救。她跑进茶馆的时候，正好撞见瓦泽尔和一个蓄着萨达姆式胡须的矮胖伊拉克人走出来。

“我看到他了，”卡丽告诉他们，“阿布·乌拜达。他人就在这儿。”

“赶紧进来，快，”瓦泽尔看了看四周，连忙说道，“这不是说话的地儿。”

“我想我不能进的。”卡丽说。

“里面是储藏室，那里有个后门，快来。”瓦泽尔的叔叔用阿拉伯语说道，眼神和阿布·乌拜达刚刚一样。我的伪装屁用都没有，卡丽提醒自己。他们走到后门那里，门上挂了锁，瓦泽尔的叔叔法拉赫打开了锁，他们走进储藏室。

储藏室房间很小，里面有许多堆得很高的箱子，装着茶叶、糖和各类武器。

“赛俩目。你还卖枪?”卡丽问法拉赫。

“拉马迪所有茶馆和半数的店没有不卖枪的。”法拉赫说着，直直地盯着她，就好像从来没见过和她一样的人。她的伪装根本没用，但是不做伪装她又能怎么办呢？难道要她穿着迷你裙和吊带衫走来走去？“你是美国人，对吧?”

“我很感激你能帮助我。”她告诉他。

“把钱给我，别跟别人说这事就行。”法拉赫说道。卡丽打开她带来的塑料袋，递给他一沓百元美钞，这是登普西藏在美国国际开发署办公室的保险柜里的钱。“他什么时候来，你们约好的这个人?”

卡丽看了看表：“大概再有二十分钟，我能在这里见他吗?”

“我不喜欢当着客户的面卖枪，通常，我都是在这儿卖枪的，但是茶馆里是不能有女人的。这样吧，你躲在这里，要是有人要买枪，我会让他晚点再来的。”

“你的生意如何?”卡丽问他。

“还不算太糟,感谢真主安拉。”法拉赫说。“但就算供货充足,进货价还是一直往上涨。我的利润一直在减少。要是你有兴趣的话——”他看着卡丽,“你想要啥,我都能给你弄到。”

“这些普通的枪什么价位?”

“这要看了,”他耸了耸肩,“全新的美国格洛克 19 手枪,售价四百五十美元。要是卡拉什尼科夫突击步枪,全新的,一百五十到两百五不等。”他打量了卡丽一会儿,然后问道:“萨达姆会被处决吗?”萨达姆·侯赛因现被关押在阿布格莱布监狱,刚刚被指控犯有对库尔德人和什叶派的战争罪。

“我不知道。这要由伊拉克人来定。”她说。

“没有什么是由伊拉克人做主的。”他说着,朝瓦泽尔打了个离开的手势。

他们离开了。法拉赫回去接着做生意,瓦泽尔继续放哨,留卡丽等罗密欧出现。储藏室里很燥热,很幽闭;一道窄窄的阳光从后门和门上脱落的门楣间的缝隙照射进来。

罗密欧被从阿布格莱布监狱放了出来,对外称是因为贾法里被否决后,新的什叶派候选人阿尔瓦利基呼吁特赦逊尼派囚犯,借此掩人耳目。出狱之后,罗密欧回了绿区。他们给了罗密欧一部手机,弗吉尔通过手机追踪罗密欧。正如所料,他们发现他回到了拉马迪,但是,这不是她在幻想,她和罗密欧两人都不信任对方。只要他想,他随时都可以扔掉手机,逃脱他们的控制。她手里的唯一把柄就是对他家人的威胁。

“我们威胁说会用我们的善心,害死他的家人,当真是这样的。”她告诉弗吉尔和登普西。罗密欧根本不值得信任,可卡丽和他又要密切保持联系。仅仅几分钟前,她都同阿布·乌拜达说上话了。她想起了迪玛和拉娜,心里承认她有多么想杀了他,还有阿布·纳齐尔。

法拉赫,身后跟着瓦利德或者说罗密欧,走进了储藏室。

“时间不要太久。”法拉赫说完转身离开了。

“你把钱带来了吗?”瓦利德问。她给他看了看塑料袋里的钱。

“坦齐姆相信大赦这个说法吗?”

“我跟坦齐姆的兄弟们说,不管他们对我做什么,都没能从我口中得到真实的信息,也不会知道我的真实身份。对于这些异教徒来说,我只不过是又一个逊尼派囚犯而已,他们从我这儿什么都没问到,所以就把我放了。”他说着抽搐了一下,是他的神经性痉挛又犯了。

“他们相信了?”

“阿尔瓦利基和大赦的新闻电视上都放了,听上去很合理。”

“跟我说说阿布·乌拜达的情况吧。他在拉马迪吗?”卡丽在试他,并没有告诉他自己刚刚见过乌拜达。

“他在这里,但是应该很快就离开这儿了。”他小声说道,同时环顾四周,仿佛怕被人偷听到一样。

“阿布·纳齐尔呢?”

“没人知道。有人说在这里。有人说在哈迪塞,”他抽搐了一下,“也有可能在费卢杰。没人见过他。他是金恩①。”他又抽搐了一下,把头扭向一边。他的表现让卡丽觉得他在隐瞒什么,或者做错了什么事情。

“‘但是那些中途背离者,他们助长了地狱之火的火焰。’”她引用《古兰经》中关于金恩的圣训说道。

他盯着她。“看来,你很熟悉《古兰经》。”他说,仿佛一条等式上加入了全新的东西,“女人也毫不逊色啊。”

“那也得是熟悉这些事情的女人。”她这样说,不打击他的自尊心,“肯定还有什么事,是你没有告诉我的。”

他示意她靠近一点。“阿布·乌拜达更喜欢单独行动。有人说现在不是阿布·纳齐尔说了算。阿布·乌拜达就在拉马迪这个战斗中心,至于阿布·纳齐尔,谁知道呢?”他耸耸肩,“有些坦齐姆的人都开始选择站

---

① 金恩:《古兰经》里与人们并存但不为人所见之物。

队了。”

“你呢，你选了吗？”

“还没有，但这是早晚的事儿，”他抽搐了一下，“阿布·乌拜达不信任我。他谁都不信任。只要是他不信任的，他都会杀掉。”

“除非有人先干掉他。”卡丽说。他们俩人沉默了一会儿。她能听见多米诺骨牌哔哔啵啵的声音，能闻见茶馆里水烟飘来的苹果烟的气味。“我得知道他会什么时候去哪里。你能告诉我吗？”

“说不好，”他身子探了过来，近得差点亲到了她，“我知道一些，但是要我告诉你，必须先保证我家人的安全。”

“在拉马迪我没办法向你保证，甚至在绿区也保证不了，这你是知道的。”

“我要知道我的儿子不会出事。”

“如果你真出了什么事儿，*印沙安拉*，我会尽我最大努力。如果你愿意，我们可以带他们去美国。法拉赫和扎比尔在那儿会很安全。”卡丽说。

“美国不行。那儿只有异教徒。叙利亚吧——但要给他们足够的钱。”他抽搐了一下。现在她明白了。他压根就没指望活下来。他在给她说遗愿立遗嘱呢。

“你要多少钱？”

“十万美元。”

“这要看你告诉我的情报值不值这个钱了，”她大声说道，“而且只有在他们遇到危险的情况下。”她深吸了一口气。“*印沙安拉*。”如蒙天佑。

他又抽搐了一下。她想起索尔跟她说过：“不要强逼。要让线人说出有价值的话，你得等着他，等他意识到他没得选。他会主动说服自己的。所以静静地等着。哪怕是等上一整夜。”所以她就这么等着。

“将会有一场针对新当选的总理的袭击。动静会很大。”他说。

“在绿区吗？”她急忙问，“怎么袭击？在哪里袭击？”

“没人说。不过我们有人正在训练在狭窄的街道上发动袭击。他们告诉我那儿有个拱门。”

“你知道是具体哪儿,对吗?”

“我想应该是在刺客之门。应该很快。可能一个星期内吧。他们什么都准备妥当了。”他说。

“就这些?难道他们要攻进安全区,袭击总理办公室?没别的了?这可不是他的风格。”

他抽搐着,一双深色的眼睛盯着她看:“我想你才是最危险的人,扎哈巴。”这是他们商定好的她的代号。是金色的意思,一如她头发的颜色。“看来美国人也不都是蠢货。”

“你在激怒我吗?没用的,”她说,“还有另一场袭击,对吧?阿布·纳齐尔和阿布·乌拜达,他们从来不会只发动一场袭击就善罢甘休的,对吧?”

“这是他们的标志,”他赞同地说,“还有一场,一场针对美国人,一个重要人物。”

她的头脑在飞速旋转着。刺客之门是一个巨大的砂岩拱门,上面有个圆屋顶横跨一个进入巴格达绿区的主要进入点。要是阿布·乌拜达成功刺杀了新的什叶派领袖,阿尔瓦利基,将会引发内战,会把伊拉克都给毁了,也将会导致美国在伊行动的全面失败。由此造成的伤亡,包括美国人的伤亡,将会是个恐怖的天文数字。

此外,他们还在阴谋策划一场刺杀,刺杀一个重要的美国人。她必须从索尔那儿了解有谁要从华盛顿过来,要来这里的哪个地方。十有八九第二次袭击将会在胜利营,靠近机场的地方。所有重要人物都是从那儿过来的。在纽约的行动失败后,阿布·乌拜达在努力赢得伊拉克基地组织的首脑位置。这一切就都说得过去了。

她必须尽快把她掌握的情报告诉索尔。

“你知道那个美国人是谁吗?”她问。

“我只知道阿布·乌拜达说他会把双头蛇的两个头都砍下来。”

“他说这话的时候你跟他在一个房间吗?”

“不在同一个房间。是昨天晚上。我们在美国人叫做飓风检查站的地方干掉了四个警察。这里是萨达姆从前的宫殿。幼发拉底河在这里分成了主河道和运河，不过我得先说——”他抽搐了一下，但是眼睛紧紧地盯着她说道，“我们割下了他们的手和脑袋。我们把他们的脑袋插在地上的木桩上面，就像沿路的标志一样。开车到那儿去你就能看到这些脑袋了。”他笑得很诡异。“要是他知道我跟你说过话，你说他们会怎么对付我？”

30. 伊拉克安巴尔省费卢杰

夕阳西下，晚霞将整个天空染成了粉紫色，透出摄人心魄的美。数十处清真寺尖塔传来的呼唤人们祷告的声音在城中响彻回荡，经久不息。瓦泽尔骑着一辆小轮踏板摩托车，载着卡丽赶回安达卢斯警察局，西面的枪声和迫击炮弹的爆炸声响了一路。他们的时间不多了。入夜后，这里就成了一座无主之城，危险无处不在。

卡丽和瓦泽尔去了罗密欧的家里，带他的妻子和家人去附近的露天市场逛了一圈。他们先是在一个烧烤档吃了碳烤肉串，后来又去市场摊位上给孩子们买了哈利·波特的玩具。就在卡丽带她们逛市场的时候，弗吉尔贴着假胡子，裹着库尔德传统头巾，潜入罗密欧家里，安装了窃听设备和隐藏摄像头。

天色越来越暗，瓦泽尔和卡丽驶过一座清真寺时，迎面开来了一辆海军陆战队装甲车，后面跟着两辆加装了车载机枪的悍马。

“妈的，巡逻队！”瓦泽尔骂道。

卡丽忽然想到，他们还穿着用来乔装的衣服。在巡逻队看来，他们就是在夜间开着小摩托，骑行在空无一人的街道上的两个伊拉克人。

“他们的手已经扣在扳机上了。照他们说的做。”卡丽提醒着瓦泽尔。

那辆装甲车停了下来，旋转炮塔上的机炮正对着他们。后面的两辆悍马跟着停住，靠前那一辆的扩音器传来一个声音：“基弗！”站住！

瓦泽尔把摩托车停住，让卡丽从后面下来，然后他把脚撑蹬下，双手举到空中。卡丽也照做了，把身上穿的阿拉伯长袍的头巾掀掉，露出了金色的长发，然后双手高高地举在空中。一名陆战队员从悍马车上露出头来，示意他们走近些。

“让我走前面。”她告诉瓦泽尔。然后把双手高举到空中，慢慢靠近。

那名年轻的陆战队下士盯着她，眼睛瞪得跟茶托一样大。卡丽典型的美国人长相和那头金色的长发，让他觉得如此地虚幻，但他手里的 M4 突击步枪的枪口还是对着她。

“我是美国人。”卡丽用英语告诉下士，“我们是特遣队第 145 小分队。我们要去安达卢斯警察局。”

“美国女人？在这里？”下士问道。

“我知道你很惊讶。我们在执行秘密任务。海军陆战队第 228 分队上校瑞安·登普西是跟我们一起行动的。你们可以帮个忙吗？”

“恕我直言，你是不是疯了，女士？”下士眯着眼睛问道，仿佛要弄明白她是不是真的存在一样，“我是狙击手艾利。真不知道你是怎么活下来的。你真的是美国人？”

“你要是真想知道的话，我住在弗吉尼亚的雷斯顿。”卡丽说。“这是瓦泽尔，”卡丽朝他的位置歪了歪头，向下士示意，“他是跟我一起的。你们可不可以护送我们回警察局？”

“我得向上尉请示下，女士。你可以把手放下来了，但不要动。”他一步一步谨慎地后退，好像她仍然是危险分子一样。下士退到悍马车旁边，跟车里的人交谈了一会儿，然后回到卡丽身前。

“中尉没有批准，女士。我们还要巡防这一片区。说实话，到现在还没人朝我们开枪射击真他妈——抱歉——真是个奇迹。你们抓紧走吧。”他一边说，一边上下打量着瓦泽尔，一副还是要将他就地正法的样子。

“谢谢你，下士。我们这就走。”卡丽说着，把头巾和面纱重新戴好，拽着瓦泽尔往回走。

两人跨上摩托车，虽然眼睛看不到，但驶过那几辆军车时，卡丽可以清晰地感受到从车上投来的一束束别样的目光。这时天已经完全暗了下来，整条路上唯一亮着的就是摩托车的大灯。

来不及了，卡丽心想，一阵凉意从脊梁骨传来，仿佛下一秒就会有子弹飞来，击中她的背部。哪知还没过多久，她就真的差点被击中了。窄窄的街道上，一道亮光忽然闪过，接着耳边传来一声刺耳的枪响。瓦泽尔本能地往路边一打把，然后把车头正过来，把油门扭到了最大。一路上，瓦泽尔不断地左拐右拐变向，直到卡丽看到警察局的灯在前方亮起。警察局周围堆着沙袋，架着蛇腹形的铁丝网，平屋顶的轮廓在星光的映衬下依稀可辨。

瓦泽尔开足马力朝着警局开了过去，坑坑洼洼的路面把摩托车颠得上下起伏。卡丽听到背后又传来一声枪响，奇迹般地没有击中他们。瓦泽尔猛地把车把拧向一边，摩托车一个急转弯，钻进警察局前沙袋堆成的掩体的空隙之中。伊拉克警察们端着卡拉什尼科夫突击步枪对着他们，嘴里用阿拉伯语叫喊着叫他们停下来。瓦泽尔把火熄掉，两人从摩托车上下来，卡丽拉下了头巾，露出一头金色长发，伊拉克人一看到，悬着的心马上落了下来，招手叫他们进去。

“我们出发得太迟了。”卡丽对瓦泽尔说着，走进了警察局。

“好歹还是赶到了。你就是幸运星啊，卡丽。”

“我才不信什么鬼运气。这种事情最好不要再发生。”

她手上的情报太重要了，必须赶紧想办法向索尔报告。卡丽心急如焚。她找到警察队长，哈基姆·卡西德。“不可能的，小姐。”他摇了摇头，“这儿就没有手机能打通。”

“那座机呢，网络呢？”卡丽问道。

他又摇了摇头。

“我必须得跟我上司联络。生死攸关的问题。帮我想想办法吧，马卡伊布。”这次卡丽叫他“队长”。

“在费卢杰，印沙安拉，也许还行。可是在拉马迪，不可能的，这儿只有毁灭。你无法想象我们的城市以前有多美。我们以前都去河边野餐的。”他的话里充满着不舍。

都火烧眉毛了，你还跟我扯这些，卡丽心想。她手上有着极为重要的情报，然而一瞬间她好像回到了十八世纪，没法跟兰利联系。她得尽快想出办法。

“**你有没有**试过在牢房里做爱？”登普西问她。他们在警局二楼，哈基姆·加西德的办公室的一张折叠床上。外面不时传来阵阵枪声和火箭炮剧烈爆炸的声音，房顶上的机枪和守在警局外围的警察手持突击武器在还击，发出突突的回应声。

“你试过吗？”卡丽问道。

“牢房里还没，不过在更糟的地方做过。”

“什么地方？”

“有一次在浸礼会教堂听布道时，在后排的长椅上做过。她父亲在上面布道，我们在下面做爱。斯特拉·梅，很漂亮的姑娘。我也不知道她是想报复她父亲，还是她根本就不在乎那些教条。那椅子硬得跟水泥地一样，倒是真的。我当时是大气也不敢喘一口，教堂里坐着的每个龟儿子，他们外面的车上可都放着一把枪。你呢？”

“我倒没有过这种经历。最多就是徘徊在生死边缘时，趁着还有一口气的时候偷欢一场。外面那帮伊拉克警察肯定把我当成妓女了。”

“说不定希望自己的老婆能有你一半性感。这种地方委屈你了，”他吻着卡丽的颈子说道，“你知道吗，你快把我迷死了。”

“别说这么多。对了，我还是要联系总部。”

“边做边联系吗？”登普西的手滑入卡丽两腿之间，弄得她欲罢不能。

“不要，我们没法用手机的。”

“我知道。这儿的最后一座信号塔上周被炸掉了。就算没被炸，他们也会监听手机通信，就像我们一样。总部那边肯定没人会想到，这里的对手也有这样先进的设备。最可靠的办法，就是通过绿区大使馆里的加密电话联系他们。摸我下面。”

“行不通的。我必须待在这里看着罗密欧。不要，等下，等一下。”

“你写份报告，我带到巴格达发出去。”

“那也不行。你没有我的安全级别。喔，天啊，好舒服。等等，罗密欧提到过下周有位重量级人物会来。他们想搞刺杀。知不知道谁要来？”

“我，我要进来了。”登普西答道。

“混蛋，”她揪着他的头发把他的头提了起来，“到底知不知道？”

“国务卿布赖斯，”登普西说，“她的行程应该是机密才对，不过要是那些圣战分子们已经知道了，我们全都得遭殃。”

“我要你去一趟巴格达，阻止她来巴格达。你做得到吗？”

“先做这个，”登普西说着，让卡丽爽得拱起了身子，“喜欢吧？”

“闭上嘴，专心点！”卡丽骂道。

傍晚时分，登普西开着悍马车离开了警局，前往巴格达。卡丽逼着他背下了索尔在兰利总部的电话。不管他的报告能不能引起国防情报局或中央情报局方面的重视，卡丽必须把自己收集到的情报告诉索尔。他们一定要想方设法阻止国务卿布赖斯的巴格达之行。另外，还要做好两方面的准备。一方面，要保护好伊拉克总理在绿区内政府办公室的安全；另一方面，要做好防卫刺客之门被人攻击的准备。如果这中间出现什么变故，登普西还要想尽一切办法尽快通知她。据说有维修人员正在抢修信号塔，不过要是实在不行，紧要的时候也得一路开车开回巴格达。

卡丽望着他渐行渐远。枪声响了一整夜，凌晨三点左右的时候，他们听到运河那边的医院方向传来一声巨大的爆炸声。有人说是穆埃尔米恩区的警察局遭到了汽车炸弹的袭击，还有传言说超过三十名警察在袭击中丧生。当时看着登普西开车走的时候，卡丽突然觉得不该派他去巴格达。路上太危险了。从他开车到密歇根路，经高速公路返回巴格达，想必这一路上，拉马迪的每一名圣战分子都会"盯着"他。

看着悍马车越开越远，明知机会渺茫，卡丽还是掏出手机试图联系他，想念已经在脑海中萌芽。可是手机一点反应也没有，没有任何信号。更何况，手机已经快没电了，在这个电力供应稀缺的城市找个充电的地方简直比登天还难。

给他打电话本身就是个疯狂的想法，卡丽觉得自己真是蠢到家了。这举动跟十几岁的小年轻们有什么两样？她感到一丝异样，有点魂不守舍。是躁郁症在作怪了吗？还是因为他们在这儿做的事都太危险了，生命单以天数计算已经远远不够，而必须把每一秒都活到极致？卡丽感觉自己像灵魂出窍一般：她站在路边，看着这条尘土飞扬、垃圾满地的街道，看着渐行渐远的登普西。而她的灵魂则站在一旁，看着这一切和正看着这一切的自己。

忽然，毫无缘由地，卡丽打了个冷战。冥冥中，她知道自己再也见不到登普西了。她摇了摇头，试着让自己清醒些。早先在贝鲁特买的药现在还剩下一些，不过等回到巴格达后，还是要再多买点。卡丽看着警察局周围的情况，无论如何也甩不掉心神不安的感觉。即便没有躁郁症，这地方也会无孔不入地把她逼疯。

虽然时间还早，太阳都还没爬上屋顶，但卡丽仍能感到热浪正在逼近。除了废墟和死亡，拉马迪跟中东的其他地方没什么两样。命运真是难以捉摸，卡丽心想。我们曾经做出的那些最不经意的决定，到头来却永远地改变了我们的人生。拿她自己来说，她之所以会出现在这里、经历这一切，不过是多年前在普林斯顿大学时接触到了伊斯兰艺术，一些奇形怪状的几何图形引起了她的兴趣，促使她做出了学习研究近东的决定。

还有罗密欧。他给自己的都是高度可靠的重要情报，可还是不能相信他，除非她能把布鲁克林大桥的事情抛到脑后。那正是阿布·乌拜达上一个试图摧毁的目标。

卡丽回到警察局，走进一间开着门的牢房。瓦泽尔和弗吉尔两人在里面睡了一晚，这会刚爬起来。没一会儿，他们三个就坐在里面，一边喝放满了糖的伊拉克浓茶，一边蘸着蜂蜜吃一种叫卡希的油炸面点。这是一名伊拉克警察拿给他们的早餐。

“下面怎么办？”弗吉尔问道。他拂去了歇在卡希面点上的苍蝇，然后咬了一口。

“安插在罗密欧家里的窃听器有什么收获没？”

“都是女人们说话的声音，阿拉伯语。”他做了一副听不懂的苦相，“需要你，或者瓦泽尔翻译一下，不过罗密欧倒没现身。”

“正好说明他是跟着阿布·乌拜达，打入到内部了。这正是我们想看到的。”卡丽告诉他们两个。

“在巴格达发动袭击的情报有回应了吗？”弗吉尔问卡丽。

“等着，看看兰利那边有什么指示没。登普西明天回来，到时候他会告诉我们。”

“等着？你？”弗吉尔笑着说，“听起来可不像你。害怕了吗，卡丽？”

“我承认，”卡丽说，“这地方把我吓得不轻。”

“谁来了都一样，”瓦泽尔说，“我早就把我家人搬到巴格达去了，虽然也没安全多少，不过总比这儿强。”

“说实话，我不喜欢干等着。尤其要等的是兰利那边的消息，”卡丽说道，“一旦阿布·乌拜达开始着手新的恐怖袭击——他最多也就需要一周时间——再要抓他，或许还有阿布·纳齐尔，就要听天由命了。”

“你要我们怎么办？”瓦泽尔问卡丽。

卡丽盯着牢房的墙看了一会儿，好像要从墙上找到答案似的。可墙上只有些铅笔乱写乱画的涂鸦，除了偶尔可以看到一些向真主安拉的祈祷外，跟西方式的涂鸦倒也没什么两样。

“你继续监听罗密欧一家，我给了他钱，他怎么也得送回去给他们一点。过会我就过去翻译。”卡丽对弗吉尔说。弗吉尔站起身来，端着茶走了出去，估计是去二楼那间牢房，早先他把监听设备设置在了那里。

“我呢？”瓦泽尔问。

“阿布·乌拜达就在我们眼皮子底下。一定有些拉马迪的警察干着吃里爬外的勾当。你去打探打探，看看有没有谁知道他们藏在什么地方。”

瓦泽尔刚准备起身，卡丽做了个手势，示意他等等。她也不知道怎么说合适，索性就直接说了。“瓦泽尔，你说那些伊拉克警察是不是觉得我像个妓女？”卡丽问道，用了“夏目塔”这个阿拉伯语词。“我平时也不这样的，现在是朝不保夕，留给我们的时间太少了……”她支支吾吾地说道。

瓦泽尔把头扭开，显然是有些尴尬，然后转过头来，盯着卡丽。

“卡丽，你长得很漂亮，真的很漂亮。对他们来说，你就像是从好莱坞来的电影明星一样，遥不可及。不过话说回来，我们对女人的看法和你们想的完全不一样。所以，怎么说呢，可能是会有那么一点像夏目塔。当然我也要说，登普西上校是条汉子，我喜欢他那样的人。他的勇气和胆量让我佩服。但你并不了解他。外面有些关于他的传言。你自己多加小心。”他说道。

“什么传言？”

“钱，”瓦泽尔说着，做了个点钱的手势，“说他怎么在黑市上倒卖你们的装备、医药用品、弹药、冰箱等等各种东西。对黑水公司、德阳集团和KBR哈里伯顿这些公司，这场战争就是有史以来最大的淘金热潮。除了这个国家的人民，每个人都赚得盆满钵满。”

“那些关于登普西上校的传言，是不是真的？”

“我什么都不知道。我也什么都不该说的，只是……”

“只是什么？”

“我喜欢你，卡丽。你是我所知道的最好的美国人，你对我很好。你和登普西上尉之间的事情，我什么都不该说的。只是——”他犹豫了下，“我觉得你很孤独。”

卡丽正跟警察队长哈基姆·卡西德谈着线人的事情，这时弗吉尔过来找她。

“你最好过来看看。”他说。

卡丽跟着他回到设置在牢房里的临时监控室。弗吉尔指着电脑，给卡丽看了两个摄像头拍到的影像，一个在罗密欧家的门口，另一个在罗密欧家的客厅。

“这是昨天晚上的。”他一边说，一边把镜头往回倒，里面的人做着一些手势，倒着走了回去。然后，他开始播放录像，罗密欧正往屋里走。

卡丽看着罗密欧走过门口，进了客厅。拉马迪的大部分地方都没有电力供应，罗密欧家的屋子里点着提灯和蜡烛。卡丽听见他先是问候了妻子和母亲，然后把孩子们抱在怀里。跟大多数伊拉克家庭一样，他家里也没几件家具，都是贴着墙摆放，客厅的地上铺着块地毯。录像播放到现在，一家子说的话似乎都没什么特别，只是卡丽留意到他不停地四处张望。有那么一会儿，他站起身，拿着提灯检查着什么。

他是在找窃听器，卡丽暗想。他知道。他当然知道，这还用想吗。蠢货，清醒些，她暗骂自己。一来，他不是白痴；二来，他的邻居，或者他的什么亲戚肯定看到过弗吉尔。就算弗吉尔伪装得再好，看起来也不像库尔德人，更别说一个库尔德装扮的人出现在拉马迪本身就让人起疑。

卡丽看到罗密欧把她给的那些钱交给妻子，她也看不清究竟是只给了一部分，还是全数都给了她，然后咬着他妻子的耳朵说了些什么。即使是录下来的音轨，卡丽也能从里面听到远处传来阵阵枪声。他们边看，卡丽边悄声翻译着她听到的话。

他们看到罗密欧走到屋子的另一侧，掀起地毯的一角，从一块地板下拿出一把卡拉什尼科夫突击步枪。盖上地板后，他开始检查手上的枪械。

这时孩子们回来了；他跟孩子们说着什么，让他们爬到他身上。小男孩试着拿起那把突击步枪，罗密欧笑着给他演示怎么持枪，怎么瞄准。不一会儿，他妻子和母亲过来把孩子们带走，可能是让他们上床睡觉去了。

等等，有什么地方不对劲。可究竟是什么呢？卡丽聚精会神地盯着画面，然后明白了。他的神经性抽搐不见了，他脸也不抖了。这个骗人的王八蛋，卡丽暗自骂道。可他为什么会那样做呢？在阿布格莱布监狱博取同情？分散审讯的人的注意力？掩饰自己的身份？还是说他就是一个病态的骗子？总之不管他说什么，都得先打上个大大的问号，然后审慎地对待。不过她早就预料到了，不是吗？

“他脸上的抽搐不见了。你是不是想告诉我这个？”卡丽问弗吉尔。

“再等等。”他晃了晃手指，告诉她继续看下去。

这时罗密欧的母亲艾萨拉走了进来，冲好茶，给他倒了一杯，然后两人说了些家长里短的事情。罗密欧问他母亲怎么看“那个美国女人”卡丽，以及她的伊拉克同伴瓦泽尔。

“我不相信他们，”艾萨拉说，“他们装作是我们的朋友，可其实是异教徒。你怎么会跟他们打交道？”

“阿妈，我也是没办法。印沙安拉，他们不会再来打扰我们了。”

“多加小心。我看她很危险，那个金发碧眼的夏目塔。”

“说够了没，你真是我亲娘。我的事儿不用你管！”罗密欧厉声说道，挥手叫她走开。艾萨拉狐疑地瞥了他一眼，离开了屋子。她前脚刚离开屋子，罗密欧后脚就掏出手机开始发短信。

“我们能不能弄到他发的短信内容，还有接收人的号码？”卡丽问弗吉尔。

“他用的不是我们给他的那部。巴格达站或许可以，他们可以截获伊拉克移动电信公司的手机通信情报，然后得到你想要的东西。但伊拉克基地组织可能也有自己的通讯基站。不如我直接从这家公司那里截取，只是可能需要花上几个小时才行。”

“就按你说的办吧。”卡丽说着，准备起身离开。

“等下。”弗吉尔叫住她。他把录像快进了大概一小时的样子，然后卡丽突然听到画面外头传来一阵声响，只见罗密欧站起身来，他的妻子沙达望着他问这么晚了谁会到家里来。罗密欧没有答话，伸手把枪拿过来，打开枪栓，放到椅子上，然后示意她去应门。他跟在后面走到了门口。

沙达刚一开门，四名手持自动武器的圣战分子——卡丽推测是伊拉克基地组织的成员——一下拥了进来，他们从沙达身旁挤过，随后阿布·乌拜达跟着走了进来。卡丽在露天集市上看到过他本人。

“兄弟,这么晚了……”罗密欧刚开口,阿布·乌拜达就打断了他。

“你现在就得跟我们走。他要见你。”阿布·乌拜达说。

“可我的家人,我答应过要陪他们过夜的。”罗密欧指了指沙达和刚进来的母亲。

“你想把他们也牵连进来吗,瓦利德?你可想好了。他有些事情要问问你。我也一样。”阿布·乌拜达说着,他带来的那四个人把罗密欧推搡了出去。卡丽可以清楚地听到外面车门啪的一声关上,然后有人把车开走,留下两个女人愣在原地,一脸茫然地盯着门口。这时弗吉尔才停止了播放。

“他暴露了,对吧?”弗吉尔问道。

“嗯,不过你有没有留意阿布·乌拜达说的话?”卡丽说。

“里面那个就是他本人,错不了吧?”

“肯定没错,就是他。你明白这句话的意思吗?他说:‘他要见你。’只有一个人能给阿布·乌拜达发号施令:阿布·纳齐尔!我们一下逮到他们两个!两条大鱼,在同一时间的同一地点出现!只需要呼叫无人机,就能把他俩全部干掉,我们就能一劳永逸了!弗吉尔,你可真是天才!”卡丽激动地张开双手拥抱着他,“他还带着我们给他的那部手机吗?”

弗吉尔点了点头:“起码现在还带着。”

“这么说我们可以追踪到他了?”

“看这个。”弗吉尔在电脑上打开另一个页面,将拉马迪的谷歌卫星图像展示给卡丽看,一个红色的脉冲信号点在上面不断跳动着。根据上面的显示,他们正位于拉马迪城西、运河南岸的塔米姆区的10号高速公路附近。

“知不知道那是什么地方?”卡丽问道。

“我问过一个警察。他说最有可能是那边的一家陶瓷厂,现在已经毁于战火,但以前专门生产洗脸盆池和抽水马桶之类的卫浴器具。”

“终于逮到他们了,”卡丽小声说道,“我们该呼叫空中打击。”

弗吉尔皱了皱眉头:“万一是个圈套呢?”

弗吉尔这句话仿佛一个耳光，响亮地扇在了卡丽脸上。当然了，还有可能是个圈套的。自己在想些什么呢？

“上面显示他们到罗密欧家的时间是几点？”卡丽问。

“午夜刚过。”

卡丽看了看手表。早上八点刚过。这样看来，罗密欧跟在阿布·乌拜达身边——可能的话还有阿布·纳齐尔——已经七八个小时了。或者也不一定。她得承认还有另一种可能性：阿布·乌拜达已经脱离阿布·纳齐尔单干了，他打着阿布·纳齐尔的名号去找罗密欧可能只是个幌子。阿布·乌拜达一定会搜出她给罗密欧的那部手机。他看到手机还开着，一定会意识到自己被追踪了。

毫无疑问，被弗吉尔说中的可能性非常大。这是个圈套。此刻要是罗密欧还没死，他们很有可能还在折磨他。事实上，他们可能不需要费多大劲就能撬开他的嘴，得知关于那个长着一头金发却操着一口阿拉伯语，真实身份是美国中情局女间谍的扎哈巴，和她身边那名伊拉克跟班的一切。卡丽感到一阵恶心。她马上就要成为伊拉克基地组织在伊拉克的头号目标了，更不用说罗密欧还是她的线人，她得对他负责。是她把罗密欧推下火坑的。

除非阿布·乌拜达还信任他。那样的话，阿布·乌拜达对罗密欧说的可能是实话，就是说她今天仍有希望把阿布·纳齐尔和阿布·乌拜达一起铲除。但她也得承认，阿布·乌拜达的语气听着就不像是信任他的。那天在茶馆罗密欧说什么来着？*他不相信任何人。他觉得谁不可靠，谁就得死。*

究竟是哪种情况？必须做出抉择了，卡丽。

如果她呼叫无人机发动空袭，陶瓷厂里的人都得死，罗密欧也得跟着陪葬。但如果真的能把阿布·乌拜达，甚至连阿布·纳齐尔一起干掉，阻止一场迫在眉睫的暗杀和内战，拯救成千上万人的生命，赔上罗密欧也值了。他不过是炮灰罢了。

可如果这是个圈套，那么他们就清楚自己在做什么，就会借此除掉她。追踪是双向的。这个念头一下让卡丽僵在了那里。难道他们一直在追踪自己？

“就算这是个圈套，我们也得联系海军陆战队指挥官，让他下令空袭陶瓷厂。”卡丽对弗吉尔说道，示意他跟上自己。就在她准备下楼时，瓦泽尔刚从楼下上来，表情痛苦。

“抱歉，卡丽。非常抱歉。”

“怎么了？”卡丽问他。

“路边炸弹。11 号公路上，刚出费卢杰。登普西牺牲了。”

31. 伊拉克拉马迪市塔米姆区

看出前面有些不对劲的，是年轻的海军陆战队准下士马丁内斯。路中央的一堆残骸碎片下，一根细细的金属管略微露出路面，藏在其中，很难被人发现。

“可能是压力引爆器。”马丁内斯说。他刹住了悍马装甲车，车子离引爆器只有半米多。只要再晚半秒钟，悍马车就压过去了，卡丽的小命也就完了。我们的命都是捡来的，卡丽抬起手，用袖子擦了擦额头上的汗，暗自想道。这时候气温差不多华氏九十几度了，卡丽穿着大了一号的海军陆战队沙漠迷彩作战服，她的阿拉伯长袍和一些私人物品都装在了双肩包里，放在身旁。

眼下他们正试图闯出一条路，赶到政府中心，也就是拉马迪市临时地方政府所在地。驻守当地的部队是海军陆战队第八团第三营。卡丽原以为拉马迪是整个世界上最危险的地方，可是这部分城区的景象却像是第二次世界大战史料记载中被遗忘的篇章。一眼望去，没有一座建筑物是完整的，也没有什么东西还是好的，街上除了一只骨瘦如柴的野猫在垃圾堆里蹒跚而行，什么动静也没有。放眼望去，到处是残垣断壁和车辆残骸，遍地是瓦砾和腐臭的垃圾。

马丁内斯把车倒了几米，然后小心翼翼地绕过那根金属管，继续沿着空荡荡的街道往前行驶。弗吉尔和瓦泽尔坐在后排，眼睛盯着房屋废墟和乱石堆，搜索着狙击手的影子。卡丽坐在副驾驶的位置上，努力让自己平静下来，可双手还是在不停地颤抖。

是她害了登普西，这个念头一直在她脑海中萦绕，挥之不去。没错，整个行动本身就是个疯狂的想法，可在拉马迪地区的战斗日渐白热化，在阿布·乌拜达准备在巴格达行动，自己明知罗密欧不可靠、至少是个双面间谍的时候，还毅然决然地把登普西送上11号公路，这明摆着是叫他去送死。当她利用罗密欧追踪阿布·乌拜达的时候，她就应该想到，对方也会将计就计，反过来利用罗密欧追踪她和她的人。

可除了当初的选择，她又能做些什么呢？两场刺杀行动迫在眉睫，刺杀真要成功，可能引发内战。这一点罗密欧不可能对她说谎，否则她只需叫陆战队做点好事，随便帮帮他们家人，就能害死他和他的全家。

没有选择的余地。她必须把情报汇报给兰利总部。其他的事情都无关紧要。登普西是海军陆战队员，他会理解的，卡丽告诉自己。只是现在牺牲了登普西，却仍没能阻止阿布·乌拜达，或许还有阿布·纳齐尔，他们离自己的目标近在咫尺了。

“在哪？怎么回事？”她问瓦泽尔，突如其来的噩耗让她目瞪口呆，几乎喘不过气来。

“据伊拉克安全部队说，出事地点离通往费卢杰的大桥只有几公里。在11号高速公路，介于杜班运河和哈巴尼亚湖之间的一段空旷路面。他们在路上放了些障碍物，逼着登普西减速，等他一慢下来，他们就引爆了路边炸弹。安全部队的人说，路面留下了一个四米深的弹坑，没什么能经得起这种程度的爆炸。”瓦泽尔懊丧地说道。

上帝啊，上帝，她脑中一团乱麻。一个问题从她口中脱口而出。

“知不知道是偶然的还是有预谋的？”

“无从得知，”瓦泽尔答道，“可能只是运气不好吧。”

不会是运气的问题。她对付的是罗密欧这样的双面间谍，他可能把她和她小队的情报都告诉了阿布·乌拜达，甚至是阿布·纳齐尔。如果把这种种因素算进去，偶然性的成分能有多大？结论再明显不过。

杀他的人是我，卡丽心想。我就是个灾星，谁靠近我，谁就要倒大霉。迪玛、埃斯蒂斯的婚姻、拉娜，就连菲尔丁也不例外，如今轮到了登普西。她好想找一个没有人的角落，爬进去，从此再不出来祸害与她相识的人。对她来说，登普西的死有如切肤之痛，好像有人一刀捅进她的胸口。只是她还不能倒下，至少现在还不行。这场战争，还有一切事情，已经到了紧要关头。挺住，卡丽，坚强些，她告诉自己。现在还不是为登普西和自己伤心难过的时候。你别无选择——这里每个人都没有选择的权利，你也一样。

他们驶过一座清真寺，灰色的金属穹顶笔直地刺向天空，难以置信的是竟然完好无损，然后他们拐进了一条瓦砾遍地的街道。正前方传来一阵阵自动武器开火和爆炸的声音。

马丁内斯停住悍马，拿起了 SINC-GARS[①] 车载战术电台对讲机："呼叫 1 号，我是 3 号，听到请回答。我们位于一号红区。"听到对方回复后，他又对着对讲机答道："收到，明白。准备开火，我们要进来了。"他回头看了一眼大家。"坐好了，伙计们。马上你们就会感受到独立日的气氛了。"

马丁内斯挂好挡，车上大家都惯性地身子向前倾。他的脚一直踩在油门上，悍马车颠簸着驶过瓦砾堆和各种车辙，向着前方空旷地带中央伫立的一幢巨大的长方形钢筋混凝土建筑物开去。一堵沙袋垒起来的掩体横在建筑物前方。估计那就是政府中心了，卡丽心想。离政府中心越来越近，街道两旁的房屋都已只剩断壁残垣，有的卧室暴露在光天化日之下，床单碎片悬荡在房间，墙上挂着歪斜破损的相框。

---

① SINC-GARS 是单信道地面与机载通信系统，是一种背负、机动车载和机载甚高频/调频系列无线电台。

马丁内斯猛踩着油门，悍马疾驰在街道之上，这时两旁的建筑物好像复活了一样，冒出了各种武器开火的火光，响起了卡拉什尼科夫突击步枪突突突的不连贯扫射声，子弹乒乒乓乓地砸在装甲钢板上。这哪开得过去，卡丽蜷缩在座位上，绝望地想。一枚火箭弹在他们正前方爆炸开来，马丁内斯突然一个急转弯，飞溅的弹片在挡风板上留下了一道道裂口。一颗子弹从开着的车窗穿过，擦着卡丽的脸飞了过去。

就在这时，隐蔽在沙袋掩体后、钢筋混凝土楼房的窗后和楼顶上的海军陆战队做出了回击，巨大的火力一下倾泻在那些叛乱分子开火的建筑物中。邻近一栋建筑的墙壁一下被炸成了齑粉，朝他们射击的枪声也停了下来。

"艾布拉姆斯主战坦克。"马丁内斯告诉他们刚才的大口径火炮来源。他把油门踩到底，嗖地一下从沙袋掩体留出的一块缺口中穿了过去。开进去后，马丁内斯一个熟练的九十度甩尾，把车停在了掩体的后面。旁边就是 M1 主战坦克，刚才就是它一炮轰掉了那栋楼。他们下车，冲进了大楼，卡丽心想那一炮可能救了她的命。

还没等进楼，一股混合了尿骚、垃圾腐臭和汗臭的刺鼻气味便扑面而来。发电机的嗡嗡作响配合上几乎不间断的枪声，间或夹杂着几声爆炸的巨响，不停地冲击着耳膜。政府中心大楼里到处是海军陆战队员，有些在敞开的窗户边，玻璃早就不见了，不断向广场周围的房屋废墟射击。时不时有几名伊拉克官员穿着皱巴巴的西装，有如鬼魅般地穿梭在陆战队员中。尽管外面枪声不断，有些队员就地躺在硬邦邦的地板砖上酣睡，其余的人干活的时候就在他们身边踩来踩去。

窗口边的一名陆战队员停止射击，拿出了一份军用口粮张口便吃，也不顾另两名队员正用一根杆子抬着一个大桶从楼梯上下来——用来包裹的塑料也无法阻止里面散发出阵阵排泄物的恶臭。

"抱歉，这里味道不怎么好闻。没有自来水，"马丁内斯向他们表示歉意，"指挥官办公室在二楼。"

"辛苦你了，准下士！"卡丽说着，走向了楼梯。卡丽一进来，所有陆战队员都停下了手上的活，一双双眼睛齐刷刷地落在了她身上，好像她不是地球上的生物一样。卡丽继续往楼梯上走，有人还朝她吹起了口哨。

她差点就做出了回应，只是突然间想到了登普西，心里的痛犹如生生把腿锯掉一般。卡丽内心泛起一阵恶心，身体在颤抖。是药的缘故吗？我做不来的，她心想，随后又意识到自己没有选择的余地。一定要坚持下去，卡丽暗暗告诉自己。不仅因为自己肩负着任务，更为了这场战争本身。

到了二楼，卡丽又问了几名陆战队怎么走，他们都傻傻地盯着她看，然后抬手指了指办公室的方向。办公室外面墙上贴着一张手写的铭牌，上面写着“美国海军陆战队第八团第三营营长，约瑟夫·塔塞中校”。办公室没有门，卡丽用手指在墙上敲了敲，弗吉尔和瓦泽尔跟在她身后，走了进去。

塔塞中校坐在一张金属制办公桌后，修饰整洁，身材适中，大约一米七六的个头。稀疏的头发两侧剃光，留着海军陆战队的标准短发。淡蓝色的眼睛透出北冰洋般的冷意。他身旁的墙上挂着一幅拉马迪地图，上面钉着五颜六色的大头针。卡丽他们进来的时候，塔塞抬了抬眼皮，脸上的表情好像见到了蝗灾一样。

“早上好，中校。我是卡丽·马蒂松。这是弗吉尔·马拉维奇和瓦泽尔·扎菲尔。我们是跟——”她本想说“登普西上尉”，喉咙却像被什么东西堵住了一样。卡丽尽了最大的努力，才没在这个一脸严肃的陆战队长官面前像小女孩一样痛哭流涕。

“你们这帮人，吃饱了撑的没事干，跑到战场上做什么来了？”塔塞脱口而出，“我的人没有时间给你们当保姆。”

“不握手也行。但我想借用下你的人手和一些支援，包括一架无人攻击机。”卡丽说道。

“我不知道你把自己当什么人了，敢跑到我办公室来指手画脚。你只需要知道我们正在打仗，你们要做的就是找个地方蹲好了，等着我们想办法把你们这帮家伙送出拉马迪，不要再来烦我。解散！”塔塞大吼了一通，然后自顾自地盯着笔记本屏幕敲起了键盘。

瓦泽尔转身准备离开，但卡丽示意他别动。过了一会儿，塔塞抬起了头。

“你们还站在这做什么？我说了‘解散’！”塔塞的嗓门又高了八度。

“抱歉麻烦你们，中校，”卡丽说，“但你们还得再帮帮我。我还需要一两个排的人手，甚至不止。还有通讯设备。我现在急需安全的通信频道向巴格达和兰利总部汇报情况。”

“小姐，我不管你叫什么，给我听好了，马上给我滚出去，否则我把你们都关起来。要是你们觉得这里像粪坑一样臭，那你们就……”

卡丽示意弗吉尔和瓦泽尔去外面等她。等他们出门后，卡丽绕过办公桌，面对面地站在塔塞跟前。

“我理解你的处境，中校。请相信我，我没兴趣在这个时候跟你吵架。但是在你决定把我们丢到这个粪堆的什么鬼地方关起来之前，请让我用一下无线电台，然后你会听到联合作战司令部司令卡西将军亲口命令你跟我合作。更何况，当你听到我要给你讲的事情后，你会主动给我提供你能调动的一切资源。”

塔塞中校长长地吐了一口气。“行啊，金龟子女士，我只能说，你有种。坐吧！”他对着一张金属折叠椅摆了摆手。卡丽坐了下来。

“我执行的是机密任务，中校。七小时前，我们追踪到了伊拉克基地组织头目阿布·纳齐尔和阿布·乌拜达的位置。指挥着外面那些人想方设法干掉你们的，就是这两个人。他们正位于西面塔米姆地区10号高速公路旁的一家陶瓷厂里。让我带人过去，我们就能除掉他们。”卡丽说。

“这么简单？”塔塞打着响指说道。

“就这么简单。”卡丽答道。

“你是怎么知道他们位置的？”他又问道。

“我们手底下有一名双面间谍，是伊拉克基地组织的官员，是我们的内线。阿布·纳齐尔要盘问他，他的人把他带走了。我们给过他一部手机，靠手机追踪到了他的位置。”

“阿布·纳齐尔？就是那个阿布·纳齐尔？”

“正是。”

“阿布·乌拜达也在？你是怎么知道他在那里的？”

“我昨天在露天市场上见过他本人。我们还监控了那个间谍的家。到他家带他走的就是阿布·乌拜达。”

“你见过他？在市场上？一个跟游客一样到处乱逛的美国女人——我很好奇,你是怎么活到现在的？”

“我当时穿的是这个。”卡丽把她的黑色阿拉伯长袍从背包里拉出来,拿给他看,“你要知道,上校,女人在这个地方穿上这种衣服,很多男人都不会注意的,换成你也一样。”

“那也不一定,”塔塞愁眉苦脸地说道,“不过,已经过去七个小时了。保不准那群王八蛋这会已经跑到叙利亚去了。”

“除非他们想审问他,那可要一会儿。他们还没动。”

“你怎么知道？”

“因为手机的位置还没动过,”卡丽探过身说道,“下命令吧,中校。派一些陆战队员给我。阿布·纳齐尔和阿布·乌拜达都精得跟猴子一样。没有他们的领导,外面那些正朝你和你手下开枪的圣战分子就摸不着头脑了。他们会自行消失的。”

“手机位置没动说不定是他们把手机落在那里了。你的内线也许早就死了。或许这就是个圈套。”

卡丽看着他身后的墙,墙上留着些因为把窗子堵上而留下的罅隙,没有立即回答他的问题。外面阳光灿烂刺眼,天也越来越热。由于没有厕所,楼下传来的阵阵恶臭简直无法形容。这帮人是怎么在这待下来的？卡丽暗暗纳闷。

“是的。很有可能如你所说,”卡丽承认道,“可是阿布·纳齐尔和他的头号刽子手阿布·乌拜达手上沾满了数以千计美国人的鲜血。要想除掉他们,眼下就是我们最好的机会。”

“你前面说谁是你的联络员？”塔塞中校问道。

“登普西上尉。海军陆战队军官，瑞安·登普西，”卡丽说道，抑制不住声音里的颤抖，“第145特遣队的。”

“我认识他。他人呢？怎么没跟你一起来？”

“他今天早上刚刚遇难。费卢杰外的11号高速公路，我也是一小时前才知道。”卡丽说着，双手不停地颤抖，“我有紧急情报要向兰利总部和驻伊美军总部汇报，可我们当时没有手机信号，也没有网络。都是我的错，是我害了他。”她咬紧牙关，强忍着保持镇静。“我不会让他白白牺牲。”

塔塞中校站了起来。

“死得像个陆战队员。”他说道。他的手握成了拳头，拍了拍卡丽的肩膀，然后走到了挂在墙上的地图旁，开始研究塔米姆区10号公路旁那家陶瓷厂的位置来。“阿布·纳齐尔带了多少人去那家工厂？”塔塞扭过头来问道。

“我也不清楚。”卡丽耸了耸肩，“有可能是十个，也有可能是一百个。”

“我没法给你调几个排的兵力。事实上，我连一个火力小组的兵力都分不出来。但我会给你一个班的兵力，也就是两个火力小组。说不定还没走出两个街区就得损失一半。”塔塞咕哝道。

“能再给我配一架捕食者吗？”卡丽问道。如果有挂载地狱火导弹的捕食者无人攻击机帮忙，战局就变了，哪怕她手上只有一个班的八名陆战队员。

“那就要看你自己有多大能耐了。要是你真的像你说的那样，在总部那边那么吃得开，搞定一架捕食者应该不成问题。不过我要是你的话，我就抓紧点。那帮圣战分子正在紧锣密鼓地布置袭击行动。很快有大事要发生，很快。”塔塞说道。

陶瓷厂如今只剩下一具砂岩空壳，伫立在一大片空荡荡的土地上，离幼发拉底运河上钢筋混凝土构造的拉马迪大坝只有大约一公里。厂房四周建了一圈水泥墙，上面竖着一圈铁丝网栅栏，中间偶尔有几处缺口。天很热，丝丝微风从沙漠里吹过来一些沙子。

卡丽和中士比林斯正猫在陶瓷厂马路对面一处被夷为平地的房屋一楼的废墟中。比林斯身材魁梧，是蒙大拿人，一双历经牧场劳作的手掌，臂膀像美国约塞米蒂国家公园西北的半圆顶①一般厚实。他把一个步兵火力小组，加上他自己跟卡丽一行，部署在工厂正面；第二个火力小组部署在工厂另一侧，在水泥墙和铁丝网后面埋伏。轻机枪手部署在悍马装甲车上，另配一名陆战队员做驾驶员，隐蔽在他们身后的一处乱石堆中。战斗一旦打响，他们就用悍马车封锁公路，切断恐怖分子们的退路。

问题是那些圣战分子都跑哪儿去了？卡丽暗自纳闷。按理说，如果阿布·纳齐尔和阿布·乌拜达的其中一个，或两个都躲在里面，外面应该有成群的基地组织武装分子负责警戒才对。可现在人影都不见一个。什么地方出了岔子？难道是来晚了？

然而，他们还是在厂房里。他们之所以确信这一点，是因为弗吉尔激活了安装在罗密欧手机中的一款软件，通过那个软件，他们可以窃听到手机附近的任何声响。虽然窃听范围只限于手机附近一到两米内，他们也得到了想要的东西：他们正在拷问罗密欧。

弗吉尔递给卡丽一只连接笔记本电脑的耳机，好让她偷听他们的对话。有人——可能是阿布·乌拜达，还有可能是阿布·纳齐尔——在审问罗密欧。罗密欧回答时还夹杂着尖利的叫喊声。

“这个女人是不是中情局的婊子？”卡丽听见审问的人在问。在她听起来，好像是瓦利德家里录下的视频中阿布·乌拜达的声音。

“她没这么说过，但应该是的，我从她话里话外听出来了。”卡丽听见瓦利德答道。没错，是他的声音，她敢肯定是的。

“她叫什么？”

“啊！不要！啊！我要知道，早就说了，我发誓。”瓦利德含糊地说道。

① 半圆顶是一座半球形的巨大花岗岩山，位于美国加利福尼亚州约塞米蒂国家公园。

"不要亵渎神灵！她叫什么?"

"啊！求求你了！啊！我只知道她的代号叫扎哈巴。求求你了,不要,求求你了,兄弟。"

"为什么叫金色?"

"这是她头发的颜色,她是个金发女郎。我只知道她的代号。"

"她长什么样子?"

"美国人,金色长发,蓝眼睛,一米六五左右,很苗条,体重可能不超过五十公斤。"

"她想要什么?"

"你和阿布·纳齐尔的消息,什么都行,可我什么都没说,一个字也没说啊!"

"你撒谎!"审问的人怒吼道,然后传来一阵尖叫声,这样持续了很长一段时间,卡丽把耳机摘了下来。审他的看来是阿布·乌拜达,没错,就是他。"你和阿布·纳齐尔的消息。"罗密欧是这么说的。只有跟阿布·乌拜达,他才会这么说。

"你们说呢?"卡丽向弗吉尔和瓦泽尔问道。他们俩趴在地上,用望远镜观察着路对面工厂的情况。

"他说的你也听到了,他们应该来了,"弗吉尔挤眉弄眼地说道,"可我什么也没看到,不对,情况不对劲。"

"我们半天才到这里。照理说,基地组织的人该到处都是了,至少也该派人监视路上的情况,可一个人影都没有。"瓦泽尔说。

"你们都觉得是陷阱吗?"卡丽问。

弗吉尔和瓦泽尔都不约而同点了点头。

"中士,你说呢?"卡丽转过头问比林斯。他嘴里嚼着烟草,这时一口吐在他前面的砖块之上,一条长长的涎水在砖上流了下来。

"女士,这里可是印第安人的领地,要是到处都看不到印第安人,这时保准就该担心了。"比林斯说。

"大家的想法都一样,"卡丽望着他们说道,"我也这么想的,我们呼叫‘捕食者’无人机吧？”

“要知道，要是里面的罗密欧还活着，那他也会死。”弗吉尔插嘴说。

卡丽也想到了这个，想到了瓦利德，想到了他的老婆沙达，他的母亲，还有他即将失去父亲的孩子法拉赫和扎比尔。我就是死神，卡丽想，不管是谁，只要被我碰过，我就带给他死亡。

“罗密欧是基地组织恐怖分子。这个混蛋打从我见到他的那一刻就死了。”卡丽说。

听到卡丽这样说，比林斯笑了笑，向一等兵威廉姆斯招了招手。威廉姆斯二十来岁，身材瘦削，非裔美国人，是无线电报务员，他把无线电对讲机递给卡丽，教她按哪个键。

“我是塞隆尼斯一号，呼叫加农炮阿德雷。”卡丽对着对讲机说道。在她的要求下，他们使用了和爵士乐相关的代号。

“我是加农炮阿德雷，塞隆尼斯一号。”吱吱作响的声音从加密卫星信号中传了过来。

“该你出场了，加农炮阿德雷，你……？”卡丽望见一等兵威廉姆斯做出了“罗密欧”的口型。真是讽刺，她心想。“你罗密欧了吗？”她对着步话机说。

“罗密欧，塞隆尼斯一号。你们注意安全。”

“好的，完毕。”卡丽说完，把对讲机还给了威廉姆斯，然后双手举在头上，使劲压低身体，靠在凹凸不平的石头地面上。她感觉到旁边的人也在这么做。时间一分一秒，走得异常缓慢，等待着攻击的到来。

当时，她在政府中心大楼用海军陆战队的 AN/MRC 卫星无线电联系索尔时，就没想到过是这样的结果。她先拨通了索尔办公室的电话，但没人接听，后来才打他的手机。卡丽看了看表，早上十点刚过，弗吉尼亚还是凌晨三点。第四声铃声响起时，索尔接通了电话。

“我是贝伦森。”他说。从他的声音里，卡丽就听得出他浓浓的睡意。

“索尔，是我，卡丽。”她说。

“你是在我想的地方吗？”索尔问道。她知道他说的是巴格达。

“比这还糟。”卡丽说完，一五一十把情报和自己需要的帮助告诉了索尔，包括获得驻伊美军、卡西将军所在的总部对“捕食者”无人机的调用许可，“你能让那个谁别来这吗？”卡丽说的是国务卿布赖斯。

“可能太晚了。他们究竟是怎么知道这个消息的？”

“还记得你讲过的螃蟹的培训故事吗？”卡丽问道。她说的是多年前在农场接受训练时，索尔跟他们班说过的一件事，就是在封闭的情报环境中，特工就像是装在篓子里的螃蟹一样四处乱爬，乱成一团。索尔对他们讲：“真是这种情况，秘密就像腹泻一样，想不泄都难了。”

“你能阻止吗？”索尔问道。卡丽觉得他说的是暗杀。

“不行也得行啊。索尔——登普西死了。”

过了很久，电话里两人谁也没出声。是不是我害死了他，问我啊，卡丽心想，问我啊。终于，索尔出声问道：“你怎么样了？还好吧？”

“没事，我还好。”卡丽没有说实话。

“你是个坚强的女孩。”

“索尔，我看见他了，亲眼见到的。”

“阿乌呢？”他说的是阿布·乌拜达，“还有大个子呢？”是指阿布·纳齐尔。

“就第一个，我们离得好近。”

“你那伙计呢？”

“我看他活下来的希望很渺茫。”卡丽说道。

路对面的工厂突然发生了巨大的爆炸，只见碎片四溅，发出滚滚的浓烟，连他们脚下的地面也在摇晃震动，一下让卡丽从回忆中醒了过来。没过多久，工厂又被击中了，爆炸威力同样巨大。过了一会儿，一切归于沉寂。

卡丽的耳朵嗡嗡直响，爆炸物的气味弥漫在他们四周。她抬起头，只见扬起的厚厚的烟雾和灰尘。透过烟雾，她依稀看到路对面的工厂几乎被夷为平地，屋顶还连在楼上，弹痕累累的坍塌墙壁全部消失不见了。除了破碎的栅栏和遍地的瓦砾，什么都没有剩下。

弗吉尔嘴里说着什么，可卡丽耳朵里全是嗡嗡的声音，根本没听明白他的话。他站起身，示意卡丽跟着他。这下她明白了，他们得赶到仓库辨认尸体，看能不能确认他们被杀了。

上帝啊，辛辛苦苦做了这么多事，再怎么着，抓到阿布·乌拜达也行，要能铲除阿布·纳齐尔，那就更好了。只有这样，才不会徒劳无功，卡丽暗自祈祷，随着弗吉尔、瓦泽尔、比林斯中士和一等兵威廉姆斯小跑着冲过公路。他们拿着枪上膛，不停左右张望，留意圣战分子的踪迹。

他们一行五人小心翼翼地行进在冒着浓烟的工厂废墟中，混凝土和陶瓷的碎片四处散落，机床的残骸也随处可见，头上的屋顶也没了，只见烟幕遮掩下的蓝天。但是，什么地方传来了说话声，是阿拉伯语，一开始卡丽并没有听明白，走近了才发现就是她刚才在弗吉尔电脑上听到的审问的声音，是审讯人的说话声和罗密欧的尖叫声。紧接着，瓦泽尔大喊一声，等他们跑过去，卡丽立马什么都明白了。地上躺着一具烧焦的无头男尸，从身上穿的衣服看，是伊拉克人的打扮。离尸体没多远，他们发现了躺在石堆上的人头，一面烧焦了，一面还完好无损。

是罗密欧的头。他嘴里塞着那部手机，旁边是一支索尼的录音笔，还在播放着审讯的内容。

“跟他联系。啊呀！他会告诉你……”录音笔中传出罗密欧痛苦的叫喊声。

“他当然会告诉我。这有什么用？我要你跟我说。”

“可他是——啊！”他痛苦地呻吟。

弗吉尔弯下腰，关掉了录音笔。

“我的安拉。”瓦泽尔低声说。

卡丽的脑袋飞速转动起来。谁会跟他们说这个？这可是新情况，可又是什么情况呢？卡丽走到罗密欧的尸体边，伸手摸了摸，尸体早已僵硬了。

人死后通常几个小时后才会出现尸僵，但是在炎热的伊拉克，一旦太阳升起，就会加速尸体的僵化，卡丽暗自思索，最关键的是，罗密欧遇害时间可能是昨晚凌晨两三点。这个时候,别的人踢开扭曲变了形的机器残骸,来来回回四下寻找,踩得碎石嘎嘎作响,可还是没有发现其他尸体。

“妈的怎么回事?”弗吉尔摘下头盔,挠着自己的脑袋。

看着眼前乱糟糟的废墟,卡丽的疑虑一下烟消云散,毫无疑问,这就是个陷阱。

“快走! 我们得马上离开这里! 快跑!”卡丽喊道。两名海军陆战队员沿来路往后退,卡丽叫道:“错了! 走这边!”

突然,就好像变魔术一样,那帮圣战武装分子从工厂周围经过伪装的洞穴里爬了出来,路对面的建筑和废墟里也冒出十好几个,手里端着突击步枪,不停朝他们射击。比林斯中士和一等兵威廉姆斯开枪还击了一会儿,然后转身追着卡丽往工厂另一头跑去。跑着跑着,卡丽就见一枚火箭弹从身边飞过,刚刚趴到地上,就听见了爆炸的声音,陶瓷水槽的碎片被炸得四处飞溅。

一颗颗子弹击打在金属残骸和支撑早已消失的屋顶的钢柱上,叮叮当当响彻空中,就好像一群铁做的黄蜂围着他们在转。卡丽爬起来继续跑,就像大学那会一样拼了命地跑,清楚感觉到落在她身后的其他人。子弹四处乱飞,这不中弹还怪了,卡丽心想。

身后路当中不知什么地方响起了机枪开火的声音。谢天谢地,卡丽暗自庆幸。悍马车上的两名队员正朝追进工厂的圣战分子开枪射击。

前方不远处,卡丽看到了之前部署在工厂另一边的火力小组的一名队员。他躲在铁丝网和水泥围栏后,挥手叫他们过去,其他三名队员持着M4、枪榴弹和轻机枪还击,掩护着他们。跑进工厂的圣战分子一个个被击倒,卡丽听到背后传来他们操着阿拉伯语的叫骂声。她刚开始觉得有可能跑得过去,但立马就听见跟在身后的弗吉尔喊了一声。

“我中弹了!”他喊道。

32. 伊拉克巴拉德空军基地

一等兵威廉姆斯救了大家。无人机并未离开，只是飞得太高，在地上听不见也看不到，他呼叫无人机展开袭击。比林斯中士一旁掩护，卡丽和瓦泽尔半扶半搀着弗吉尔跑到混凝土掩体前，翻过掩体，躲在了海军陆战队员的身边，这时无人机发射了剩下的两枚地狱火导弹，击中了那些大多数圣战分子开枪的建筑，巨大的爆炸声从路对面滚滚传来。

他们刚一穿过围墙的缺口，那些追击进入工厂的圣战分子就陷入了海军陆战队的猛烈夹击之中，停在路当中的悍马车的机枪和围墙后的海军陆战队员火力大开。

在路的那一头，卡丽看到二十几名圣战分子从旁边的废墟跑出来，冲向悍马车，却被他们这里的轻机枪一个个击倒了。感谢上帝，还好比林斯中士这么有先见，把第二支队伍部署在工厂后面，卡丽心里庆幸着，长长地舒了口气，从进工厂就没这样轻松过。

弗吉尔小腿中弹了，伤口汩汩往外冒血，可能击中了动脉。比林斯中士用格斗刀割开了弗吉尔的小腿裤管，往伤口贴了止血带，但还是得尽快就医。过了几分钟，敌方的火力被压制住了，他们赶紧把弗吉尔抬上了一辆悍马,穿过运河赶往蛇窖营。这是一个火力基地,其实就是一片开阔的沙地,四周是沙袋堆砌而成的掩体。他们把弗吉尔绑好,塞进了一架休伊直升机,卡丽和一名被火箭弹弹片击中的受伤陆战队士兵也跟着上了飞机。飞机上坐不下了,瓦泽尔跟随下一架直升机离开。

直升机起飞时发出巨大的噪声,扬起阵阵沙尘,蛇窖营很快远远落在了他们下面。卡丽坐在弗吉尔旁边,他躺在担架上,受伤的海军陆战队员就躺在地板上,一个医务兵在一旁照料。机舱门敞开着,门口站着直升机枪手,透过舱门,卡丽看到了下面沙色的城区,以及幼发拉底河与运河分流开来的 V 字的叉形。直升机倾斜机身,高高飞过河面,往东朝巴格达飞去。

“要多久才能到?”卡丽问医务兵。旋翼转动发出巨大的声音,她几乎是在喊着说话,风从开着的舱门吹进来,大力刮着她的军队制服,头盔下散出的几缕头发吹到她脸上到处都是。

“要不了多久,女士。他不会有事的,”医务兵指着弗吉尔说,“我给他注射了吗啡。”

“你觉得怎么样?”卡丽问弗吉尔。

“打了吗啡好多了,”弗吉尔一脸痛苦,“中弹竟然这么痛,还真没人说过。”

“对不起,”卡丽说,“我们就知道可能是陷阱。”

“那也没办法。干掉阿布·乌拜达和阿布·纳齐尔这样的机会,我们是不会错过的。就是罗密欧太可惜了。他要没死,我们倒可能还有机会。”

“罗密欧是个双面间谍,”卡丽皱着眉头说道,“他帮了我们,也害了我们。”她身子又紧靠过来。“登普西的死,我觉得就是他造成的。”

“何以见得?”

“他向我们提供了可信度很高的情报,而他知道城中根本没有手机服务。户外无线电的频率范围太有限,政府中心又被基地组织包围了。我们只能派人回绿区,他都算好了。从茶馆我们分手那一刹那,倒计时就开始了。”

“那他们为什么杀他?”

“我不知道,根本说不通,”卡丽说,“他们不该杀他的,设这个陷阱,犯不着杀他啊。还有别的事,我现在想不出来。”

“我们耽搁太久了。他被带到工厂,我们就该马上对工厂发动攻击的。”

“怎么做呢?晚上我们又不可能过去,再说要是没有海军陆战队,我们也绝对做不了,多说无益,”卡丽说,“还好你摆脱了这里,你的家人会很高兴的。”

“我的家人在乎个屁,不是说我怪他们。”弗吉尔皱了皱眉。“我和卡洛塔几年前就离婚了,在我女儿雷切尔眼里,我就是世界上最糟糕的父亲。她没说错,我从来就没陪过她,支持过她。”弗吉尔痛苦地说。

“你现在得空了,也许可以和好呢。”

“为什么和好?就为了下次出现紧急行动,好再把她们像烫手的土豆一样丢开吗?除非她们疯了,否则不可能再让我走进她们的生活。”弗吉尔抓住卡丽的胳膊,“像我们这样的人,跟瘾君子没两样,我们对行动上瘾。卡丽,别让任务把你毁了。趁自己还能抽身,赶紧别干了。中情局国家秘密行动处的人,我认识的就没有一个婚姻美满的。要不大家为什么都这样乱搞?”

“别激动,”卡丽说着,轻轻拍了拍他的肩膀,“我们做的是好事,没有我们,整个国家就跟个瞎子一样。你要是看不见,再强大也没用。”

“我们跟自己就是会这么说的。听我说,卡丽,你没有害死登普西。”弗吉尔说。

“可我真的把他害死了,千真万确。”

“因为罗密欧吗?妈的,好痛!”弗吉尔边说边努力把腿伸直。

“不是,是阿布·乌拜达。他对罗密欧起了疑心,他这么聪明,猜出来我们会派人到巴格达送信。”卡丽说。

“也不全是你的错,卡丽。拉马迪就是个战场,登普西知道自己面对的什么情况，这次的任务，是索尔亲自挑的他。”

“也许吧。”卡丽说完，扭头朝她一侧的舱门外望去。脚下是连绵数英里的哈巴尼亚湖，阳光照射在湖面上，就好像在沙漠中嵌上了一面蓝色的镜子。“你刚说，大家都乱搞。菲尔丁也这样吗？他跟拉娜在一起就是这么回事吗？他这冒了多大的风险，他心里肯定清楚。”

“我想不通菲尔丁为什么——嗷！”直升机颠簸了一下，弗吉尔痛得叫出声来，“他做的那些事，一半我都想不通。你还在想这事？”

“我不信他会自杀。”卡丽说。

“听我说，”弗吉尔紧紧抓住她的胳膊，说道，“这个地方，美国在这儿的整个任务要不了多久就会炸开锅。把这件事盯好了，我现在也不在了，能阻止刺杀的就只有你了。”

卡丽点了点头，握住弗吉尔的手，坐在他身边，直到巴拉德空军基地长长的跑道渐渐在望。

卡丽陪着弗吉尔上了一辆军用救护车，赶往巴拉德空军基地医院，这是离得最近的军队医院。一到医院，马上有医护人员照料弗吉尔，卡丽马上赶到护士长的办公室给索尔打电话。当地时间下午三点，兰利那边是早上八点，索尔在开车去上班的路上。卡丽把弗吉尔受伤的事告诉了索尔，让他做好安排。等弗吉尔稳定下来，他会被送到德国拉姆施泰因空军基地医院接受后续治疗，然后再返回美国。

“你还能行动吗？”索尔问卡丽。弗吉尔受伤的事肯定把他吓坏了。

“索尔，废话少说。我又不是弱不禁风的小女孩。这是公开电话线路。布拉沃的事情怎么样了？”布拉沃代表了国务卿布赖斯和她的巴格达之行，“你能阻止吗？”

“比尔和大卫今天要和她会面。”还好，卡丽心想，呼吸也没那么急促了。大卫·埃斯蒂斯和中情局局长比尔·沃尔登都出面了，说明他们很重视这件事。

“索尔，罗密欧死了。”

他没有马上答话。卡丽听见电话里传来微弱的汽车喇叭声，肯定是多利·麦迪逊大道或其他什么地方开车的蠢货，卡丽暗自想道。

“阿乌和阿布两兄弟呢？”这是他们给阿布·乌拜达和阿布·纳齐尔取的代号。

“没有，对不起。”卡丽说。还有什么好说的？他肯定非常失望，这可是第一次有机会把两兄弟都抓住。“就第二件事，我会发一份‘土狼’。”土狼是一种加急报告，是中情局最紧急、最优先的通报。理论上说，土狼出现，中情局局长应一小时内在兰利总部拿到报告。

“我会跟‘豆杆’讲的。”索尔说。她把拉马迪的事情搞砸了，可就算索尔有不满，他也没有表露出来。豆杆说的是中情局巴格达站主管佩里·德赖尔。是他把登普西派给她，可她把登普西害死了。即便现在德赖尔不跟她打招呼，她也不会怪他。可伊拉克目前的真实情况，还有她在拉马迪要对付什么人，熟悉情况的就只有佩里一个人，根本不是政府公布的那么回事。“听着，你确定情报可靠吗？”

索尔确实在怀疑她，卡丽心想，可他有疑问也是对的。她的情报都是罗密欧给的，而罗密欧不仅是个双面间谍，还是个狡猾的基地组织王八蛋。除了一点，她亲眼看到了罗密欧和他的孩子们待在一起的样子，他很爱自己的孩子，清楚要是海军陆战队给他们家钱，帮他们家忙，消息马上就会传到阿布·乌拜达和阿布·纳齐尔的耳朵里。罗密欧也清楚，如果刺杀一周之内没有动静，卡丽也会明白他在撒谎，自然不会放过他。他提供的情报不可能不可靠，罗密欧被斩首和登普西的遇害，证明阿布·乌拜达知道了罗密欧把真实的情报告诉她的事。

在卡丽带人赶往陶瓷厂之前，夜里某个时候，罗密欧经不住阿布·乌拜达的严刑拷打，已经全招了。罗密欧给她的如果是假情报，他们也会把他痛打一顿，但会留着他的性命，继续向她提供假情报，日后再次让她掉入陷阱。

不是很可靠，但卡丽手头没别的消息了。

“情报非常可靠，做好一切准备。我会尽快赶到‘绿湾’。”卡丽说完挂了电话，绿湾是指巴格达绿区。

卡丽在医院和弗吉尔道了别，然后发短信给瓦泽尔，寄希望他搭直升机去了巴格达机场附近的胜利营，之后想办法回了绿区。

“阿弗怎样？”瓦泽尔回短信问弗吉尔的情况。

“没事，你回了吗？我们得见面。”她短信中写道。

“我回了。我家钟楼晨礼‘减二’见。”谢天谢地，卡丽暗自庆幸，好几天头一次有如释重负的感觉。瓦泽尔安全返回了巴格达。

卡丽记得他说过，他家住在底格里斯河东岸逊尼派教徒聚集的阿宰米耶区。她得先找到钟楼，也许在某个清真寺或大广场附近。穆斯林做晨礼一般在拂晓时分，“减二”是反着的，意思是加两个小时，就是说他们早上八点左右碰面。

半小时后，卡丽坐上了直升机，口里还嚼着赛百味三明治，这是她在基地像赛百味、汉堡王和必胜客之类的美国快餐美食城买到的。在这座庞大的美军基地里，对那些每天在防爆墙和防御工事之后工作和生活的军人来说，他们感觉就像在家里，和中东没有一丝一毫的联系。

赶去坐直升机的途中，卡丽闻到了刺鼻的烟味，看见燃烧坑里升起的黑色烟柱，据说是在烧基地的垃圾。天色将近黄昏，直升机长长的影子投在柏油地面上。这座美军基地是这样喧嚣忙碌，身在这里，不禁感觉拉马迪有如虚幻，就像另一个世界。

直升机起飞，低空飞过1号公路，往南直奔巴格达而去。天就要入黑了，路上并没有多少车，晚上这条路太危险了。在飞越巴格达郊区时，卡丽在地面上有了新的发现，之前她还从没有留意过。从空中俯瞰，巴格达就是全球棕榈树之都，斜阳把底格里斯河染成了一片金红。

33. 伊拉克巴格达阿宰米耶区

卡丽抵达会议中心的时候，佩里·德赖尔正在他的办公室里等她。他的办公室门上挂了一个“美国难民援助服务”的牌子，距离美国国际开发署，那个卡丽第一次见到登普西的地方，只隔着几间房间而已。

卡丽在前台等候的时候，一个身穿漂亮裙子和洁白衬衣、约摸三十来岁的美国女人上上下下把她打量了个遍。卡丽身上还穿着那件脏兮兮的海军陆战队制服，衬衣上有很大一块被弗吉尔伤口的鲜血浸出的锈褐色污迹，面容憔悴，头发乱蓬蓬地披散着，背包胡乱挂在肩上。去死吧，卡丽心里暗骂，亲爱的，你以为你待在绿区，就算是伊拉克啊，有本事去拉马迪啊。

她接起电话：“好的。”然后对卡丽说道：“请跟我来。”说着站起身，带着卡丽穿过一间设施现代又宽敞的办公室，里面坐满了在电脑前忙碌的中情局人员，来到了一间单独、宽敞的办公室。德赖尔坐在一张玻璃桌面的桌子后面，挥手示意卡丽坐下。他一头卷发，为人热情，身穿格子衬衫和休闲裤，戴着一副金属边框眼镜。

“弗吉尔怎么样了？”德赖尔问。

"还好。子弹打到了他腿上的腓动脉,但他们成功地止住了流血。他们正在做手术,等他伤势稳定下来,就送他去拉姆施泰因空军基地,然后就可以回国了。"

德赖尔点了点头,目光放在了她衬衫上那一摊血迹上:"你怎么样?"

"我什么怎么样?"

"没被子弹击中吧?一切都还好吧?"

"没中弹,什么都不好!登普西牺牲了,弗吉尔受伤走了,我们的线人罗密欧也死了。所以我他妈非常不好。但是我没事儿,还能行动,你不就想问这个吗?"

"打住,"德赖尔抬抬手说道,"别激动,卡丽。你冲我发火没有用啊。索尔并没有非把你卖给我,是我要你来的。而且我也做对了,你才回伊拉克几天,就有这么多发现,真是太了不起了。所以,放轻松。另外,叫我佩里就好了。"

她一屁股坐在椅子上。

"对不起,"她说,"自从我害死了登普西之后,我就只想杀人。没忍住把火都发在你身上了。"

"登普西的死是个意外,别太苛责自己。我们已经牺牲了很多人,直觉告诉我,我们马上还要牺牲更多人。你要发土狼报告吗?"

她点了点头。

"很好,"他说,"我会给你安排一台带JWICS线路的电脑。"他的发音有点像"杰伊威克斯",指的是联合国际情报通信系统,或者直接简称JWICS,是中情局的电脑网络,专门用于高度安全带加密的绝密通信。"或许这次总算能唤醒华盛顿的那些蠢货了。他们有什么暗杀企图?计划怎么袭击?你需要我这边帮你什么忙?"

"这个新冒出来的什叶派的,叫阿尔瓦利基的,新任总理。"

"他怎么了?"

"国务卿布赖斯只是道开胃菜,他才是真正的目标,是重头戏。基地组织要是把他干掉了,那么内战将无可避免。所以我必须见见他,我们必须把他保护起来。”

德赖尔苦笑:“没那么容易。这事儿归政府管。那帮人都特别专制,我们英勇无畏的头儿,本森大使,下了命令了。除他之外,谁都不能见阿尔瓦利基。”

她怀疑地看着他:“你在跟我开玩笑吧?我们的海军陆战队员在拉马迪吃喝拉撒都在一个地方,从巴格达到叙利亚,路边炸弹和无头死尸无处不在,这整个国家就快要完了,这家伙这会儿还在玩官僚权术?”

“他在害怕,”他皱着眉头说,“库尔德人准备建立自己的国家,逊尼派想要挑起战争,伊朗人在背后支持萨德尔,也想插进来一脚,收拾残局。但是本森是总统的人,我们没法绕过他。”

我的上帝啊,卡丽心想。难道登普西,还有迪玛和拉娜,甚至还有菲尔丁,他们都白死了吗?难道美国输掉整场战争,死那么多人,就因为这该死的官僚主义吗?

“太讨厌了。”她说。

“是啊,烦透了,”他赞同道,“他们什么时候行动?”

“我的线人认为是在下星期,可这是在阿布·乌拜达识破他的双重身份,砍下他的脑袋之前。”说到这儿她不禁想起她曾答应过他,会照顾好他的家人的。我一定会的,她对自己说。但是我首先要做的是阻止战争的爆发。

德赖尔摘下眼镜,用一块布擦拭镜片。不戴眼镜时,他的眼神更柔和,不再那么充满戒备。“卡丽,这是我——还有索尔——想问你的。你觉得会在什么时候?”

卡丽坐直了身子。刚进来时,她觉得自己身上很脏,迫切地想洗个澡。但是这会儿,突然一下子,她感觉好极了,精神抖擞的,一点也不累了。不再为弗吉尔或别的什么担心了。这时她突然明白了。她又在天马行空了吗?一连二十四小时她都没有服用氯氮平了。难道躁郁症开始发作了吗?她努力克制着,想要离开这里去吃药。但这会儿,她必须集中精神。佩里至少有一点很好,就是他和索尔一样,你可以对他讲实话。

“所有人总是忘记,总是意识不到,这帮家伙有多狡猾。几乎每个人脑海里对他们都有个错误的印象,就是他们只是一群没脑子的蠢货哈吉,只会一边狂奔,一边高喊着‘安拉胡阿卡巴’,迫不及待地想要炸死自己,当烈士上天堂去找他的72个处女去。他们的想法,”她边说边用手指轻轻敲打太阳穴,“战略角度来说,让他们变得更加危险。我们也需要如此。”

“我同意,”他把眼镜重新戴上说道,“别藏着掖着,说说你觉得他们会怎么做?”

“我不确定,但是阿布·乌拜达在不断尝试越过底线。先是贝鲁特,然后是纽约,现在又是这里。这是为什么?当然你可以说他是个恐怖分子,干的就是这个。但我觉得阿布·乌拜达和阿布·纳齐尔之间可能有点什么事儿。我的线人罗密欧曾经说漏嘴过一些,我很久以前就有这种感觉了。”她说。

“你是什么意思?”

“并没有证据表明阿布·纳齐尔也在拉马迪。我第一次审讯罗密欧的时候,他不小心说出阿布·纳齐尔在哈迪塞。我觉得是他说漏嘴了。罗密欧后来暗示说他可能在费卢杰,试图进行掩盖,但我觉得那是不可能的。费卢杰到处都是美军。我们现在该做的一件事,就是派一些眼线,密切注意哈迪塞的情况。”

“那儿太危险了,”他说,用手摩挲着下巴,“巴格达呢?”

“我们暂时假定整件事都是阿布·乌拜达搞出来的。我知道他在拉马迪,因为我在那里撞见这个王八蛋了。如果你是他,设身处地地想一想。他一定能猜到我们已经从罗密欧那里得知了刺杀计划。所以目前他只有两个选择:要么取消行动——那么不管怎样,不管他究竟在和阿布·纳齐尔,在和我们玩什么把戏,他都输了——要么提前开始行动。”

德赖尔靠着桌子探过身子。“最可能的猜测:我们还剩多少时间?”他问。

“国务卿布赖斯那边什么情况?他们取消她的行程了吗?”

"她的飞机现在已经起飞了。她将在安曼停机中转，并在那里会见阿卜杜拉国王，之后就来这儿。"

"我不明白。她这是往陷阱里钻啊。"

"总统认为跟阿尔瓦利基的这次会面非常重要。白宫方面觉得他们的整套伊拉克政策摇摇欲坠。没办法，十一月要进行中期选举。"他苦笑道。

"这帮人都他妈疯了吗？"她摇了摇头，"难道他们以为这是我们编出来的？"

"先别管那个了。我们还剩多少时间？"

"顶多四十八个小时；要我说，时间可能更少。这会儿，他们可能已经把那帮圣战分子渗透进巴格达，都部署好了，"她说，"佩里，我不管本森大使说什么，我要见阿尔瓦利基。"

"真要见的话，你得给我更多的消息。特别是他们将怎么样？在哪儿对目标发动袭击？"他问道。

"这也是我现在在查的。"

"别让我等太久。"他说。

午夜。她从噩梦中惊醒，吓出一身冷汗。有那么一会儿，她不知道自己身在何处。她努力想着自己可能在哪里。雷斯顿、贝鲁特、拉马迪、巴格达一个个名字在脑海中闪现。最后是远处的枪声给了她提示。她又回到了巴格达的拉希德酒店。

在刚刚的噩梦里，他的父亲出现在了拉马迪的工厂里。他们砍下了他的脑袋。他就那么站在那里，浑身是血，用他的双手抓着自己的脑袋，仿佛对她在说："你为什么不肯见我，卡丽？要是你妈妈爱你，她不会出走，不会不辞而别，不会一直不和你联系。但我没有离你而去，可你呢，你是怎么对待我的？"

"别这样，爸爸，对不起，但是请你不要这样。你那颗脑袋吓到我了！"她喊道。

于是他把自己的脑袋重新安在脖子上，说道："听爸爸说，我的小公主。你要别人怎么去爱你，如果你老是不肯跟爱你的人说话？"

就在他说完这话的时候，阿布·乌拜达在露天市场里突然跳了出来，手上拿着一把刀，冷冷地说道，"现在轮到你了，卡丽。多么漂亮的脑袋啊。"这时她一下子吓醒了。

她走到小冰箱前，开了一瓶阿芙南矿泉水。她一口气喝光，然后走到阳台门口，呆呆地望向外面的城市和河流。请让我一个人静一静，爸爸，卡丽心里乞求着。等我回去，我就好好对你，跟你说话，我保证。但现在，我已经害死了太多人，还会杀死更多，求求你了，让我好好睡一觉，我太需要休息了。你遗传给我的这个疯病让人好好睡一觉都难，但我想你一定知道的，对吧？

或许咱们俩都需要救赎。

早上的时候，卡丽又穿上了在贝鲁特时的装扮，下身一件紧身牛仔裤，上面是长袖上衣，头上还套了一张黑色头巾。她跑到底格里斯河对岸的阿宰米耶区，在阿布哈尼法清真寺的钟楼下跟瓦泽尔碰了头。见面后他们又分开，在清真寺和伊拉克大学之间搭乘出租车来来回回兜了好多个圈子，确信没有被人跟踪后，他们在阿尔阿德汗伊玛目大街上的一家水烟茶馆的户外桌前坐了下来。外面没坐几个人，离他俩都很远。这个早晨天很热，让人有种蒸桑拿的感觉，空气中还充斥着从茶室里传出来的一股苹果和桃子味的水烟味。

"她还是要来吗？"瓦泽尔说着，摇了摇头，对国务卿坚持要来表示无奈，"我真想不通。"

"今年是美国的大选年。很多事儿都不照常理出牌，"卡丽说着，身子向她的咖啡靠了靠，"我们需要具体情报。他们打算怎么进入绿区？打算在哪里发起袭击？具体时间是什么时候？他们要怎么展开袭击？用枪？用汽车炸弹？还有就是不管能打探出什么来，都要尽快，我怀疑如果是那样的话，我们剩的时间不到一天了。"

"你想要我做什么？"

“巴格达有两个基地组织可能会用的逊尼派据点，一个就是这里，阿宰米耶区，另一个靠近胜利营和机场，在阿米里亚区。袭击坐飞机过来的国务卿，最可能的猜测是……”

“毫无疑问，他们会使用阿米里亚区。还有一次攻击，你觉得是从这里，从阿宰米耶区发动吗？”

卡丽点了点头：“过去两三天，从安巴尔省来阿宰米耶区的陌生人、年轻人和萨拉菲派教徒，我要搞到这样的情报。有什么人会知道这些？”

“他们的亲戚，还有露天市场的女人。”瓦泽尔耸了耸肩。

“这我来办，还有什么人？”

“当然你办，”瓦泽尔笑着说，“我们刚到这儿。还有清真寺，阿布哈尼法清真寺。”

“好，他们对刺客之门发动袭击的方式搞清楚了。那他们怎么过河？”卡丽问。

“刺客之门在海法街上，靠近朱玛里亚大桥。从桥上通过吗？”

“不是从桥上通过，就是划橡皮筏，或者潜水过去。今晚他们就会过去。但他们又怎么，以及在哪里袭击国务卿和新总理呢？”卡丽说完坐直了身子。

“这是哪儿？”

“等等！就街对面！”

“你在说什么？”

“伊拉克国民议会在会议中心设有办事处和办公室，美国在那儿也设有办公室，就在我所住酒店的亚法大街的斜对面。”

“卡丽，会议中心可是守卫森严。他们怎么可能进去？”瓦泽尔问。

“哦，这个啊，”卡丽呷了口咖啡，笑着说，“没事，他们准备怎么进去，我知道得一清二楚。”

34. 伊拉克巴格达市朱玛里亚大桥

“说点好消息吧，佩里。”会议中心德赖尔的办公室里，卡丽一屁股坐在椅子上说道。她身穿牛仔裤，黑色长袍搭在手臂上。现在是黄昏时分，从办公室的百叶窗向外看去，夕阳已经落在了 7 月 14 日大街上的建筑群后面，落日的余晖将建筑的影子投射在窗外光秃秃的足球场上。“你约好同阿尔瓦利基见面了吗？”

“没有。大使油盐不进。他说同伊拉克人打交道，跟对付一篓鳝鱼没什么区别。他不希望我们插手，只想通过我们，发出一个简单的信息，那就是总统是支持他的。实际上，他明天还约了新任总理见面呢。”德赖尔怪模怪样地说道。

“好吧，发给阿尔瓦利基的信息将会是阿尔瓦利基死了！本森也死了！索尔怎么说？大卫呢？局长呢？”

“他们也出面了，但都被拒绝了。没办法，这里本森说了算。我们还剩多少时间？”

“明天！明天一切都会发生！”

“你确定吗？概率有多大？”

“你现在说话怎么跟兰利一个调调,”卡丽说,“百分之九十九的可能性。这个概率够不够高？至于本森那边,要是你没办法让我同他,还有阿尔瓦利基凑到一起谈一谈,那明年的今天就是他的祭日。”

“你怎么能这么肯定？他俩都会在这里,在会议中心里。两人都有人重重保护。基地组织的人要怎么打进来?”

“他们没必要打进来。”

“你在说什么啊?”

“他们已经进来了。他们现在就在这里。”她说着,向大楼中心歪了歪脑袋。

“难道说……”她看着他慢慢摸索着明白过来。“是伊拉克安全部队。他们渗透进了伊拉克安全部队。他们会被派去保护他们的人杀掉。”他说。

“据我们自己人瓦泽尔的情报,保护伊拉克政府官员的大部分伊拉克安全部队的士兵都住在拖车里,或是住在绿区别墅区里非法占用的房间里。在萨达姆倒台的时候,这些别墅被复兴党的官员遗弃了。他们已经在这儿了。”

德赖尔坐回椅子上,紧紧地盯着她,那种眼神,卡丽觉得就跟一位篮球教练望着他手下要投压哨三分的队员的眼神一样。

“你确定吗?”

“很可能。”

“你到底是怎么查出来的?”他问。

“你也知道,美国政府似乎一直都不明白,中东地区这里一切问题的症结,在于这个地区不是由多个国家组成的,而是一个不同部落相互斗争的战场。”她说,“瓦泽尔是我们的人,他也是拉马迪杜莱米部落的一员;他是逊尼派,住在阿宰米耶。他是个聪明人,他看得出伊拉克在刮什么风,是什么形势,而眼下,风向对什叶派有利。这要拜我们美国人所赐——这也把他吓坏了。所以他非常需要一块免死金牌,以防不测——也就是好在美国寻求庇护。所以他尽力让自己变得对我们有价值。”

“别兜圈子了,有话直说。”

“瓦泽尔有一个在伊拉克安全部队做事的族人,瓦泽尔一直努力想把他发展成自己的线人,但是他们几次见面他都闪烁其词。我觉得,他不可能不认识个把伊拉克基地组织的人。这个人也住在阿宰米耶。他的名字叫卡拉尔·亚西姆。”

“我跟亚西姆的妻子聊了几句。她怕得要死,很怕什叶派,怕迈赫迪军,怕我们美国人。她证实了我们的怀疑:伊拉克安全部队加入了一些新人,一些杜莱米部落的圣战分子,被派进绿区和会议中心这里,派来保护阿尔瓦利基。这可不是什么多复杂的事儿,佩里。这是谋杀。你到底能不能安排我跟阿尔瓦利基见面?”她说。

“好吧,”他吁了口气,双手十指交叉紧握,说道,“我再尽力试试。”

“很好。因为我还有比救本森或者阿尔瓦利基的小命更让我在意的事儿。”

“哦,是什么?”

“我要杀了阿布·乌拜达,这次一定不会放过他。”卡丽说。

透过夜视望远镜,卡丽看到圣战分子逐个钻进阿布努瓦斯大街边上的大楼里。这条大街沿着底格里斯河东岸延伸,笼罩在一片黑暗中。由于每天都要遇到断电,此时城市的整个东部地区一片漆黑。他们荷枪实弹,看上去主要带着卡拉什尼科夫突击步枪和火箭筒,她想道。其中有个人扛着一部巨大的管状武器,后面跟着两个人,背着很大的东西。

“他们扛的什么?”卡丽问道。

“该死!”萨拉查上校小声骂道。他是第三步兵师第四旅的指挥官,主要负责绿区的安全防卫。“可能是AT-13萨克斯号导弹,俄罗斯制造,该死的。”

“干吗用的?”

“是坦克杀手。”他摘下夜视护目镜,借着河水反射的月光看向卡丽。这是这间黑暗的房间里唯一的光线来源。他们在河流西岸的伊拉克议会大楼的房间里,这是临时观察点。“把他们放进绿区,这个主意我一点都不喜欢。”

“我明白,上校,”卡丽说,“但是,现在如果把他们干掉,也不能消除威胁,更糟糕的是,下次我们就不知道他们什么时候动手了。十有八九阿布·乌拜达就在他们中间。请你派给我一支队伍,我们就在伊拉克砍掉伊拉克基地组织的一只手臂。等我们再解决了阿布·纳齐尔,基地组织将双臂尽失。”

“你说总攻是明天,从朱玛里亚大桥发起吗?”

“他们采取什么战术,我不清楚。或许他们今晚就会派出一些人,干掉明天守卫大桥这一侧的士兵。这个你比我更懂,上校。但是没错,突破绿区的总攻就在刺客之门。我们的线人确认他们在拉马迪的时候一直演练这个。而且现在他们进了大桥对面的建筑,更是证实了这一点。”

“那么阿布·乌拜达呢？他会去哪儿?”上校的主任参谋莱斯利中校问道。

“不在我们正在观察的那幢河对面的大楼,就在紧挨着刺客之门检查站、海法大街上的那家儿童医院。”库甘军士长指着他笔记本电脑屏幕上的地图位置,插话说道。黑暗中,电脑屏幕发出微弱的光亮。

“我们应该呼叫空中支援,把那幢破楼彻底抹掉。”莱斯利说着,冲河对面那幢建筑动了动下巴。

“那我们怎么确定他死了没有?”卡丽问道,“我来这里的目的就是这个。这样你们的人要是杀了他,记得叫我来认尸。”

萨拉查上校在月光下仔细打量着卡丽,他斑白的寸头此时此地比正常光线下显得更黑。他表情严肃,样子有点像斗牛犬。看起来很睿智,卡丽心想。

“好吧,马蒂松小姐。你比我们谁都更了解这个讨厌的家伙。你觉得他明天会在哪儿?”萨拉查问。

“我觉得军士长说得没错,上校。应该是在儿童医院。他一定会到靠近检查站和会议中心的地方去,但是他自己不会直接上火线。更可能假扮成医院员工。”

“会不会扮成医生?”萨拉查上校说。

“太有可能了,这正是他做事的风格。”卡丽点头肯定。

“所以我们需要你陪着我们派过去的人,免得我们认错人开错枪?”莱斯利说,“小姐,检查站那儿到时肯定枪林弹雨,险象环生。我知道你是中情局特工,知道你不简单,但是,请恕我直言,你确定自己有本事过去吗?”

“我刚从拉马迪回来,我知道自己会面对什么。相信我,我不会一头冲到前面的。我会乖乖躲在你派的士兵后面。还有,上校,”她望着萨拉查说道,“请不要小看阿布·乌拜达。他可不是普通的圣战分子,他跟狐狸一样狡诈,而且他还只有阿布·纳齐尔十分之一的聪明。”

“放心吧,”萨拉查上校眯着眼睛说道,“亏了有你,至少这次也能来个出其不意。我们派给你一支特种部队战斗小队,进攻医院。这是我们最棒的一支部队。带队的是谁?”

“马林斯上尉。第二营的。”莱斯利答道。

“这小子不错。这小子一定能护得你周全,并且干掉这个王八蛋。”萨拉查说。

“国务卿那边怎么办?”卡丽问。

“政客啊,”萨拉查上校苦笑道,“我们会派出足够的兵力,排查扫荡阿米里亚区,把叛军压制住,在彻底解决了绿区里的事儿之前,会尽力把她拖在胜利营。不过很显然,没人,包括卡西将军,能够叫她干什么,能去哪,不能去哪。”

“她的飞机几点抵达?”她问。

“我最新听到的消息,九点零五。”莱斯利说道,他看了看表,“离现在还有八个小时。时间不够布置一切了。”

“重点是刺客之门。”卡丽说,“我猜你们一定有的是手段把他们困在那儿吧。他们一定会努力朝会议中心杀出一条路的。”

莱斯利中校点了点头:“确实有不少,包括一个艾布拉姆斯坦克排和几辆布雷德利装甲步兵车,我们跟在装甲车后面。只要他们进了杀戮地带，就别想出来了。”

她扭头转向萨拉查上校。“上校，我们看到的那个俄罗斯导弹，艾布拉姆斯坦克如果被这种东西击中了，能没事吗？”她问。

“也许吧，”他说，“这取决于许多不同的因素。假设导弹击中了坦克，击中了哪个部位，坦克的反导弹防御系统，包括很多因素。”

“布雷德利装甲步兵车呢？能幸免吗？”

“门儿都没有。”

35. 伊拉克巴格达绿区刺客之门

这个夜晚余下的几个小时，卡丽待在一个被大家叫做“房车”的船运集装箱里，躺在里面一个狭窄的铺位上。在靠近原共和国宫的地方，许多类似的房车密密麻麻排成了一片网格。德赖尔把他的房车让给了她，自己在办公室地板上铺了张毯子就睡了。但她还是无法入睡。翻来覆去想到的都是登普西，想到她第一次见到他时他的样子，又想到在拉希德酒店她俩做爱的那晚，想象路边炸弹如何炸死他的，又猜想他在生命的最后一刻想到的是什么。他会怨她吗？该死的，他是那么帅气的一个男人。只是靠近他都能让她感到性感，让她充满生机。她还能有这种感觉吗？她还能允许这种感觉再来一次吗？

她睁开双眼，里面漆黑一片，伸手不见五指。房车无异于一个黑暗封闭的金属盒子。就如同住在棺材里，她心想。她能感受到抑郁的逼近，如同电视天气预报图中的风暴一样向她袭来。她强忍着不去胡思乱想，现在哪有时间顾得上这个。先得干掉阿布·乌拜达，然后才能大醉一场，顺其自然，她告诉自己。

可是，她还是无法入睡。有什么事不对劲。是什么呢？突然间，她在黑暗中直挺挺地坐了起来。工厂里的录音笔里说了什么来着?是阿布·乌拜达审讯罗密欧的说话声。他说了一些关于阿布·纳齐尔的话。什么来着?

他当然会告诉我。这有什么用?我要你跟我说。

为什么要这么说?他这么说是什么意思?为什么阿布·纳齐尔的话对他没用?为什么一定要从罗密欧嘴里说出来?难道这只是他的权力欲作祟?她并不这么认为。这风险太高了。再想想,卡丽。好好想。

我想不出来,卡丽心想,氯氮平不是万能药。哦,上帝啊,让我睡着吧。我能想出来的,我发誓,只要让我睡一会儿我就能。"

早上她身穿牛仔裤和T恤衫,佩戴伯莱塔M9手枪,出现在德赖尔的办公室的时候,太阳刚刚在格里斯河对岸升级,爬过了一栋栋建筑的楼顶。今天又会很热,卡丽想。德赖尔已经在电脑前开始工作了。看了看他的脸色,她就知道有坏消息了。

"本森拒绝了我们。我尽力了,请相信我,我真的尽力了。"德赖尔说。

"好吧,不过他可拒绝不了我。"她说着朝门口走去。

"卡丽,等等!"他急忙喊道,"严格地说,咱们都附属于大使馆。他们命我把你送回去。你必须留在这儿,不然我们承担不起后果。"

她在门口停下脚步,转过头盯着他:"打从这事儿开始,我手上已经沾了无数人的血,佩里。我不想再有人牺牲了。你该怎么做就怎么做,但我也会做自己该做的事。"话说完,她就走了。

她拿出手机,找出库甘军士长留给他的电话号码,拨通了萨拉查上校派给她的特种部队小组指挥官马林斯上尉的电话。第一声响铃结束前,对方就接起了电话。她告诉了他自己的位置和要求。他回复说十分钟内到。

"我们在总理办公室见。在二楼。"她说完就挂了电话,朝楼梯走去。刚要上楼,佩里·德赖尔跟了上来,身后跟着三个手持M4卡宾枪的部下。

"如果我拦不住你,我想他们要开除你,那就非得连我一起开除。"

他说。

他们一路走过巨大的中庭,来到大楼靠雅法大街一侧、位于拐角处的总理办公室。两名头戴伊拉克安全部队红色贝雷帽、全副武装的伊拉克士兵守在办公室门口。

“总理不在。”其中一人操着糟糕的英语说道。

“赛俩目阿来以库姆,朋友,”卡丽用阿拉伯语向他们问好,“你们俩都是什叶派的,对吧?”其中一个士兵点了点头。“是哪个部落的,哈比比?萨默尔托加?巴尼马利克?还是贾波利?”她问道,说了巴格达地区一些主要的部落名。她猜想,什叶派的候选人阿尔瓦利基,肯定只信任被什叶派的人保护,特别是跟他同一个部落的。

“巴尼马利克。”第一个伊拉克安全部队的守卫答道。

“也对,和阿尔瓦利基总理一样,”卡丽点点头,“我该想到的。”

“他是巴尼马利克部落的阿尔阿里族人。”守卫说道,他指的是阿尔瓦利基总理的具体部落分支。

“我们是美国中情局的人。基地组织的逊尼派人计划今早刺杀总理阁下。毫无疑问,你们肯定也活不成。打电话给你们的指挥官,和我们一起过来吧。”她说着从他身边挤了过去,推开了办公室门。她走进这间豪华宽敞的办公室,里面瓦埃勒·阿尔瓦利基总理正和罗伯特·本森大使交谈着什么。

两个人坐在一张小巧的红木茶几旁,背后是会议中心为数不多的带窗帘的窗子,透过窗子可以看到近处的草坪和周围的情况、篱笆那边绿树成荫的雅法大街,还有远处的拉希德酒店。德赖尔、中情局的人,还有两名伊拉克安全部队的警卫站在卡丽身后。

“谁让你们进来的,都给我出去——全都滚出去!”本森吼道。看到德赖尔后,他说:“佩里,我给你下过死命令的。你是不是真的不想干了?滚出去。”

“他拼命阻挡过我,但是我非来不可,”卡丽对本森说道,然后又转头对伊拉克总理用阿拉伯语解释道,“对不起,总理阁下,但是您的生命正受到威胁。您必须听我的。”

“听着，我不知道你是谁，小姐，但是我现在直接命令你，马上给我滚出房间。”本森说。

“大使阁下，要是我就这么走了，您和总理阁下几个小时内都会死掉的。所以就算你明天要开除掉我，也没关系，但是现在我是不会走的。”卡丽说。

“这女的究竟谁?”本森问德赖尔。

“她是我们的人，大使阁下。您真的有必要听听她的话，她没疯，知道自己在说什么。”

“听着，这位小姐，我很感激你的关心，但是我们不需要你的保护。我们身处重重保卫的绿区，周围都是美国军队，我们待在整个绿区保卫最森严的大楼里面，更不要说还有伊拉克安全部队的人在保卫这些办公室了。你这是在杞人忧天。”本森说道。

“请恕我直言，尊敬的阁下，伊拉克基地组织已经渗透进了伊拉克安全部队，他们要杀你的时候才不会在意你是谁。要是你能把脑袋从你妄自尊大的身体上摘下来看上那么几秒钟，你就会知道你对他们来说什么都不是。大使随时可以换个新的，少个你没啥大不了的。但是如果他们杀死了他——”她指着阿尔瓦利基说，“什叶派的人会疯掉的，这整个国家将会爆发全面内战。”

“你在说什么？在开玩笑吧?”本森厉声说道。

“我昨晚刚从拉马迪回来，身上还沾着自己人的鲜血。我看上去像是在给你开玩笑么？现在，我们需要把你和总理阁下转移到隐蔽的安全地点。我们必须立刻这么做。现在把衣服脱了。”

“什么?”

“你和总理阁下都得脱，我们会假扮成你们。”她说道，然后又用阿拉伯语对阿尔瓦利基复述了一遍，之后对德赖尔说道，“我们需要在会议中心找一处绝对安全的地方。这地方伊拉克安全部队不会注意到，还要能容纳至少六名或者更多的美国士兵，来保证他们的安全。有这样的地方吗?”

“那个议员开会的圆形大礼堂下面有个地下室,那儿有几个房间,”一名中情局的人说道,“我听人说那里是萨达姆的秘密警察用来做各种坏事儿的地方。贩毒,审讯,强奸,等等。”

“蛮不错的。”德赖尔说。

这时,马林斯上尉领着一队士兵到了。他们身着全套战斗套装,跟他们一起来的还有一名头戴伊拉克安全部队红色贝雷帽的伊拉克军官。

“你是卡丽?”马林斯问道。他身高一米七左右,个子不大,浑身肌肉,一双褐色的眼睛一瞬间扫过一切。

“你俩为什么不坚守岗位?”伊拉克军官用阿拉伯语质问那两名伊拉克安全部队的守卫。

“是我要他们在这儿的。你很快就明白为什么了。”卡丽用阿拉伯语对他说。然后对马林斯说道:“我们需要将本森大使和阿尔瓦利基总理带到安全的地方。”“这位先生,你叫什么名字?”她对着那名提议藏身室的中情局特工问道。

“汤姆。汤姆·罗森。”他说。

“汤姆会告诉你把他们带去哪里的。我们需要能绝对信任的人来保卫他们。你带了多少人来?”她问马林斯。

“两支A类特种作战分队。精英部队,不算我的话二十四个人。”他说。

“你能腾出多少人来?我需要至少三到四个人。”她说,“腾出来的人,再加上我们中情局的人手,用来保护他们。你们还有没有多余的战斗服?”

马林斯的一个部下递给卡丽两套新式陆军作战服,几套沙漠作战服,两支M4卡宾枪。她把这些交给本森和总理。

“把它们穿好带上。”她对他们说,“你们假扮成士兵。”她转向伊拉克安全部队的军官。“我希望瞒着伊拉克安全部队的其他任何人,让他们都还以为他们还在这间办公室里开会。”她用阿拉伯语对他说,然后示意他靠过来点，“找几个什叶派的人，你熟悉的信得过的，可能的话，最好是你本族的。你得把伊拉克基地组织渗透进伊拉克安全部队里的恐怖分子揪出来。我们离开之后，不得有任何人进出会议中心。任何过去三个月里加入伊拉克安全部队的逊尼派士兵都有嫌疑。解除他们的武装，把他们交给我们审讯。别伤了他们，明白吗？他们知道重要情报的。”

她又转过头去，把刚刚说的话向德赖尔翻译了一遍。

“还有，佩里，不管你怎么干，别让他们杀了那些奸细，也别让他们贿赂逃走。他们抓的囚犯，我们都要套出情报来。”她对德赖尔说。

阿尔瓦利基总理这时站起身来，面向她。“等等，中情局的女士，我不能这么做。我不能躲起来。要是有人看到我穿得像个美国士兵怎么办？从政治上说，我就全完了。”他用英语说道。

“你别无选择，”她用阿拉伯语对他说，“逊尼派的基地组织分子已经潜伏在这幢建筑里了。要是你死在他们手上，那么伊拉克将四分五裂，内战必然会爆发。你应该比任何人都更清楚这一点，总理阁下。这样的话，萨达姆就赢了。就算他死了，他也是赢家。换上这套衣服吧，就一两个小时，把命保护好了。”

突然间，一阵巨大的爆炸声震得窗户直响，随后响起了机关炮的轰鸣声——卡丽敢打赌一定是艾布拉姆斯主战坦克的105毫米炮筒发出来的声音，之后是持续不断的轻武器激射的声音。战斗打响了。

“他们攻击刺客之门了。赶紧把衣服穿上，”她冲本森大声喊道，“赶快！”

刺客之门是海法大街上的一座白色石拱门，顶上是状似古巴比伦战士头盔一样的穹形雕塑。拱门位于会议中心以东约三百米，是进出绿区的重要检查站。在马林斯手下一个小队长的带领下，他们沿雅法大街向东跑去，然后转到大楼后面通往海法大街的小巷子里，随着他们逐渐靠近，那边传来的战斗的声音也越来越大。在一栋栋建筑的中间，许多惊慌失措的伊拉克人，男人，抱着孩子的女人，有些还推着手推车，他们慌慌张张地朝雅法大街另一边跑去，逃离激战现场。

他们在一幢建筑边上停了下来，观察着儿童医院后面的一个停车场。这是一块巨大的开阔地带，停车场两边有灌木丛。如果叛乱分子已经占领了医院，他们将有可能陷入埋伏。战斗的声音震耳欲聋，自动武器射击的声音几乎没有任何间断，中间还夹杂着一阵阵机关炮的轰鸣。他们甚至能从儿童医院的窗户看到开枪射击的火光。

他们分成两支精英小队，阿尔法小队和布拉沃小队，并且给卡丽起了一个“奥特洛”的行动代号。带领阿尔法小队的特拉维斯军士长，发信号说他准备进入停车场了。过了会儿，在其他队友在停车场上的车辆后面各就各位，随时准备提供所需的火力掩护的情况下，他快速地冲向停车场。不过医院的窗户后面或者停车场上并没有圣战分子朝他们开火。正如马林斯上尉所料，这会儿所有人的注意力都放在医院海法大街一侧，那边的激战正酣。

虽然从这儿她看不到检查站那里的战斗情况，但她相信萨拉查上校已经将那里变成了歼敌区。那里有坦克，有守在壕沟里的军队保卫检查站，还有援兵和布雷德利步兵车从后方不断向前线增兵，包抄来袭的游击队，这动静自然不可能小。但那一声巨大的爆炸声是怎么回事儿——是路边炸弹还是汽车炸弹或是别的什么——她不知道，但是肯定的是，美军这边也有伤亡。

布雷泽尔准尉来自阿拉巴马州，他们管他叫“红潮”，名字源于阿拉巴马州的红潮橄榄球队。他身高近两米，约摸三十五六岁，剃着光头，非裔美国人。马林斯指派他来保护她。他轻轻拍了拍她的肩膀，示意她跟着自己随小队一起以之字形穿过停车场，那边两名队员已经控制了医院的后门。

她跟在他后面，轻快地跑动着；她身上只拿了把伯莱塔手枪。他们刚进门，布雷泽尔就猛地把她推倒在地上。她立刻就明白这是为什么了：大楼里四处在开火，外面检查站的枪声和走廊里的枪声此起彼伏。枪眼发出的闪光无处不在，子弹到处乱飞。走廊上还躺着一具女护士的尸体，双腿张得很开,头巾上满是鲜血。

她紧跟着布雷泽尔,他魁梧的身躯庇护着她,随着布拉沃小队的其他人一起穿过走廊,一个房间接一个地逐一检查。在一个房间里他们看到生病的孩子们和一名护士一起蜷缩在地板上,旁边是一个身穿白大褂的伊拉克男子的生气全无的尸体;死的是个医生吧,她心想。她没能看到阿尔法小队,也没看到马林斯上尉,她猜想他们应该走在了前面,可能到另一层去了。楼梯上另一名布拉沃小队的队员打手势说他们已经检查过这一层,可以去上一层了。

他们跑上楼梯,涌入一间满是病床的病房,床上没有任何人。所有的小孩都躺在地板上,护士和护工爬来爬去照顾着孩子。有些小孩被从医院靠近海法大街一侧破碎的窗子和墙壁缝隙中射进来的子弹击中。他们嚎哭着,惊叫着,卡丽跑过去的时候,差点踩到一个小男孩——他应该三岁或者四岁了——死死地捂着肚子,想要止住血不再向外流,声嘶力竭地喊着"阿妈! 阿妈!"她不禁想,这里真的就是人间地狱啊。地狱也不过如此了。

一个不知道从哪儿冒出来的叛军跑过门口,然后又跑回来,拿着卡拉什尼科夫自动步枪朝他们射击。卡丽迅速趴在地板上,这时布雷泽尔转过身,动作流畅地瞄准回击,只听他痛哼了一声,敌人就被消灭了。

"你没事吧?"她紧张地问。她简直无法相信布雷泽尔是怎么做到的。他与生俱来的矫健简直太惊人了,这么大的块头,动作却那么快,那么优雅。

"被子弹击中,打到背心上了。"他说,指的是他穿的凯夫拉防弹背心。他并没有停下动作,而是探出门,转身朝走廊上的人开枪。她没有跟上他。她只会成为他的累赘;他会回来找她的,卡丽做出了决定,手里的伯莱塔瞄准着门口,以防别的什么人突然从门口冒出来。

她爬到破碎窗户旁的墙边,蹲起身子,透过破碎玻璃的窗户偷偷地向下面的检查站望去。子弹从四面八方朝那里飞去,检查站旁边的一辆已经焦黑的艾布拉姆斯坦克还在燃烧着;旁边是一个可能是轿车或者卡车的破碎的车底盘。汽车炸弹。这一定就是他们在会议中心听到的巨大爆炸声，她呆呆地想道。

两辆艾布拉姆斯坦克领头，上面的机枪不停地喷着火舌，后面跟着大批美军步兵，正从检查点缓缓向前推进。一群圣战分子似乎躲在雅法大街十字路口以北、海法大街上一片杂草丛生像公园的区域。他们躲在灌木丛和树后面射击，街道两旁的一些建筑里也有人向外射击，还有人从医院这边，靠她右边尽头的地方。

在公园里躲藏的圣战分子后方，有两辆布雷德利装甲运兵车封锁了他们逃跑的退路，一辆从圣战分子身后的海法大街驶过来，另一辆在雅法大街上，从朱玛里亚大桥逐渐逼近，从四面八方把圣战分子围困在公园里。两辆布雷德利步兵车都在不停地喷射子弹。这时突然，一发子弹穿透了她旁边的墙壁，她赶紧趴到地板上。

真蠢，她暗骂自己。你想找死么？她环顾四周。其他精英小队的队员可能已经离开了病房，到了走廊的那头，她能听到那边传来的射击声。她走到走廊里，这时突然有人从后面抓住了她，用胳膊勒住她的喉咙。她大喊着，想要把胳膊扭过来，用手里的伯莱塔手枪向后射击他，但是后面的人比她强壮太多了，硬是把手枪从她手里抢了过去。

他向后拖着她，朝楼梯那边挪去，差点把她憋死。她奋力地想要挣脱，用胳膊肘向他猛戳。她打到他身上的时候能听见他痛哼的声音，但是勒住她脖子的胳膊却变得更紧。她看不见他的脸——他的袖子是白色的，他穿着医生的白大褂——但她能闻到他身上的气味，有一股汗液的馊味，还感觉到了他的恐惧。他勒着她退向楼梯的时候，她看到布雷泽尔从门口冒出来，回头寻找她。

“救命！”她大喊。这时那个绑架她的人拿伯莱塔手枪顶在了她的脑门上。

“埃斯库特！”他发出嘘声。闭嘴的意思。

布雷泽尔迅速切换到跪姿射击，用 M4 卡宾枪对准了这名男子。“放开她！”他大喊道。

“把枪放下，不然我就一枪崩了她！”身后的男子也喊道，“赶快把枪放下，不然我杀了她！”

布雷泽尔瞄准着，一动不动。

“布雷泽尔！开枪，我相信你！”卡丽喊道。

“我警告——”勒住她的男子刚要说话。

布雷泽尔开枪了。卡丽几乎感受到子弹从脸颊旁飞过，瞬间过后，后面男子的胳膊松了下来。他倒在了地板上；她得救了。她转过身，从这个死掉的身穿医生白大褂的圣战分子手上取回她的伯莱塔手枪，他侧躺着，双眼空洞地瞪大着，额头上是一颗子弹穿过的弹孔。

“谢谢——”她刚张嘴要感谢布雷泽尔。

“跟紧我，该死的，女士。要是你出了什么事儿，马林斯上尉非弄死我不可。”他说着，一把抓过她的手，把她拉在自己身后。

他们朝布拉沃小队的其他队员跑去。他们从一间手术室里走出来，边走边摇头。卡丽和布雷泽尔迎了上去，但是这时一名士兵挡住了她。

“你最好别看这个，女士。都是些小孩子，两名护士和还有那些孩子。都死了。”他说道，“相信我，不要看，这一幕会让你永生都难以忘掉的。”

“赶紧过来，你们这帮混蛋，”特拉维斯军士长从楼梯上向他们喊道，“还有两层呢。”

“你们有谁看到阿布·乌拜达了吗？”卡丽喊道。

“我们干掉了八个哈吉。你可以等会去检查下里面有没有。”特拉维斯说。

她跟着特拉维斯和小队上到了顶层，这里枪战还在继续。一名小队队员用他的枪榴弹发射器通过敞开的门朝里面射击，一阵爆炸响起，几名小队队员随即手持 MP5 冲锋枪喷射着子弹冲进了病房。枪声震耳欲聋，特拉维斯和一位叫做科尔法克斯的军士长向后退了回来。特拉维斯用手里的冲锋枪指了指一扇用阿拉伯语和英语两种语言写着“楼顶”的门。他们打开了那扇门，从金属楼梯爬上去，来到楼顶的门口。

特拉维斯试了试门，门是锁着的。他取出一枚手榴弹，朝布雷泽尔这个在场的最强壮的人打了个手势。布雷泽尔会意地点了点头，晃动了下身子，一脚踹开了这扇门，门被踹开的一瞬间，特拉维斯将手榴弹扔了进去。所有人都从楼梯上退下来一两步，等手榴弹炸响后，特拉维斯和整支小队迅速冲上楼顶。迎接他们的，是猛烈的卡拉什尼科夫冲锋枪的扫射。卡丽缩在楼梯上，布雷泽尔一半身子探出门口，射击的时候挡住了她的视线。有人射出了一发枪榴弹或者投掷了一枚手榴弹，爆炸声在楼梯间回荡。她听到另一支卡拉什尼科夫冲锋枪断断续续开火的声音，然后有人喊道："我中枪了！"

布雷泽尔瞄准目标，从 M4 卡宾枪打出了一梭子，不断这样射击着。

突然间，所有的射击停止了。尽管她还能听见远处零星的枪声，还有孤零零的机关炮响。这声音是其中一辆坦克发出来的吗？她不禁想。突然间，马林斯上尉和他的两名手下迅速从她身边冲了过去，上了楼顶。他们边跑边射击，一上到楼顶就分散开来。

有人骂道："哦，该死。"

马林斯上尉喊道："那个女的哪去了？那个奥特洛呢？现在把她带过来！"

布雷泽尔看向她，示意她走出去到楼顶上来。她走了出去，刺眼的阳光照得她眯起了眼睛。一名队员忙着给特拉维斯的胳膊上缠绷带。两名圣战分子的尸体倒在了空调边上，还有另一具穿着白色医生服的尸体仰面倒在护墙边。不过这并不是马林斯把她叫上来的原因。

一个身穿医生白大褂的阿拉伯男子站在楼顶的护墙边上，一手抓着一个只包着尿布的婴儿，另一只手里抓着一枚手榴弹。

"是他吗？"马林斯问道，手里的 MP5 冲锋枪还瞄着护墙边上的男子，"这人就是阿布·乌拜达吗？"

这是她第四次见到他了。第一次是在贝鲁特，从马里耶勒那里得到了他和迪玛一起的照片，第二次是在露天市场，第三次是从罗密欧房子里的监控摄像头里见到的。那种认出他的惊喜是不会错的。他就是阿布·乌拜达，毫无疑问！

“是他，”她肯定道，“绝对就是他！”

“是你！你这个美国萨赫拉！”阿布·乌拜达说着，死死地盯着她，把她称作女巫。很明显，他也认出她来了。“你是露天市场那个女的。”

“就是我。”她答道。

“我要走了，”他用英语对他们说，“谁要是敢阻拦我，这个婴儿就死了。尽管向我开枪好了，我会丢下这枚手榴弹，她就死定了。”

“你哪儿都去不了。”马林斯说。楼顶上的十几个美国士兵和他一起举枪瞄准了阿布·乌拜达。

“那她就死定了。”阿布·乌拜达说着，把手榴弹压在女婴的身体上，不让手里抓着的婴儿乱动。

“放下她，”马林斯说道，“这是你唯一的选择。”

“除非你打算杀掉她，那么受谴责的是你的灵魂。我反正是准备好要死了。”阿布·乌拜达说。

“你上不了贾纳的。”卡丽说道，她指的是天堂。

“我一定会的。我是在讨伐异教徒。”

“杀死婴儿，这个可不算，真主安拉不会饶恕你的。”她逼视着他说道。不管他打算要干什么，她都能从他的眼里看出他下定了决心要行动了。但在她能喊出声或做出任何事之前，他就将婴儿丢下，把手榴弹直直地向卡丽丢了过来，在任何人能做出反应之前，高喊着“安拉胡阿卡巴”——从楼顶跳了下去。

手榴弹直直地朝着她和马林斯上尉奔了过来，在楼顶上弹弹跳跳，离他们面前不到一米远的地方时，布雷泽尔以不可思议的速度冲了出来，跳到她面前，而且令人难以置信地，像踢球一样将手榴弹一脚踢飞，在手榴弹脱脚后约半秒钟，手榴弹就炸开了。

从膝盖以下，布雷泽尔的腿全被炸掉了，金属碎片嗖嗖地激射向他们。就在她以为自己要死了的时候，布雷泽尔挡在了她前面，用他那穿着防弹衣的庞大身躯遮盖住了她，人像大树一样倒了下来。马林斯上尉和他两名手下被手榴弹碎片击中了数下。马林斯脸上都有一块皮给撕裂了，但是卡丽毫发未损。婴儿坐在楼顶的护墙边，大声嚎哭着，很明显，也没有受伤。

另一名士兵快速冲到倒在楼顶上的布雷泽尔身边，开始包扎他的腿部，鲜血随着脉动从断腿处喷涌出来。布雷泽尔的脚，那只还穿着战斗靴的脚，就落在不远的楼顶上。流着血的马林斯上尉也靠了过来，其他士兵分散开来，守卫着楼顶。

卡丽知道这个时候她应该留在这里帮忙，特别是帮忙照顾布雷泽尔，但是她不能。她脑子里只有阿布·乌拜达。她必须去看看他怎么样了。于是她转过身，朝金属楼梯跑了回去，一边跑一边心里想，我是个什么样的混账东西啊？他救了我的命，救了两次——而我他妈在意的只有这次任务？但是她没法控制自己，一路冲下楼梯到了一楼，走出门来到海法大街上，她心里清楚地知道，在很多年后，在氯氮平不起作用的不眠长夜里，自己一定会一次又一次地想起此时此刻她的所作所为。阿布·乌拜达躺在五十米开外的人行道上，刺眼的阳光下，他身上穿的那件医生白大褂因为他流出的鲜血而显得发黑。

她内心颤抖着走了过去。除了脑袋后面的一摊鲜血外，这个倒在人行道上的男子同她在拉马迪的露天市场里见到时没什么两样。他的眼睛空洞地盯着天空，她甚至没必要弯下腰检查他的脉搏，看他死透了没有。

仿佛被人附体，身体被控制住了一般，她缓缓抬起手中的伯莱塔手枪，瞄准了阿布·乌拜达的脸。这一枪是为了瑞安·登普西的，你这个王八蛋，她这么想着，全然不顾他已经死去，扣动了扳机。

36. 黎巴嫩贝鲁特市中心区

飞机飞越过黎巴嫩山脉，渐渐靠近贝鲁特，这座城市延绵直至地中海。在午后的阳光下，地中海就是天边遥远的一抹蓝色。她本来没打算来贝鲁特的。实际上，她还接到了佩里·德赖尔和索尔的明令："立刻滚回兰利。"

当天她回到了美国难民援助服务办公室，实际上这是中情局在会议中心的办公室。特拉维斯军士长和她一起，确保她这一路上都能平安无事。特拉维斯坚持把她送到办公室门口才离去。

"请替我谢谢布雷泽尔。很抱歉不能当面向他致谢，但我必须走了。今天多亏了他，我才能活下来，他救了我两次。"她对他说。

"我会转达的。你今天干得很出色，女士。"

"才没有呢。我没能很好地听从命令，我吓得要死。"她说。

"那又怎样呢？"他无所谓地耸了耸肩，冲她挥了下手，转身离开了。

她走进中情局的办公室，通过 JWICS 系统的 Skype 给索尔打了网络电话，完全不在意现在麦克莱恩那边是早上四点。她打电话时用了"全垒打"的代码，意思是阿布·乌拜达死掉了。

“你确定他已经死了？确定无疑?”他问道，语气十分兴奋，但还是打了哈欠。

“百分之百确定，”她说，“死的就是他。终于结束了。”她说着，突然感觉到一阵困乏。她昨晚一整夜醒着睡不着，这会儿阵阵困意涌上心头。而且，支撑她战斗的肾上腺素也慢慢消下去了，让她觉得迷迷糊糊的。她需要吃药了。

“真让人难以置信啊。说真的，卡丽。这太了不起了。你感觉如何?”

“我不知道。好像失去知觉似的。我一直没能睡觉。也许睡一觉到明天会有感觉吧。”

“这当然。阿尔瓦利基和本森怎么样了?”他问。

“为什么这么问？本森向部长抱怨了?”她紧张起来，不由得想象本森一定要置她于死地的情景。

“实际上，他一直在夸奖你。说你随机应变，行动妥当，很可能救了他们的命。而且，还让他觉得自己也在战斗。他已经迫不及待要在总统办公室里讲述他的英雄故事了。他还找人拍了他身穿战斗迷彩服，手持你给他的 M4 卡宾枪的照片呢。”

“一点坏话都没有?”她小声问。

“我们听说国务卿布赖斯也很安全。她计划今天晚些时候同本森和阿尔瓦利基会晤。你打断他俩谈话的时候，他们就是在商讨会议议程。”索尔说。

“是啊。她飞机一降落，就会被保护在胜利营的安全堡垒里，直到他们确认阿米里亚区完全安全了。”

“听我说，卡丽。大卫想要你当面做汇报。我也想。我们希望你能尽快赶回兰利。”

她突然感到一阵难受。这会像以前菲尔丁那样吗？只是找个借口，好把她弄回情报分析科。

“我没犯什么错误吧，有吗?”她试探性地问。

“恰恰相反。德赖尔和大卫都在给你写中情局工作人员官方档案

201号文件的推荐信呢。恭喜你！赶快回来吧，有好多事要说说——我们可盼着听你讲讲这一切呢。”他说道。

“可是索尔，事情还没结束呢。还有很多事儿没弄完，贝鲁特算一个。阿布·纳齐尔依然逍遥法外，很可能躲在哈迪塞。而且还有别的事儿。阿布·乌拜达审讯罗密欧——哦，抱歉，我的意思是瓦利德·卡里姆——时说的那些话，我总忘不了。”

“明天回我办公室来吧。到时咱们一块儿解决。还有，卡丽……”

“怎么了？”

“干得真棒！真的！我迫不及待想当面夸你了。别太心急，要做的事儿还多着呢。回来吧，虽然佩里说他那儿想要你。”他这么说着，让她感到心中一道暖流，如同灌下了一杯龙舌兰。索尔对她非常满意，她可以像瘾君子一样一辈子沉浸在他的赞赏里。

她预订了飞回华盛顿的飞机。但是在安曼等候转飞肯尼迪机场，然后再飞去杜勒斯机场的飞机时，她突然心血来潮，改订了机票，飞往贝鲁特。

现在，飞在贝鲁特的上空，她能透过飞机的窗户，认出这座城市的一些标志性建筑。游艇港公寓大厦、哈卜图尔大酒店、腓尼基大酒店和皇冠假日酒店。一切的一切，都起源于这里，起源于阿什拉法赫区同夜莺的那次夭折的会面。这就像跑单圈赛，一场尚未停止的马拉松一样。某种程度上，回到贝鲁特就如同跑完了这一个整圈，因为这里对她来说是一切开始的地方。不仅仅是阿什拉法赫区的那个夜晚，还有她第一次躁郁症病发后回到普林斯顿大学，那次病发差点终结了她的大学生涯以及之后的人生。

两样东西让她活了过来，她心想。氯氮平和贝鲁特。而这两者紧密相连。

那时她在普林斯顿念大一，那年夏天。她回到班上，废寝忘食地投入学习中去。她不再跑步，退出了田径队，早上五点不再晨跑。也不再同男朋友约翰联系。她服用锂片，有时也服用百忧解。他们不停地在调整她用药的剂量，她很讨厌服用这些药物。她对姐姐麦琪说过，她觉得吃锂片让她智商下降了二十个点。

一切都变得更加艰难。她告诉麦科什学生健康中心的医生，她看东西感觉像是隔着一层厚玻璃。就好像无法直接触碰到。一切似乎都变得不再真实。还有，有段时间她口渴得要命，吃东西完全没有胃口。有段时间她一连两天、三天、四天什么都没吃，什么都不做，只是不停地喝水。她对性爱完全提不起感觉。每天她所做的只是上一节又一节的课，然后回到宿舍，一直在想，不能再这么下去，我不能一辈子就这样。

拯救她的，是一位教授向学习近东文化的学生提到的一个夏季项目：一个在贝鲁特美国大学进行的海外政治学研究项目。一开始她父亲不打算给她支付这笔钱，就算她跟他说她写毕业论文需要这个，也不乐意她去。

"要是你在那里发病了怎么办?"他问。

"你怎么不问要是我在这里发病了怎么办？又有谁能帮我？你吗？爸爸?"她并没说，你还记得感恩节那天吗？因为他俩都心照不宣，知道发生在他身上的，可能也会在她身上重演。她没告诉他或别人的是，她差点就没撑住，差点就自杀了，真的就差一点。

"我需要参加这个项目。"她告诉他，但就算这么说她父亲还是不同意。于是她补充道："你逼得妈妈出走了，现在你打算把我也撵走吗？爸爸?"最终他同意了给她付这笔钱。

之后，她来到了贝鲁特。她被神奇的城市和古遗迹所包围，同来自中东各地的同学聚在一起，跟其他孩子一起漫步幸福街，享用沙瓦玛烤肉和玛纳西披萨，在莫诺特路的酒吧聚会，就在锂片快吃完时，她有了重大发现。她去扎里夫区看病时，一个一脸精明的小个子阿拉伯医生在听到她服用锂片后的感受后，问道："那么氯氮平呢?"

总算有人能分享她的感受了。而且的确奏效，她几乎找回了发病前的那个她。但是当她再次去找这位医生复诊，开处方的时候，这个医生正要去度假。她问他："要是别的医生不给我开药方怎么办?"他告诉她："这里是黎凡特①,小姐,只要有钱,你什么都能得到。"

在贝鲁特的那个夏天,她一切顺利。徜徉在古罗马遗迹中,醉心于伊斯兰摩西艺术,在深夜里聆听爵士乐,每天用阿拉伯语品味音乐和诗歌,欢聚在滨海路和海滩俱乐部,闻着刚出炉的杏仁小麦蛋糕和果仁蜜饼的芬芳,听着清真寺做祷告的呼唤,感受着热闹的聚会,和那些热情的阿拉伯男孩深情的目光,仿佛要把她当做早餐吃下去一样。她知道不管今后自己的人生会怎样,中东一定是那不可分割的一部分。

这会儿,飞机正在下降,即将在贝鲁特的拉菲克·哈里里国际机场降落。她在想,不知道这次她重新回到贝鲁特,能否搞清楚所有事情。自从阿什拉法赫区那场同夜莺的会面夭折以来,她就总在不停地跑来跑去,从来没有停下过。因为她不相信菲尔丁那个混蛋会自杀,要是他不是自杀的话,就是被别人杀掉的,也就是说还有人逍遥法外。所以就像她自己一样,行动仍尚未结束。

她从机场出来,搭了辆出租车。车子行驶在阿萨德路上,驶过高尔夫球场的时候,出租车司机,一个天主教徒,跟她讲起了城里为庆祝复活节做的准备,讲他的丈母娘做了最棒的复活节蛋糕——这种复活节小蛋糕用了胡桃和大枣,上面包了一层糖衣——是这个城市最棒的。她让他在内泽默广场钟塔那里把自己放下来,她走过几个街区,前往中情局的秘密办公室,她要去那儿见新任贝鲁特站站长雷·桑德斯。

破旧的拱形门廊下,是街边咖啡馆摆在外面的拥挤的桌子,从旁边走过去的时候,卡丽不禁想起上一次在这儿的场景。那时她来这儿见戴维斯·菲尔丁,他肯定地告诉她,她这份工作到此为止了。这一切仿佛过去了一辈子那么久。

---

① 黎凡特,一个不精确的历史上的地理名称,指的是中东托罗斯山脉以南、地中海东岸、阿拉伯沙漠以北和上美索不达米亚以东的一大片地区。

她走了进去,走上楼梯,按响门铃,朝着门上的对讲系统自报身份后,门开了,她走了进去。一个身穿格子衬衫的年轻美国男子把她带到一块小型接待区,等候桑德斯出来迎接她。桑德斯四十来岁,又高又瘦,神情严肃,有着长长的连鬓胡须,看起来有点像是东欧人。

"久闻大名,"他说着,引着卡丽来到菲尔丁以前的办公室,从这里可以俯瞰马拉德街,"说真的,接到你的电话我很吃惊。索尔也是。"

"我没直接飞回兰利,他是不是生气了?"她问。

"他说,你要来这儿,就算他想拦也拦不住。"他说道,做了个手势请她坐下,"对了,恭喜你。我听说阿布·乌拜达的事儿了。干得漂亮。"

"我不知道该怎么说。我来这儿,可能会徒劳无功。"

"我跟索尔说起这事儿的时候,他说你肯定对戴维斯·菲尔丁的死心存疑惑。你就是为了这个才来这儿的吧?"

"看来你知道得很清楚了,"她说,"难道你不关心吗?要是菲尔丁不是自杀,那么不管是为了什么原因,或是什么行动必须要杀掉他,这件事情还没完呢。你说不定就会是下一个目标。"

"我挺好奇的。据我所知,你跟菲尔丁相处得好像不怎么愉快。为啥你对他的死这么关心?"他一边问,一边饶有兴致地观察着她。

"听着,菲尔丁自以为是,他死不死的,没人在意。他就算回到兰利,他这份工作也要被枪毙。而且我敢打赌,你现下也正忙着收拾他留下的烂摊子,搞清楚贝鲁特站被破坏的情况。"

"在我看来,他的自杀理由很充分了。"桑德斯平静地说道。

"是啊,但你不是戴维斯。他可不会这么有职业操守。他是被人杀掉的——而且我必须相信这跟女演员拉娜·萨阿迪和夜莺有关。针对他们的行动一直都是我负责的,所以这里的事儿尚未结束。"

他什么话都没说,只是认真地打量着她。外面的路上,一辆车响起了喇叭,接着一群车都纷纷鸣笛,开始了一场合奏。贝鲁特黄昏幽会道路高峰时段到了,她不由自主地想道。

"我也这么认为。我们发现了一些情况,不过我面前有个很大的障碍。”

“什么障碍?”

“我对他不了解。但是你了解他。”他示意她椅子挪过来,坐到他桌子边上。

“你发现了什么?”她问。

“这个。”他指着电脑屏幕说道。屏幕上正是这间办公室里一个隐蔽的摄像头拍到的影像。卡丽下意识地抬起头,看向墙壁和天花板角落那个摄像头所在的位置,但是摄像头太小了,藏在模具里。屏幕上戴维斯·菲尔丁坐在桌子前,背对着摄像头。突然,他倒在地板上,手里无力地握着一把格洛克手枪,一摊血从他的脑袋里流出来。

“录像中有三分钟四十七秒的间断,”桑德斯说道,“死人可没这个本事这么做。”

“能暂停吗?”卡丽问。

“干吗? 你发现什么了?”

她紧紧盯着菲尔丁倒在地板上的图像。

“有点不对劲儿。我说不出是哪儿不对,但是用索尔的话说,肯定有什么不合适的地方。”

“应该不是他倒下的角度。我们鉴定部门的专家做过计算,尸体就应该倒在那个位置。”

“只有这个么?”

他摇了摇头:“我们在接待室、楼梯、大楼前后门的监控摄像头,所有录像都有间断。剪掉的比这个还多,但是都是菲尔丁被杀这个晚上的。这个男的不想被我们发现他来过。”

“你怎么知道这个人是男的?”

“因为他漏剪了一个。”桑德斯说着,切换电脑屏幕到另一个画面。屏幕上是屋顶的监控摄像头拍摄的画面,是高过门廊门楣的马拉德街街景。“楼顶摄像头的数据记录盘在一条单独的线路上。注意看。我们能从时间间断上进行推测。这是时间间断后大概四十秒的录像。”

屏幕上,一个身穿连裤工作服的男子从门廊下冒出来,穿过大街,走向内泽默广场。她只能看见他的背影。

"没别的了,就先假定这就是凶手吧。"她说。

"我们还发现了一些东西。这是四天前,凌晨一点刚过时的录像。"

屏幕上出现了同样场景的另一段录像。一个穿着同样连裤工作服的男子。摄像头只捕捉到了短短一会儿,之后他就消失在门廊下。卡丽看到,这名男子的衣服正面似乎印有公司图标。

"倒回去,看看衣服上有什么。"

桑德斯倒了回去,将画面暂停。但是由于天太黑,距离过远,图像很模糊,很难看清这名男子长什么样,衣服上有什么公司名。

"没办法把画面弄清晰些吗?"

"我们试过了。"他说着打开了另一个窗口,放大了衣服上的标识。尽管还是很模糊,但能看清衣服上是用法语和阿拉伯语写的"赛德克门卫"。

"看着像是一家门房管理公司。我敢说你已经调查过这家公司了。"她说。

"当然。这的确是家门房管理公司,不过据这家公司所言,这个人不是里面的管理员。从来也没有这么个人在里面工作过。我们有天晚上秘密搜查了他们的办公室,检查了他们所有的个人档案。他们说的是实话。这个不明男子,的确不是他们公司的。"

"你的线人提供了什么线索吗?"

"什么都没有。完全一无所知。"

"那么黎巴嫩安全部队呢?或者警察局呢?"

"他们知道我们是谁后,立马躲得远远地,让我们去找内政部长。碰巧内政部长也来自黎巴嫩真主党。我们彻底没辙了。你有什么点子没?"

"给我打印两张图片:一张是菲尔丁,一张这个不明门房管理员的。哦,再要一张菲尔丁头部中枪的,要好辨认一点的。"

"你想干什么?"

“照片里这个人，不管他妈的到底是谁，只要他跟拉娜或是黎巴嫩真主党或是阿布·纳齐尔有关系，我就会找出来。”她说着站起身来，把自己的手机递给他，让他把自己的号码记下。

当晚，卡丽坐在腓尼基大酒店的酒吧里，喝着玛格丽塔鸡尾酒，看着菲尔丁尸体的照片，努力想找出是哪里不对劲。照片是用隐藏在天花板上的摄像头从后上方拍的。照片上是一具尸体和一把枪。到底是哪里有问题呢？首先，这不是她以前看戴维斯的那种方式。那么，她以前是怎么看他的？她在心里调整了下图片，设身处地感受了下，仿佛自己正面对着他。突然她明白了。

我真蠢，她对自己说。难道这还不清楚吗？为什么以前从来没人发现呢？也难怪他们没人发现，她对自己说。菲尔丁死后，他们清理了贝鲁特站。所以并没有真正熟悉菲尔丁的人看过这张照片。她从包里掏出手机，打给了桑德斯。

“骁龙。”他接起电话，报了他的代号。

“奥特洛。”她说。因为布雷泽尔的关系，她还在用这个名字。“菲尔丁是左撇子。”她说完直接挂了电话。

他回头只要看看菲尔丁的尸体，上面用右手握着手枪，就全明白了，卡丽想道。这个证据十分充足，要是他们需要证据证明菲尔丁是被杀的话，这应该是铁证如山了。但是问题是被谁杀的——还有，为什么要杀他？

而这一切的答案，当然，是卡丽希望能带来答案的那个人，正朝她走了过来。来的人是马里耶勒·希拉勒，还是红色头发，穿着艾斯卡达紧身牛仔裤，上身是一件低胸装。她还是那么漂亮，吸引了那么多男人的眼球，足以让一个女孩的虚荣心膨胀到如同坐了电梯一样，直达顶层套房。

“你喝什么？”卡丽问。

“跟你一样吧。”马里耶勒说着，在她这桌坐下。

一个侍者走了过来。

“两杯银龙舌兰玛格丽塔，”卡丽对他说，示意马里耶勒坐近一点，

"你认识的那个叫穆罕默德·西迪基的男的,已经死了。这事儿应该让你知道。"

"我听说拉娜也被杀了。"马里耶勒小声回应道。

卡丽点了点头:"还有一个叫塔哈·阿尔-多尼的叙利亚人也死了,就是他一直在控制拉娜和迪玛。你见过他吗?"

"没有,感谢真主。"马里耶勒说着,用她的化妆粉盒上的镜子检查自己的口红,借此看看房间里有没有人在看她们。她要把化妆盒放回手袋的时候,卡丽悄悄地把那个不明的清洁员的照片也放进了她的手袋。"还有人要抓我吗?"

"我不知道,我需要你帮我个忙。"卡丽说。

"我为什么要帮你?我已经冒险来见你了。"马里耶勒紧张地四下张望。至少有六个男子打量着她们。也不知道这是男人的通病,还是因为别的什么,卡丽想。只有一个人除外,那就是雷·桑德斯,他正收起手机,在吧台那儿喝着一杯苏格兰威士忌。

"因为我在帮你,还因为,呃……"她没有说完这句话,她在暗示自己知道马里耶勒住在哪儿。

"我不喜欢这样,"马里耶勒说,"先是迪玛,然后是拉娜,再后面是她们的男朋友,一个一个都死了。下一个是谁呢?是我吗?"

"去休个长假吧,直到一切平息下来。去个好点的地方,安全点的地方。有想去的地方吗?"

马里耶勒冷笑着扬起了眉毛:"总有男人想要包养我,这还是头次有女人也干这事儿了。"

卡丽把手放在马里耶勒的胳膊上。"听着,只要我能解决这一切,你就会很安全。而且,离开这儿有啥不好的?你想去哪儿?"她再次问道。

"巴黎吧,"马里耶勒说,"我一直想去那里。"

"我给你五千美元。"卡丽说。这是为了这次见面,她从桑德斯那里拿来的。"你明天就可以在香榭丽舍大道上喝红酒了。"

"就这样?五千美元?你还真是看重我啊?"

“这件事已经死了太多人了，”卡丽说着，不由想到了登普西，一阵苦涩涌上心头，“我不想你再出什么事。”

“我也不想你出事。找我来就为这个？到此为止吗？”马里耶勒说着抓起了手袋。

“还有一件事。”

“我就知道！哈比比，我差点就信你了，就差一点。”她说着，皱了皱鼻子，仿佛嗅到了什么糟糕的事情。

“我只需要一件事，但是必须得说实话。”

“那五千美元呢？”

“把手伸到桌子底下。”

卡丽把手袋放在桌子下方一点的位置，手伸进去取出一叠百元美钞，递给马里耶勒。

“我得去数数。”马里耶勒说。卡丽点了点头。马里耶勒又说：“你怎么判断我说的是不是实话？”

“因为我会判断，”卡丽说着，身子离她更近了，“去女洗手间吧，小心别被人盯上。数数钱对不对，然后仔细看看我塞进去的那张照片。我需要你帮我确认这个男人是谁。”

“你怎么肯定我就认识他？”

“因为你肯定认识。”卡丽信心十足地说道，尽管心里也有点发虚。她在贝鲁特的时间不多了，马里耶勒是她最大的机会了。已经是孤注一掷了，她深呼吸一口气想道。要么一切就此迎刃而解，要么竹篮打水一场空。

“我只需要告诉你他是谁，就可以走了？就这么简单？”马里耶勒问。

“是的，祝你一路顺风。”卡丽点点头。

马里耶勒站起身来，对侍者说了些什么，侍者指了指去女洗手间的路。卡丽坐在椅子边上，想着自己这么做还真是冒险一搏。但如果她是对的，马里耶勒应该知道这名清洁员到底是谁。

那天晚上，赛马场的枪战后，她和菲尔丁还有索尔在安全屋又交谈过之后，菲尔丁回他在马拉德街的办公室时，身上是带着伯莱塔手枪的。要说起菲尔丁——上帝知道她能说一大堆——他熟悉基本的间谍情报技术，正常情况下，他绝不可能在晚上放一个陌生人进他在马拉德街的办公室。

但是在那个晚上，那个多事的晚上，他已被兰利方面怀疑，紧张地等待着索尔的到来，等待着对他的惩处。这个时候要是不是熟人，他是绝对不可能让别人进他的办公室，更不可能让他们对付他，还用他自己的枪将他杀死。所以戴维斯不仅认识这个凶手，还跟这个凶手很熟。所以要是他认识凶手，那么拉娜也该认识——所以有可能，非常有可能，迪玛和马里耶勒也认识这个男子。

不然的话——再加上贝鲁特警察局不愿插手——他们真的是走进死胡同了，卡丽想着，灌下了剩余的酒。马里耶勒去哪儿了？怎么这么久？看一眼照片才需要多久啊？她是想逃跑吗？不会的，我知道她在布尔耶哈穆德和她的姑姑，或是不管到底是谁的那个老女人一起住，这她是知道的。桑德斯目光扫了过来，和卡丽对视。卡丽尽力想表现得信心十足一点。这是孤注一掷啊。突然间，她松了一口气，她看到马里耶勒走回桌子这里。

她真的认识那个男的，卡丽激动地想。从她的眼睛里，卡丽做出了判断，她认识照片上的不明门房。

"真奇怪，"马里耶勒说着把照片交给她，重新坐下，"他为什么要穿成那样？跟个巴瓦布似的。"她说的是阿拉伯语的"清洁员"的意思。

"他是谁？"卡丽屏住呼吸问道。快说啊，她心里急急地催促道。快说啊。

"是比拉尔，比拉尔·穆罕默德。你居然不认识他。"她好奇地望着卡丽说道。

"为什么我该认识他？"

"谁不认识比拉尔啊？"因为周围有人吸烟，她做了个用手指捏鼻子的手势，“他是个同性恋。是拉娜的朋友。显然她的美国甜爹①也认识他。迪玛也认识他。你真的不是在试探我？你真的不认识他？”

卡丽的心像弹球一样跳来跳去。她终于知道这名男子的名字了。叫比拉尔·穆罕默德。他是个同性恋，他认识拉娜——据马里耶勒所说，他也认识拉娜的美国甜爹，戴维斯·菲尔丁。她仿佛被闪电击中了一般感到震惊。一瞬间所有的一切都讲得通了。

在巴勒贝克事件后，她审讯拉娜时，拉娜是怎么形容她同戴维斯的性关系的？“刚开始我们也上床，但现在我就是个摆设。”那时她对这话还很困惑，但现在一切都是那么合情合理。戴维斯·菲尔丁想要隐瞒的是什么呢？是他是同性恋？但是为什么这还要躲躲藏藏呢？谁他妈在乎啊。为什么他需要一个像拉娜这样漂亮的情妇做掩饰，好让别人不知道他是同性恋呢？这个叫比拉尔·穆罕默德的男子又是什么情况？为什么要杀死戴维斯？比拉尔是戴维斯的情人吧？因为如果他是的话，那么就能讲得通为什么戴维斯那个晚上放他进了办公室。

戴维斯知道自己即将离开贝鲁特，很可能是永远离开。这是让她一直怀疑戴维斯是被人谋杀的另一个线索。那个夜晚，他身处绝境，即将面对职业生涯的终结，那是他在贝鲁特的最后一个夜晚，难道会巧到正好那晚有人要来杀他？还是巧到刚好在索尔过去之前？不可能有这种巧合的。这是真实的人生，是不可能发生这样巧合的。

所以比拉尔不是碰巧出现的，而是戴维斯打电话叫他来的，很有可能是为了告诉比拉尔事情很紧急，自己即将离开这里。要是他们真的是一对情侣的话，戴维斯肯定是想见他最后一面，道个别的。

比拉尔一定是丢下手头的事儿，匆匆赶来的。这是菲尔丁把一切向中情局和盘托出之前，使他，比拉尔，在成为中情局目标之前，让他永远闭嘴的最后机会。没有什么是纯属巧合的，一切都是有预谋的。她需要让雷·桑德斯和索尔检查下菲尔丁的座机和手机通话记录。

---

① 甜爹：讨女人欢心的老色鬼。

拼图终于都吻合了。只要他们开始深挖，她相信他们一定会发现比拉尔同夜莺和阿布·纳齐尔都有关联。

“我走神了，不好意思。他是干什么的，这个比拉尔·穆罕默德？”她问。

“又是这个，又是那个，什么都干。”马里耶勒耸耸肩。“这里是贝鲁特。”她说道，因为旁边有人吸烟所以她又做了个手势。

“我到哪儿能找到他？”

“你说能在哪儿呢？多数晚上是在伍尔夫酒吧。”马里耶勒说。的确是啊，卡丽心想，应该是在同性恋酒吧。“那我该走了吗？”

“越快越好，休息几周吧，好好享受巴黎，”卡丽说着，站起身离开了，“每个人都该尽快离开。”

37. 黎巴嫩贝鲁特市米内特阿尔霍森区

伍尔夫同性恋酒吧位于哈姆拉区的一条小巷子里，离美国大学很近。晚上十一点的时候，酒吧外面的整条人行道上都是手拿鸡尾酒或者瓶装961啤酒，衬衣前面大开着，露着肚脐眼的男人们。卡丽费了好大的劲才从他们中间挤了过去，在一个块头巨大的光头保镖诧异的目光中进了酒吧。

酒吧里人满为患。狂躁的嘻哈音乐充斥着整间酒吧，激光灯的闪光不断从摩肩接踵的人群上掠过，酒吧里的人有的在大声地聊着天，有的两两在一起，互相接吻和抚摸着。靠墙的地方是一排人造革长椅，一些身穿超短裤、身形修长的年轻男子正在那里为一些老男人恩客们跳贴身舞。卡丽从拥挤的人群中钻了过去，来到吧台。她是在场的唯一女性。她找了好久，但遗憾的是始终没看到比拉尔·穆罕默德。

“你要来点儿什么？”酒保用阿拉伯语问她。这个酒保身形修长，约摸三十来岁，一张娃娃脸看起来就像二十来岁，他赤裸着上身，只有两根红色的吊带挂着他的紧身皮裤。

“培根银龙舌兰！”周围太吵，所以她大声说道。

“你是不是迷路了？”酒保端着她点的酒回来时问道。

“我没有，但是他迷路了，”她说着，把手机上比拉尔·穆罕默德的照片拿给他看，“我到哪儿能找到他？”

“没见过。”酒保扔下一句，就到吧台去招呼别的客人了。

“你在找比拉尔？”一个男子挤到她身边问道。

“比拉尔·穆罕默德，”她点了点头说道，“知不知道他可能会在哪儿？”

“是谁要找他？”他问。

“本杰明·富兰克林。”她说着掏出一张百元美钞在他面前晃了晃。

“你可不是比拉尔喜欢的类型，哈比比，”这名男子说，“实际上，你不是这里任何一个男人的菜。”

“那可不一定。贝鲁特可是有不少变态的骚货，哈比比。保不准我就是其中一个呢。”她笑着说。

“你可真是个坏女人，”他说道，像猫儿一样开心地挠了挠卡丽的肩膀，“重点是，我亲爱的哈比比，不知道咱们的富兰克林是不是还有兄弟呢？”

“就算有吧，可我怎么知道你说的是不是实话呢？”卡丽说着，抽出了第二张百元美钞，两张钞票一起放在吧台上，轻轻滑到他的面前。

“他住在游艇港公寓大厦。十六楼。你要是不信，大可问一问阿卜杜拉·阿卜杜拉。”他说着，把钱装到口袋里，并冲着酒保打了个响指，酒保走了过来。

“你真的叫阿卜杜拉·阿卜杜拉？”卡丽问酒保。

“不，但是他们都这么叫我。”酒保耸了耸肩。他示意她再靠近一点。“你确定你没糊涂，知道自己在干什么，小姐？”

“有人知道么？”

“比拉尔有些很危险的朋友。”酒保小声说道。

“我和他一样。”

“不，小姐。很危险的，还有比拉尔，这个人就是精神变态狂。相信我，你绝对会后悔去找他的。要是你想要可卡因、大麻、海洛因，我可以帮你搞到。不仅更安全，品质更上乘，价格还更公道。”

“他在不在游艇港公寓大厦？”

“有这么个说法，要想在米内特阿尔霍森区有一套公寓，唯一的办法就是舍得把命豁出去。这话说得可不只是那儿的公寓有多紧张，或是你必须要多有钱。这话说的是，为了钱，人们愿意做什么，想要保护财富，又会多么不择手段。”酒保说。

“我可不是小孩子了。他到底在不在那儿？”

“我这几天都没见着他。希望你命大，也见不到他。”他边说边把莫吉托鸡尾酒用的薄荷叶碾碎。

游艇港公寓大厦是一幢月牙形的白色高楼，高楼俯瞰着毗邻的游艇港滨水区，楼上的灯光投射在水面，随着晃动的波浪闪烁着。公寓大堂富丽堂皇，弥漫着浓厚的超现代气息，为那些花去上百万住在这儿的公寓里的富豪们做着宣传。卡丽必须得说服桑德斯，让她独自进去。

“我们现在已经确知，他杀了戴维斯·菲尔丁——手上可能还不止一条人命。还有，别忘了酒保怎么警告你的，在贝鲁特能挣这么大笔钱的人，有哪个没有危险的背景出身或是一帮危险的朋友。”桑德斯开着宝马SUV驶向游艇港公寓大厦途中说道。随行的还有两个贝鲁特站的外勤特工，钱德勒和博伊斯，两人都留着寸头，身体结实。他俩都是从中情局的特别行动小组调过来的，俩人都是前海军海豹部队队员，桑德斯调任的时候把他俩也从安卡拉带了过来，帮助他清理贝鲁特站。

“钱德勒和博伊斯。听着像是个律所，对吧？”桑德勒开着玩笑，把他俩介绍给卡丽。

“更像是古董商啊，”她笑着同他俩握了握手，“听我说，我没有别的意思。我很高兴你们来这儿。但是我们今天可不是来杀人的，我们需要知道到底是谁派他杀死戴维斯的。”

“我想我们已经知道了。是阿布·纳齐尔，不是吗？”桑德斯说。

“不，是我们自以为自己知道了。这不是一回事。”她强调说。

“应该让我出马。或者钱德勒或者博伊斯。”

“我最合适。我是个女人。对他威胁小一些，不容易让事情变糟。还有就是，我的阿拉伯语比你们都好多了。”

“但是，你一定要去的话，身上一定要装好窃听器。只要我一听到，甚至就算我嗅到任何一丝情况不妙的气息，我的古董商们——还有我自己——就会冲进去，先干掉他再说。这个王八蛋就死定了，明白了吗？”

“明白了。我就是想看看我能先从他那儿套出什么来。”话说完，他们把SUV停在了街边，向游艇港公寓大厦的停车场走去。夜色下的这幢大楼灯火通明，沿着阳台装饰了白色的灯带，宛若整齐叠放着的一堆霓虹铸成的弧形刀刃。“我觉得你不该这么干，卡丽。你明白吗？我是说真的。”他们来到停车场时，桑德斯说道，“要是你出了什么事儿，索尔非把我钉十字架上弄死的，真的。”

“我知道。”她看了看钱德勒和博伊斯，“要是你们觉得我有危险了，各位，请马上冲进来救我。”他们俩点了点头。

他们蹲在一辆梅赛德斯轿车后面，检查了下她身上的对讲线路，准备好武器和装备。弄好之后，他们一个个地从停车场来到大楼后面的服务通道口。

博伊斯撬开了服务通道的门锁。他们进入电梯，上到十六楼。但是只有三个人从电梯里走出来，留下博伊斯又上了一层到十七楼。他将做好准备，随时从比拉尔·穆罕默德房间楼上的阳台进入比拉尔房间的阳台。桑德斯和钱德勒守在走廊楼梯那里，密切注意情况，随时准备冲进房间。她的紧急暗语是说任何跟花儿有关的话。一旦她提及这个词，他们会立即行动。

看到桑德斯发来的信号后，卡丽来到比拉尔·穆罕默德的房间门口——整层就只有两间公寓——取出伯莱塔手枪，敲响了房门。

没有人应门。她又更用力地敲了一次，然后又敲了一次。什么动静都没有。难道这阵子都没人在家吗？她生气地想道。她把耳朵贴在门上，可是什么动静也听不见。然后里面传出一阵微弱的嗡嗡声，是某种电器转动的声音，好像是刮胡刀。她又回头看向楼梯间的门，门开了一条缝，她看不到桑德斯或钱德勒，但她知道他们在那里，感到很安心。她深吸了一口气，取出她的开锁器，努力回想着她在农场所受的训练，开始撬锁。

咔哒一声，门被撬开了。她转动门把手，轻轻打开了门，手里的伯莱塔随时准备射击。她走进宽敞豪华的客厅，房间里灯火通明，透过一面全景式玻璃，港口和海景尽收眼底。嗡嗡作响的电器声更大了，听上去似乎是从卧室里传出来的。她把公寓门给桑德斯和钱德勒留了条缝，保持射击姿势走向卧室。她用脚趾推开了房门，进了房间，停下了动作。她面前是一副奇怪的场景，一个看上去像个大男孩一样的肌肉男，推测应该是比拉尔·穆罕默德，头发染成了金白色，身上套着一个大大的黑色塑料垃圾袋，只露出脑袋在外面。手里拿着一把消音手枪，枪口正对着她。

他们俩都站在那儿，一动不动，仿佛都石化了一般。一个奇怪的想法涌进卡丽的脑海：他看着像是男版的玛丽莲·梦露，一样的性感，一样的让人迷醉。突然她回过神儿来，因为嗡嗡声停了下来。

“啊，真主安拉。这可真是尴尬，”终于，比拉尔用阿拉伯语开口说道，“咱们是互相残杀呢，还是想个都不用死的办法？”

“把你的枪放下，*印沙安拉*，然后我们再谈。”卡丽用阿拉伯语答道。

“好吧，但是要是我放下枪了，你却把我一枪崩了，我就是下了地狱也会后悔竟然相信中情局特工的话。你是中情局特工，对吧？呃，这问题问得真蠢。你当然是了，”他操着英语说道，“美国人，女人，还有枪。总算有些傻瓜发现戴维斯不是自杀了。是你发现的吗？当然是了。但是你们的人不把女人的话当回事儿，对吧？”他说着，把自己的枪扔到床上。这下卡丽松了一口气，她这才注意到他手上沾着血。他发现卡丽在看他的手。“你来的时间不好。再过半个小时，我就远走高飞了。”他补充道。

“你干了什么？”她问。

“自己看吧，”他说着，指了指浴室，“希望你别恶心反胃。”

“不许动。把手放在我能看得见的地方。”她说着，侧着身子一点一点挪向浴室。

“当然。你已经很紧张了。你怎么可能不紧张呢？我可不想你一不小心把我崩了。”

她朝浴室快速瞥了一眼。浴缸里有一具一丝不挂的男尸。尸体的脑袋和双手都被砍掉了。脑袋整齐地放在双手上，堆在浴缸脚边。她听到的嗡嗡声是电动雕刻刀的声音，插头仍插在浴室的刮胡刀插座上。卡丽感到一阵恶心，这时她感觉到身后有动静，迅速地转过身，准备射击。比拉尔只是稍稍动了下，想用床罩擦擦沾满鲜血的手。

“不许动！”她高喊道，“他是谁？”

“代里尔·伊斯梅尔。他一直很喜欢我。你懂的。你也是个很迷人的女人，像我们这样的人，总有男人喜欢我们。可怜的代里尔。他还以为他终于能玩上我了。人生不就是如此吗？你永远无法保证自己将是那个行骗的，还是被人愚弄的。”他语气平淡地说。

“你为什么要杀他？”她问。

“你猜不到吗？嘿，我能不能先把这个塑料袋脱掉？”他拉了拉身上套着的垃圾袋说道，“快热死了，想到我死去的时候身上还要套着这玩意，也太恶心了吧。除非你还允许我继续干没完成的活儿？不行吗？”他看着她说道。“算了，那我还是脱了吧。”

他从脑袋上脱下整个塑料套，把它扔到床上。

“我们没必要非站在这儿说话。来喝一杯，咱们都是文明的凶手，坐下来聊聊。”他说着走向卧室门，到了客厅，“我知道你不相信我。你可以看着我洗手嘛。人体真的很脏，不是吗？我们人类还能把它如此理想化，还能对它产生强烈的性幻想，多让人惊讶啊。”

卡丽跟着他来到房间里的吧台，她拿枪对着他，看着他在吧台的水池里洗手。他用毛巾擦干了手。

“你喝什么？”他问。

“龙舌兰，要是没有的话，苏格兰威士忌。”她答道。

“苏格兰威士忌,高原骑士。”他看了下吧台后面的酒瓶上说道。他倒了两大杯,做了个邀请的动作,请她一起坐在客厅里两把超现代设计风格、一模一样的扶手椅上。

“为什么干杯呢?”她问。

“为我们俩还活着——至少这会儿还活着。”他说着一饮而尽。她也照做了。

“这个叫代里尔什么的,你为什么要杀他?”

“他长得像我。同样的体型,同样的身高,同样的肌肉块头。有时别人会把他当成是我。我不知道他为什么一直不明白,我不想跟他做爱。这跟手淫感觉太像了。”

一瞬间,她明白了。

“你是在用他来伪造自己的死亡。所以你砍下他的脑袋和双手,为了更难辨认尸体。别人会以为是你死了。你打算怎么处理脑袋和双手呢,丢进地中海么?”

“你看,我就知道你是个聪明的女孩。介意我抽烟吗?”他说着,从玻璃咖啡桌上拿起一个象牙雕刻的烟盒,取出一支烟,“我知道你们美国人清教徒在抽烟上有多可笑。可以杀人,但是不能抽烟。”他点着了烟,深深地吸了一口,吐出烟雾来。

“DNA 呢?他们会发现死的不是你的。”

“你在说真的?”他打量着她,仿佛她提议让野人做电脑编程一样,“这里是黎凡特,不是曼哈顿。这里没有数据库,没有科学技术。这里的警察局是为了消灭政敌而存在的,不是为了破案。”

“你打算去哪?”她问。

“实际上,这个选择很荒谬。要么死,要么去新西兰。实际上这俩选择没啥差别。”

“你在躲谁啊?我们吗?”

“美国人还真是自以为是啊,是不是啊?我为什么要怕你们?就算我在美国臭名昭著,最糟糕也不过就是一出自己的电视真人秀而已。难道你想不明白吗？你看着不蠢啊;但是,还是会被人愚弄。"他对着她吐出一条烟雾。

"为什么要杀戴维斯·菲尔丁呢？你们不是情侣吗？"

"他打给我。你能想象吗？这么些年,他一直用拉娜在假装他是直男,他还以为自己掌控了拉娜,可实际上呢,我和拉娜啊,我们俩从他那儿榨取了几乎每一条关于中东的情报。他竟然打电话要跟我道别,这个多愁善感的蠢货。他做间谍跟做情人一样失败。"

卡里盯着他,看着他那张略显奇怪的娃娃脸和金白色头发,她突然间明白了。

"阿布·纳齐尔。这才是你杀死菲尔丁的原因,他这是在灭口。这才是你要跑的原因。"她说。

"看来,"他冲她脸上吹了一口烟雾说道,"一点也不蠢嘛。除了跑,我还能怎么办——卡丽,你说呢？"他狞笑着。他居然知道她的真名,这让她感到一阵不寒而栗。她正在看向这个活生生的人。更糟糕的是,不管他打算干什么,他已经下定决心要行动了。她现在必须得让自己的人进来了。"你看,从菲尔丁那里,我什么都知道了。所以,卡丽,你是打算放我回去继续伪造尸体呢,还是打算让我就此消失呢？又或者,你打算做蠢事儿,比如把我丢进关塔那摩监狱和那些愚蠢的圣战分子关一块儿。"

"都不是。你现在起将为我们工作,"她说着,然后环视四周,对着空中说道,"你也知道,这地儿如果有花,肯定非常漂亮。"

比拉尔坐直身子。"你打算让我监视谁呢？阿布·纳齐尔么？"他问。

她盯着他。桑德斯和钱德勒冲了进来,博伊斯的身影也出现在阳台上。

"啊,真主安拉。你对阿布·纳齐尔完全不了解,对吧？"他说。

他把手伸到他椅子的坐垫底下,抽出了一把九毫米口径的手枪。还没等她反应过来,出声制止,他举起手枪,对着自己脑袋开了一枪。

38. 约旦安曼

“大家可能已经猜到了，没错，古罗马大剧院正是建于古罗马时期。它是在公元138至161年，安东尼·庇护大帝统治时期建造的。那时的安曼城被称作‘费拉德尔菲亚’。所以大家看，美国的费城就是取名于我们安曼这里。”年轻的约旦导游对围着他的六个游客介绍着。他一头卷发，戴着一副奥克利太阳镜。他们站在古老的半圆形石头剧院里最高的一排席位上，这座剧院在山腹中凿出，位于熙熙攘攘的安曼市中心地区。

卡丽独自一个人坐在下面靠近中间的一排，看着其中的一个游客，一个头戴太阳镜，戴着一顶软毡帽的胡子拉碴的美国男子脱离小队，沿着石头走廊走下来，来到她坐的位置。他这一身打扮要是放在别的任何人身上，都显得滑稽，但是在他身上却恰到好处。

“那句关于疯狗还有英国人的话怎么说来着？”索尔靠着她坐下，问道。

“他为什么要这么做，索尔？”她问道，“菲尔丁。他是同性恋这有啥大不了的？我的意思是，谁他妈在乎啊？他为什么要不遗余力地掩盖呢？

花费不菲的情妇，把他变成了内奸，有人勒索他吗？这没道理啊？”

“你太年轻了。戴维斯·菲尔丁是在冷战那会儿跟老克格勃较量过的，那会儿同性恋可是被视为严重的安全隐患的。记得不，那些剑桥出来的英国人，结果都是克格勃的间谍——菲尔比、伯吉斯、麦克莱恩——他们都是同性恋。这些都成了约翰·勒卡雷[1]小说里的素材了。那个时候，普遍的看法就是同性恋更容易被勒索。曾经还有一个这方面的大型诉讼案件呢。总之，那会儿如果你是同性恋，你就别想进中情局。所以要是被人发现了，他的前途就全完了。菲尔丁很清楚这一点。”

“来吧，索尔。想想这之间的联系。拉娜、比拉尔·穆罕默德、迪玛、夜莺，最后是阿布·纳齐尔。他们都有所关联。看看他让他们连接在了一起。我是说比拉尔。他是怎么做到的？”

索尔微微一笑。

“有什么好笑的？”她问道。

“我父亲曾告诉我，‘当一个男人在用下半身思考的时候，他是没有脑子的’。这话用意第绪语说起来更搞笑一些。”他耸了耸肩。

“所以他就为了下半身的爽快，就背叛了国家？按你的话是这个意思吧？”

“又是些老掉牙的故事了。说句公道话，他自己丝毫意识不到。所以他是个蠢货，并不是个叛徒。”

“那些被删掉的数据库记录呢？我们的，还有国家安全局的？他还有同伙。”

“别较真，卡丽。”他用手挡住直射向眼睛的阳光，看着卡丽说道。

听到索尔这么说，卡丽深吸了一口气。

“说真的，索尔，”她小声说道，“连最高层都被拖下水了？是这样吗？”

“不是，”他摇了摇头，“是出于友情，不是同性恋的阴谋。算是报恩，

---

① 约翰·勒卡雷是英国著名间谍小说作家。

报几十年的恩。毕竟结束了。戴维斯已经死了。”

“就这样？你说笑吧。”

“不然你还想咋样，卡丽？你已经把漏洞堵上了。你甚至把杀他的那个王八蛋都找到了。这才是最重要的。”

“但是我们谁都不知道，阿布·纳齐尔窃取我们的情报有多久了？情况有多糟糕？”

“我们还在评估。但是你第一次离开贝鲁特之后，埃斯蒂斯和我，在没有告知任何人的情况下，停止了贝鲁特站所有重要情报的传达。而菲尔丁对情报一向饥不择食——他一定知道了，卡丽。他起疑心了。也就是你最后证实了他的死因，不然他真的存在自杀的可能性。还有，别忘了好的一面。”

“还有好的一面？”她说着扬起眉毛，看着导游带着小队走下剧院的侧门，那里有个小博物馆。古剧场里面只剩下他和索尔两个人。坐在一个古城遗址，身边几米之外就是川流不息的交通和现代化的城市，这种感觉还真奇怪，她暗忖。

“正是这样。目前，阿布·纳齐尔是我们最危险的敌人。你已经为我们得到了我们找到他的第一条实实在在的线索。我们还在翻查比拉尔·穆罕默德的手机通话，还有别的东西，但是我们已经能确知他往伊拉克的哈迪塞打过电话了。再加上夜莺和罗密欧。这些都证实了你以前提供的情报：阿布·纳齐尔在哈迪塞。”

“他可能不会在那儿待太久。”

“但这是开始着手的地方，这对我们就是一大进步，”他转向卡丽说道，“我们需要你回到伊拉克去，卡丽。”

她咬了咬嘴唇：“我在那儿失去了好多人，索尔。登普西牺牲了，线人罗密欧也死了。弗吉尔受伤走了，还有布雷泽尔也受了重伤。弗吉尔现在怎么样了？”

“他很好。他有机会陪陪她女儿了。他让我跟你问个好。他已经迫不及待想要回来了。至于布雷泽尔准尉，哦，就是红潮，他刚装上一条很棒的新假肢，目前正在适应中。”索尔说着，突然吞吞吐吐起来。

“怎么了？”她问。每次索尔有所隐瞒时，她都能一眼看出来。他要是玩扑克，谁也唬不了，卡丽心想。

“我不该告诉你的，但是你可能需要为此做好准备。”

“为什么做好准备？”

“你所做的一切，卡丽——呃，你要升职了。等佩里·德赖尔走了之后，我们会提议你出任巴格达站站长。你将成为最年轻的站长，也是第一任女站长。”

她一下目瞪口呆。她想过很多他可能会说的话，但是怎么也没想到会是这个。

“我不知道该说什么。”

“呵呵，路还长着呢，”他笑笑说，“不管怎样，佩里现在还没走。他希望你能尽快回去。我们也是。要是你能把阿布·纳齐尔揪出来，我们就能让基地组织大伤元气。”

她望着下面古剧场的戏台。两名游客向前走开了，台上空荡荡的。两千年前，这里有过什么戏码，公开上演过什么悲苦剧本呢？一个身患躁郁症的站长，她想。她也有秘密要隐瞒，别搞到最后也像菲尔丁一样弄出事与愿违的结果。

“索尔，有一个问题。我们都忘了一些事儿。”

“哦？”

“瓦利德·卡里姆。就是罗密欧。阿布·乌拜达在工厂里审讯他的时候，他说了一些话，我一直没忘。罗密欧告诉阿布·乌拜达，可以去找阿布·纳齐尔证明他说的是实话。”

“然后呢？”

“但是阿布·乌拜达并不买账。就好像他不相信阿布·纳齐尔会告诉他的话一样。他对罗密欧说，他只要听罗密欧说我们的事儿。这是为什么？好吧，就算他们是对手，但是阿布·纳齐尔和阿布·乌拜达是伊拉克基地组织的两大头目。他们应当合作的。那他为什么说那样的话，为什么要杀死罗密欧？他没必要为了针对我们而下手。光是录音就够了。他没必要杀死罗密欧的，但是他杀了，为什么？”

“很好，非常好，”索尔起身说道，“我们现在就来分析。不过在这之前，我们走走吧，我快渴死了。”

他们下走廊到了正厅，出剧场到了大街上，走过包着红格子头巾的人群和不断鸣笛的车辆，来到一家在上方横梁上用网袋兜着橘子、柠檬、胡萝卜的果汁摊。索尔点了一杯冰镇橙汁，摊主当着他的面现榨的。卡丽要了一瓶从冷藏玻璃柜里拿出来的佩特拉啤酒。

他们沿着街道有树荫的一侧往前走，一口一口喝着冰镇饮料。出于习惯，卡丽一直留意着是否有人跟踪，但是似乎没有。

“这也很困扰我，”索尔说，“特别是为什么阿布·乌拜达要杀罗密欧。我想到一个解释，但不是太合理。”

卡丽停下脚步，望着他。一个戴粉色头巾的年轻女子从旁边走了过去。他们一直等她走远，听不见他们说话。

“他是三重间谍，罗密欧，对吧？整件事中，没有谁，夜莺、拉娜、迪玛、菲尔丁，没有谁真的像表面那么简单。”

索尔点了点头：“我们是间谍，我们靠撒谎为生。”

“罗密欧是伊拉克基地组织和我之间的双重间谍，但是他一直都是在为阿布·纳齐尔对抗阿布·乌拜达而工作的。阿布·纳齐尔利用罗密欧接近我这个蠢货，来为他消灭掉阿布·乌拜达。他怎么样都不会输。如果阿布·乌拜达成功地袭击了绿区，刺杀了阿尔瓦利基，那么内战将爆发，美军在伊拉克所做的努力将化作泡影。如果阿布·乌拜达袭击失败，也没有关系。他们会给我们造成损失，而阿布·纳齐尔也借机消灭掉了他在伊拉克基地组织内部的唯一对手。无论结局怎样，他都是赢家。”卡丽说。

“是这么回事，”索尔点了点头，“但是你看问题的角度不对，干掉阿布·乌拜达，无论如何都是件好事儿。你拯救了数千人的性命，卡丽。不然光是美军伤亡就是一个骇人的数字。”

“但是他利用了我们,利用了我。”

“我们在互相利用。我们就是篓子里的螃蟹,有时我们也互相残杀。”索尔说。

39. 伊拉克巴格达绿区

又回到了巴格达国际机场。酷热，四处乱飞的苍蝇，还有高声重复着那套爱尔兰路说辞的戴蒙，他又在讲那些从机场到绿区只有六英里路之类的陈词滥调。他认出了卡丽上次来过。

“看来我们还有回头客啊。我们上次的旅途是否愉快啊，小姐？”他冲她喊道。

“我在拉马迪待过，戴蒙。爱尔兰路算个屁啊！”她大喊着说道，引出阵阵沙哑的男人笑声、善意的嘘声和欢呼声。

他们进入了 SUV 和黑水曼巴车组成的车队。离开机场，驶过“红色警戒”指示牌，车队上了机场路，然后转上高速公路，往巴格达驶去。沿路经过一棵棵被炸断的棕榈树和被烧毁的汽车卡车残骸时，一种非常异样的感觉突然涌上她的心头。

我回家了，她心想。我一生都在努力寻找自己的归属地，在哪里都没有家的感觉。小时候和父母一起成长犹如寄居在异国他乡——她母亲除了不辞而别外，还能怎么做呢？——难以置信的是，她居然在这儿找到了家的感觉。在中东，在战火弥漫中。他们的车队从天桥下驶过时，枪手们如同舞者那样动作一致地调转枪口,以防突然有人从上方向他们的车辆上投掷手榴弹或简易炸弹。他们的车辆经过停在道路两旁,为他们让开道路的伊拉克人身边。车队走过他们的时候,卡丽目不转睛地盯着他们,这才意识到自己对这种危险,对这种游戏,上了瘾。

就好像躁郁症还不够糟糕一样,她还非得喜欢玩心跳。又或者是别的什么?她这么想着,车队已经转弯,驶上了车流如织的卡迪萨亚高速公路。他们从棕榈树和一栋栋建筑边上开过,许多建筑上布满了火箭和子弹留下的大大小小的坑洞。就好像穿越过一条终点线一样。有些东西正要结束,或者正在开始,她想道。

自从那晚在阿什拉法赫区中了夜莺的埋伏之后,她就一直在奔跑,就像以前在普林斯顿大学跑步时那样。不过这是她所跑过的最长的一段路。可现在已经到了终点。在全美大学田径比赛上,她想象着自己可以一直这么跑下去。如今,她更聪明了。

深呼吸一口气,卡丽,她暗自说道。是时候踏上新的征程了。这次她要追捕的野兔是阿布·纳齐尔。这时车队已经驶过绿区的检查站,穿过阅兵场和无名战士纪念碑,回到了雅法大街和拉希德酒店。

阿布·纳齐尔。关于他有什么资料?都是些令人心惊胆战的消息。人们宁可死也不愿意面对他。比拉尔·穆罕默德并非圣战分子、宗教狂徒,也不是轻易就能被人控制的人,他就是个真正的恶魔。只是想到他,都会让自己毛骨悚然。戴维斯·菲尔丁怎么就没发现呢?还是菲尔丁满脑子只知道做爱?也许就如索尔所说:他没有脑子。但是比拉尔·穆罕默德是想要活命的。卡丽进房间的时候,他还能冷静地肢解自己的同性恋情侣,好让阿布·纳齐尔相信自己死了。但是在面临活下去的选择时,就连比拉尔也选择了自杀,而不愿面对阿布·纳齐尔。

好吧,阿布·纳齐尔,该轮到你和我上场了,卡丽冷冷地想。

走进酒店的大理石大堂,瓦泽尔捧着一大束玫瑰迎上来欢迎她。

“欢迎,卡丽。真高兴你回来了。”瓦泽尔说着,把玫瑰递了过去。

“谢谢,瓦泽尔,”她嗅了嗅玫瑰,“你不怕你老婆吃醋么?”

“她会吃醋的,要是我蠢到不打自招的话。弗吉尔怎么样了?”

“弗吉尔挺好的,盼着回来呢。”

她把自己的拉杆行李箱交给酒店行李搬运工,然后两人出了酒店,走进了会议中心的地界。比起她上次在这里时,安保加强了不少;会议中心一层一层像同心圆一样得到重重保护。除了增加人手,她还注意到随处都有监控摄像头和感应器。

她和瓦泽尔向沙袋防御工事后的美国宪兵出示了他们的证明文件,然后又向后面的黑水守卫,以及正门入口的由伊拉克安全部队士兵守卫的第三道检查关卡各出示了一次文件。

“如今情况如何,说实话?”他们走进走廊时卡丽问瓦泽尔。

“目前形势千钧一发,卡丽。伊朗人和迈赫迪军在走私武器和炸药。库尔德人也在自行其是。美国人被夹在中间——一旦萨达姆的审判结束,他要是被执行……”

“这已成定局了么?”

“绝对是。他会被绞死,就快了。”

“然后呢?”

“那就看阿布·纳齐尔——还有你,卡丽的了。”他笑着说。

他们站在“美国难民救援服务办公室”门口。走进接待室,卡丽告诉负责接待的中情局女员工,让她代为通报,让佩里·德赖尔知道她来了,再给她找一个花瓶装玫瑰,说着把玫瑰递给了她。那个女员工起身离开,没过多久,回来叫他们跟她过去。

他们走进一个偌大的房间,里面中情局的特工们不是在鼓弄着电脑,就是忙着在接电话。一派忙碌的景象。墙上挂着罗伯特·本森大使和瓦埃勒·阿尔瓦利基总理身穿战斗服的相框。他们的照片旁边还有站长佩里·德赖尔的照片。在他们自己的墙上,贴着两位美国海军陆战队员的照片,写着:“美国海军陆战队员,行动中失踪,可能被伊拉克基地组织擒获,伊拉克自由行动。”

第一张照片是一个非裔美国人,“美国海军陆战队员,侦察狙击手,托马斯·沃克,2003年5月19日在安巴尔省哈迪塞外被擒”。被抓三年了,假如还活着的话,被关押在基地组织的时间还真长了,可怜的家伙。估计没可能还活着了。哈迪塞啊,她沉思道。阿布·纳齐尔最后已知的出现地点,也是她下一步要去的地方。

第二张照片下面写着:“美国海军陆战队中士,尼古拉斯·布罗迪,2003年5月19日在安巴尔省哈迪塞外被擒。”他们是一起被抓的。她认真端详着这张照片。

这张脸挺有意思的,她想道。

人物表

（按出场顺序排列）

卡罗琳·安妮·马蒂松 昵称“卡丽”，美国中央情报局国家秘密行动处贝鲁特站情报官

索尔·迈克尔·贝伦森 美国中央情报局国家秘密行动处中东分部主管

塔哈·阿尔-多尼 代号：夜莺；叙利亚国家安全局高级官员

迪玛·哈姆丹 代号：吉汉；马龙天主教“3月14日”组织女间谍；位置：黎巴嫩贝鲁特

戴维斯·菲尔丁 美国中央情报局国家秘密行动处中东分部贝鲁特站主管

弗吉尔·马拉维奇 美国中央情报局国家秘密行动处贝鲁特站窃听专家

法蒂玛·阿里 代号：朱莉亚；黎巴嫩真主党民兵组织指挥官阿巴斯·阿里的第一个妻子

阿巴斯·阿里 法蒂玛的丈夫，黎巴嫩真主党民兵组织指挥官

弗兰克·马蒂松 卡丽的父亲，与女儿玛格丽特同住在弗吉尼亚州亚历山大市；前计算机系统工程师，越战退伍老兵；目前状态：无业

达尔·阿达勒 中央情报局国家秘密行动处，“黑色行动”高级情报官员；目前状态：独立情报经纪人/咨询顾问

艾哈迈德·海德尔 黎巴嫩真主党中央委员会委员（核心统治集团）；位置：黎巴嫩贝鲁特和蒂尔

大卫·伦道夫·埃斯蒂斯 美国中央情报局国家反恐中心主管;位置:弗吉尼亚州兰利市

玛格丽特·伊夫林·麦克卢尔医生,本姓马蒂松 昵称“麦琪”;卡丽·马蒂松的姐姐;医生;在弗吉尼亚州亚历山大市居住行医。

詹姆斯·阿卜杜勒-沙瓦菲 昵称“吉姆博”;美国国家安全局数据库管理员/二级高级分析师;位置:马里兰州米德堡市

乔安妮·戴顿 美国中央情报局情报分析科情报搜集策略与分析办公室二级情报分析师

艾伦·耶鲁申科 美国中央情报局情报分析科情报搜集策略与分析办公室副主管

阿布·纳齐尔 真名:不详;出生地不详;目前状态:伊拉克基地组织头目;位置:不详

阿布·乌拜达 真名:不详;出生地不详;目前状态:伊拉克基地组织头目,二把手,仅次于阿布·纳齐尔;位置:不详

米拉·贝伦森,本姓巴塔查里亚 索尔·贝伦森的妻子,生于印度孟买;目前状态:人权观察组织儿童权利部门主管

巴萨姆·阿尔萨克伦 出生地:约旦安曼;目前状态:医药销售

阿卜杜勒·亚辛 出生地:约旦安曼;目前状态:就读于纽约布鲁克林学院

科斯洛夫斯基巡官 纽约城纽约警察局反恐处巡官

吉莱斯皮警官 纽约城纽约警察局反恐处警官

特工督察桑德斯 华盛顿特区联邦调查局反恐处

汤姆·雷登 纽约城纽约警察局反恐处赫拉克勒斯反恐队队长

阿布·穆拉德 时尚摄影师;位置:黎巴嫩贝鲁特市阿什拉法赫区格美泽辖区

拉娜·萨阿迪 黎巴嫩著名演员兼模特;位置:黎巴嫩贝鲁特市凡尔登区

马里耶勒·希拉勒 黎巴嫩演员兼模特;位置:黎巴嫩贝鲁特市布尔耶哈穆德区

穆罕默德·西迪基 迪玛·哈姆丹的男朋友;出生地:卡塔尔多哈

瑞安·登普西 美国海军陆战队上尉;目前状态:第145特遣队指挥官,中央情报局联络员;驻扎伊拉克巴格达绿区

瓦泽尔·扎菲尔 伊拉克人;出生地:伊拉克拉马迪;目前状态:美国大使馆翻译,中央情报局联络员

阿布·阿马尔 见瓦利德·卡里姆

瓦利德·卡里姆 即阿布·阿马尔,代号:罗密欧;目前状态:伊拉克基地组织指挥官;出生地:伊拉克拉马迪

沙达·卡里姆 瓦利德·卡里姆的妻子,育有一子一女,女儿法拉赫,儿子扎比尔;位置:伊拉克拉马迪

艾萨拉·卡里姆 瓦利德·卡里姆的母亲;位置:伊拉克拉马迪

约瑟夫·塔塞中校 美国海军陆战队第八团第三营营长;位置:伊拉克拉马迪

比林斯中士 玫瑰海军陆战队第八团第三营小分队队长;位置:伊拉克拉马迪

佩里·德赖尔 美国中央情报局国家秘密行动处巴格达站主管;位置:伊拉克巴格达绿区

萨拉查上校 美军第三步兵师第四旅旅长;位置:伊拉克巴格达绿区

马林斯上尉 美军第三步兵师特种部队小组第二营营长;位置:伊拉克巴格达绿区

罗伯特·本森大使 美国驻伊拉克大使;位置:伊拉克巴格达绿区

布雷泽尔准尉 外号:红潮;美军第三步兵师特种部队小组第二营副队长;位置:伊拉克巴格达绿区

雷·桑德斯 美国中央情报局国家秘密行动处中东分部贝鲁特站主管

比拉尔·穆罕默德 目前状态:毒贩;位置:黎巴嫩贝鲁特市米内特阿尔霍森区